LANGSAME GEBURT

(In der Hitze der Liebe, Buch 2.5)

LETA BLAKE

Original-Veröffentlichung von Leta Blake Books

Titel der Originalausgabe: Slow Birth
Geschrieben und veröffentlicht von Leta Blake

Ins Deutsche übertragen von Betti Gefecht

Cover: Dar Albert
Formatierung: BB eBooks

Erste digitale Ausgabe: 2019
Print Ausgabe
ISBN: 9781626226432

Danksagungen

Mein Dank gilt den folgenden Personen:

Patreon und all meinen Förderern dort. Diese Geschichte habe ich als Geschenk für sie geschrieben. Ich hoffe, dass sie auch allen Lesern dieser Buchreihe gefällt!

Mom / Dad

Brian & Cecily

Kim V für ihre Freundschaft und ihr Verständnis

Keira Andrews für ihre großzügige Freundschaft und dafür, dass sie regelmäßig meine Hand hält.

A.M. Arthur, weil sie das „In der Hitze der Liebe"-Universum so sehr liebt, dass sie zu ihren eigenen Omegaversum-Büchern inspiriert wurde.

Devon Vesper für ihre hingebungsvolle Arbeit an dieser Reihe und diesem Buch, sowie für ihr hervorragendes Lektorat.

Und danke an euch, meine Leser, für die sich alles Blut, Schweiß und Tränen des Schreibens lohnen! Euch gehört mein Herz.

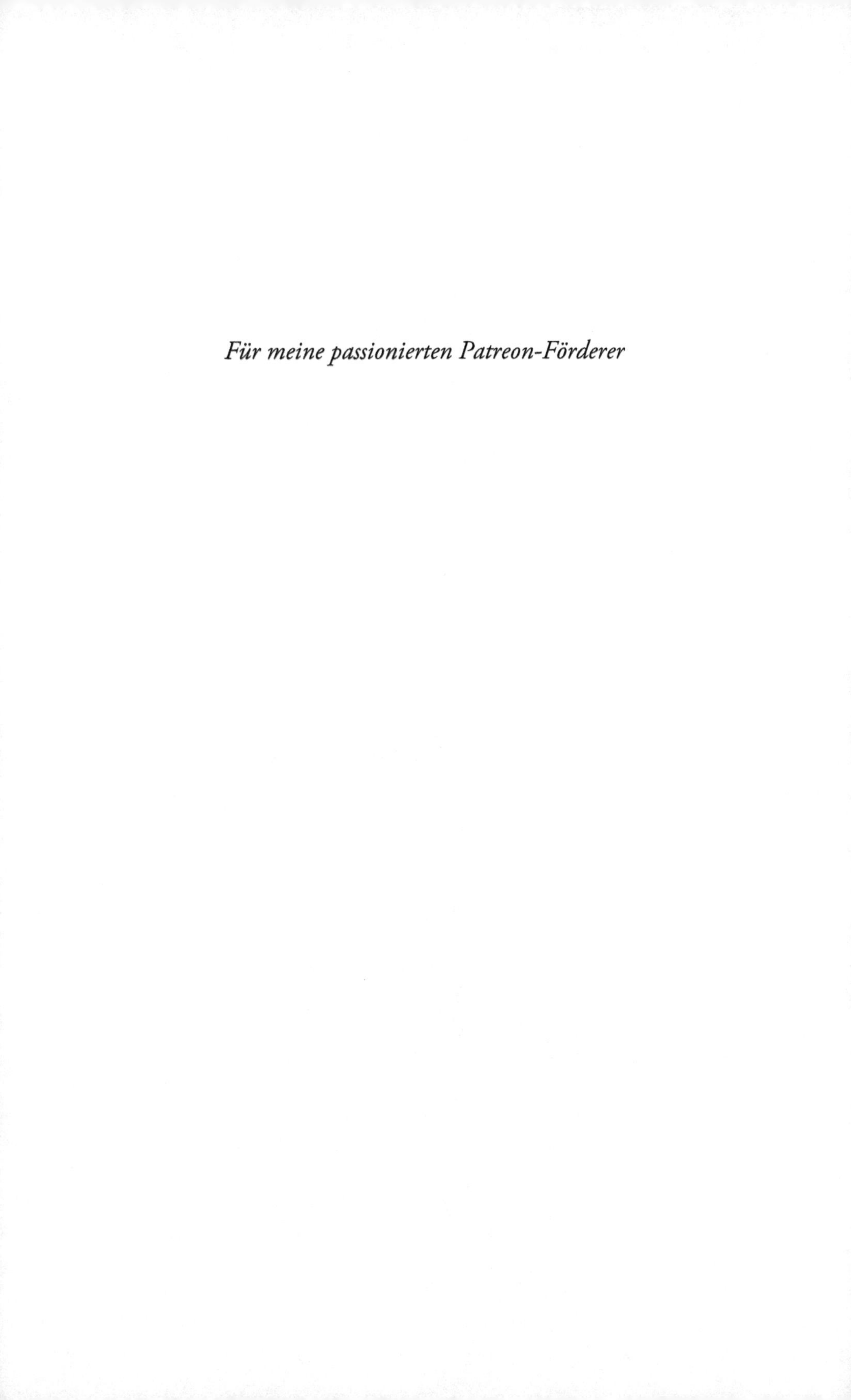

Für meine passionierten Patreon-Förderer

TEIL EINS

Hitze in den Bergen

KAPITEL 1

DIE BLOCKHÜTTE SAH kein bisschen mehr so aus, wie Vale sie in Erinnerung hatte. Die Schaukel auf der Vorderveranda, die er als Kind so geliebt hatte, war noch da, und der Hang hinter der Hütte, den er in seiner Kindheit mehr als nur einmal mit dem Schlitten genommen hatte, war so steil wie eh und je. Aber alles andere an dem Feriendomizil seiner Eltern in den Bergen war komplett erneuert worden.

Als Vale durch die umgestalteten Räume der Berghütte ging, stand ihm der Mund offen. Die Fenster waren größer, die Türen höher und die Möbel luxuriöser, als seine Eltern sich je hätten leisten können. Die Ausstattung in der Küche war sogar besser und schöner als die, welche Jason daheim in ihrem Stadthaus installiert hatte.

„Gefällt es dir?", fragte Jason, der mit ihren Wochenendtaschen hinter Vale hereinrauschte und ihm einen Kuss in den Nacken gab. „Ist es zu viel?"

„Nein, es ist ..." Vale verstummte; ihm fehlten die richtigen Worte, um es zu beschreiben – was für einen Literaturprofessor und veröffentlichten Dichter ein ziemliches Armutszeugnis war. Er schnaubte und rieb sich die Arme.

„Zu schick?"

„Es ist wundervoll."

Vales Schwiegereltern – Jasons Eltern, die Sabel-Hoffs – besaßen Geld und Geschmack. Zwei Dinge, an denen es Vales Eltern – Wolfgott hab sie selig – eindeutig gemangelt hatte. Vale bezeichnete sein und Jasons vollgestopftes Zuhause in der Oak Avenue gern als liebenswert schrullig, aber wenn er ehrlich war, dann war es einfach nur ein einziges Durcheinander.

Aber diese Renovierung hier war der Sabel-Hoffs würdig, und auch wenn er daran keinen Fehl und Tadel finden konnte, war es dennoch ein bittersüßer Anblick. Es fühlte sich nicht mehr an wie seins. Was es höchstwahrscheinlich auch nicht mehr lange sein würde. Dies war ihre letzte Reise hierher, bevor sie die Berghütte zum Verkauf freigeben und den Erlös des Verkaufs in einem Bankkonto deponieren würden, das nur dem Schein nach Vale gehörte. Denn eigentlich war es Jasons, so wie auch alles andere Jason zufiel, seit sie vertraglich gebunden waren.

Während Vale ziellos im Wohnzimmer stand und die vertraute Aussicht anstarrte, ging Jason durch zum Schlafzimmer, um ihre Sachen abzustellen. Vale war nicht sicher, ob er schon bereit war, einen Blick in die anderen Räume zu werfen. Das alte, wackelige Bett seiner Eltern, der Schaukelstuhl und die Kommode würden längst weg sein. Und von seinem alten, kleinen Zimmer mit dem Jugendbett und dem Quilt mit dem Sternenmuster würde auch nichts mehr übrig sein.

Er fragte sich, was aus dem Quilt geworden war.

„Also?", sagte Jason, als er mit leeren Händen und besorgtem Blick wieder ins Wohnzimmer zurückkehrte. „Sprich mit mir. Wir müssen es nicht verkaufen, weißt du? Wenn du willst, wenn es dir gefällt oder dir etwas bedeutet, können wir es auch behalten. Du musst es nur sagen."

Erneut rieb Vale sich die Arme. Es war kühl in der Hütte, trotzdem war ihm irgendwie heiß. Emotionen riefen seltsame Empfindungen hervor, stellte er fest. „Alles ist so neu. Es liegt nicht einmal irgendwo Staub."

„Falls wir die Hütte behalten, wirst du das sicher ändern können", antwortete Jason mit einem Augenzwinkern.

Vale streckte ihm die Zunge heraus wie ein Kind. Haushaltsführung gehörte nicht zu seinen Stärken, nein. Aber keiner von ihnen beiden hatte gern Betadiener um sich. Jason war nicht so aufgewachsen, und Vale ebenfalls nicht. Was das anging, waren sie also auf derselben Wellenlänge. Was bedeutete, sie lebten in einem nicht allzu sauberen Haus. Eher in einem ziemlich schmuddeligem nach den Standards von Jasons Eltern – na gut, nach so gut wie jedermanns Standard, ehrlich gesagt. Aber sie waren glücklich, weshalb ihnen der Staub und das Chaos mehr oder weniger egal war.

„Vale", flüsterte Jason und trat näher. „Sind wir zu weit gegangen? Haben wir zu viel verändert?"

Vale schüttelte seine melancholische Stimmung ab und schenkte Jason ein Lächeln, das die Sorge seines Baby-Alphas zerstreute. „Unsinn. Es ist wunderschön geworden. Vorher war es die reinste Bruchbude. Komm, zeig mir die anderen Zimmer. Ich will sehen, was sich dort alles verändert hat."

Jasons warme, kräftige Finger nahmen Vales Hand und zogen ihn durch den Korridor. „Hier entlang, bitte sehr."

Ursprünglich hatte es im hinteren Teil der Berghütte drei Zimmer gegeben. Eins davon war Vales kleines Zimmer gewesen, das zweite hatte seinem Vater als Arbeitszimmer gedient, wenn sie die Sommer hier verbracht hatten, und das dritte war das ehemalige Elternschlafzimmer – mit dem besten Ausblick auf die Berge.

„Wir haben aus diesen beiden Zimmern ein großes gemacht", sagte Jason und deutete nach rechts. „Sie waren beide so winzig nach heutigen Standards, dass der Architekt fand, die Hütte ließe sich besser verkaufen, wenn wir die Räume zu einem einzigen, großen kombinieren."

Er öffnete die Tür, und Vale warf einen Blick hinein. Der hintere Teil des Raums wäre sein Jugendschlafzimmer gewesen. Die Rosentapete, mit der sein Pater für ihn die Wände verkleidet hatte, als er noch ein Kind gewesen war, war entfernt worden. Unter dem großen Fenster neben der Tür hatte früher der Schreibtisch seines Vater gestanden, aber das Fenster war ebenfalls durch ein noch größeres ersetzt worden. Die Wände waren in einem hellen Cremeton gestrichen, und das einfallende Tageslicht ließ den Raum strahlen. Es gab ein Bett, mit ebenfalls cremefarbener Tagesdecke, eine moderne Kommode mit dazu passendem Schreibtisch und Tisch, und ein mintfarbenes Sofa vervollständigte die Einrichtung. Schlicht und hübsch. Aber es hatte nichts mehr von Vales altem Sommerdomizil.

„Sehr schön", murmelte er, dann zog er seinen Kopf aus der Tür und straffte die Schultern, um sich für die nächste Etappe zu wappnen.

„Und hier ist natürlich das Schlafzimmer. Für uns."

Dieses Mal betrat Vale das Zimmer und musste blinzeln, so sehr hatte sich alles verändert. Das Fenster mit besagter spektakulärer Aussicht nahm nun die gesamte Wand ein. Praktisch die ganze Rückseite der Hütte war entfernt worden, um den größtmöglichen Blick auf die herrlichen, schneebedeckten Gipfel und den kristall-blauen See freizugeben.

Vale stockte der Atem. Er konnte die Augen nicht abwenden, bis Jason mit großer Geste durch den Raum deutete und sagte: „Hier werden wir heute Nacht schlafen."

Vale hielt sich eine Hand vor den Mund und starrte auf das große Bett. Nicht das Bett seiner Eltern, sicher, aber in der Mitte lag sein alter Sternenquilt, eingearbeitet in einen größeren Quilt, der die riesige Matratze bedeckte. „Oh, das ist ja mein …"

„Ich weiß", sagte Jason und berührte Vales Schulter. „Den nehmen wir mit nach Hause, wenn wir wieder fahren. Außer, du willst die Hütte behalten, dann kann er wohl hierbleiben, denke ich."

„Daran hast du gedacht?" Vale war eigentlich nicht überrascht. Jason war der liebevollste und aufmerksamste Alpha.

„Nein, das war Paters Idee. Aber ich fand es eine tolle Idee, als er es erwähnte. Wir sind zusammen hergefahren, weil ich wissen wollte, welche Möglichkeiten er für die Hütte sah, und er entdeckte den Quilt auf, na ja, deinem alten Bett, denke ich. Und er dachte, du würdest ihn vielleicht gern haben wollen."

Vale lächelte. Miner war ein toller Schwiegerpater, auch wenn er oft ärgerlich viel von Jasons Zeit beanspruchte. Aber das war verständlich – Jason war perfekt und wundervoll. Vale beanspruchte seine Zeit ebenfalls. „Danke ihm von mir dafür."

Schließlich riss er den Blick von dem Quilt und sah sich im Rest des Zimmers um. Miner hatte auch dabei eindeutig seine Hand im Spiel gehabt. Die Möbel waren teuer, modern und sehr geschmackvoll. Neben dem großen Bett gab es einen Kleiderschrank, eine hellbraune Chaiselongue, einen Schreibtisch und eine Frisierkommode mit Spiegel.

„Das Badezimmer ist auch renoviert worden", sagte Jason. Er öffnete die Tür und schaltete das Licht an. „Eine große, neue Wanne und eine natürliche Dusche."

Vale sah was Jason mit „natürlich" meinte, als er eintrat und feststellte, dass auch hier – wie im Schlafzimmer – eine ganze Wand nun aus Glas bestand. In der Dusche befand sich eine gläserne Schiebetür, durch die man, wenn man wollte, nackt hinaus in die Natur treten konnte. Vale lachte leise vor sich hin. Von ihnen beiden war er derjenige, der davon höchstwahrscheinlich Gebrauch machen würde. Allerdings vielleicht nicht gerade während ihres derzeitigen Aufenthalts. Dafür war das Wetter bereits zu frostig.

Er hob sein Hemd an und ließ etwas kalte Luft an seinen Körper. Er hoffte, er würde bald etwas abkühlen.

„Die Waschküche ist hinter der Küche, und wir haben einen kleinen Anbau als Lagerraum und Vorratskammer angefügt."

„Es ist umwerfend", sagte Vale. Dann nahm er Jason bei der Hand und zog ihn aus dem Badezimmer. „Lass uns die Lebensmittel hereinbringen, bevor sie verderben, und dann können wir einen Spaziergang machen. Ich kann dir all meine alten Lieblingsplätze zeigen."

„Das würde mir gefallen." Jason hob Vales Hand an seine Lippen und küsste die Finger. „Ich will alles aus deinem Blickwinkel sehen."

In der Eingangstür drehte Vale sich um und zog Jason an sich. „Und ich will das alles mit dir teilen."

Jeder Tag mit Jason war neu und wunderbar. Sie stritten nur selten und waren im Bett immer noch absolut verrückt nacheinander. Er hatte gewusst, dass *Érosgápe* auf eine Art voneinander besessen waren, die nur wenige Menschen begreifen konnten. Aber jetzt erlebte er selbst, wie wundervoll es sein konnte, und er konnte sich die Leere eines anderen Lebens gar nicht mehr vorstellen.

Jasons Duft, sein Lachen, sogar die Art, wie er atmete, ließen Vale vor Begehren kribbeln und vor Liebe zittern. Und wenn sie sich körperlich vereinigten, zählte nichts mehr außer der Lust, die sie in den Armen des jeweils anderen erfuhren.

Bittersüß oder nicht. Zusammen mit Jason hier in der Berghütte zu sein, wog das Verlustgefühl über die vorgenommenen Veränderungen mehr als auf. Mit Jason zusammen zu sein, war immer perfekt.

JASON LIEBTE ES, wie Vales blasse Haut in der kühlen Luft einen rosigen Ton annahm. Die Wangen seines *Érosgápe* glühten, und seine Augen leuchteten, als sie von ihrer Wanderung um das Berggrundstück zurückkehrten.

„Der See war immer zu weit weg, um allein hinzugehen", erzählte Vale. Sie folgten dem gewundenen Lauf des plätschernden Bachs, der zu dem blauen Wasser hinab führte. Die Bäume beschatteten das Gebiet mit ihrem verblassenden Laub; bald würde es Herbst sein. „Aber ich habe ständig hier am Bach gespielt. Unter jedem Stein nach kleinen Tieren gesucht. Ich wette, der kleine Jason hätte gern hier mit mir zusammen gespielt."

„Das hätte er." Nun, Jason spielte *jetzt* gern mit Vale, und zwar überall!

Vale kniete sich neben den Bach, nahm etwas von dem klaren Wasser in seine Hände und spritzte es in sein Gesicht. Als das eiskalte Wasser seinen Bart tränkte, keuchte er und grinste Jason an. „Hier, mach du es auch."

„Auf keinen Fall. Es ist auch so schon kalt genug hier draußen", lachte Jason. Er hielt Vale dessen Jacke hin. „Zieh die wieder an, bevor du dir den Tod holst."

„Du benimmst dich schon wie dein Pater", sagte Vale augenzwinkernd. Dann runzelte er die Stirn. „Ist dir wirklich nicht warm?"

„Nein! Es ist kalt wie in Wolfs Hölle, sei nicht albern. Hier." Er schüttelte auffordernd Vales Jacke.

Vale schlüpfte hinein, knöpfte sie aber nicht zu. Er zog nachdenklich die Stirn in Falten.

„Was?"

„Wir fahren morgen zurück in die Stadt, ja?", fragte Vale. Er sah zum Himmel hinauf und dann zu den großen, knirschenden Bäumen.

„Das war der Plan. Aber wenn du ein paar Tage länger hier bleiben willst, kein Problem."

„Nein", sagte Vale hastig. „Ich denke, es ist am besten, wenn wir heimfahren."

„Oh." Jason wusste nicht genau warum, aber er fühlte sich ein wenig niedergeschlagen. Erst jetzt, in genau diesem Augenblick, wurde ihm klar, dass er gehofft hatte, Vale würde sich in die renovierte Hütte verlieben, und sie würden bleiben, um ein paar

Tage hier heiße Liebe zu machen – zweite Flitterwochen sozusagen – und im Laufe des Jahres noch mehrere Male hier sexy Urlaub zu machen. Jason wusste, Vale liebte den Ozean genauso sehr wie er selbst, aber immer wenn sie zum Strandhaus fuhren, wollten so viele andere mitkommen. Er hatte sich diesen Ort in den Bergen als romantischen Rückzugsort nur für sie beide vorgestellt.

Vale bemerkte natürlich seinen Stimmungsumschwung. Er drehte sich um und nahm Jasons Hand. Seine Hand war sehr warm, aber das lag wahrscheinlich an ihrer langen Wanderung. Normalerweise bevorzugte Vale es, irgendwo gemütlich zu sitzen oder sich auf dem Sofa zu flegeln. Wie er so gut in Form blieb, war ein Rätsel. Wahrscheinlich gute Gene. „Es ist wunderschön geworden, und ich will auch wieder herkommen", sagte Vale. „Ich habe nur in der Stadt etwas zu erledigen."

„Ja? Was denn?"

Vale zuckte die Achseln. „Ich bin nicht sicher."

In diesem Augenblick trollte sich nicht weit von ihnen ein Bär aus dem Wald. Jason schnappte sich Vale und legte ihm eine Hand auf den Mund, damit er leise war. Schweigend starrten sie das Tier an, als es gemächlich zum Bach lief, etwas trank und sich dann in entgegengesetzter Richtung vom Haus wieder davonmachte.

„Ich kann nicht fassen, dass dein Pater und Vater dich allein hier draußen spielen ließen, obwohl es hier Bären gibt!", sagte Jason, als sie sicher die Berghütte erreicht hatten.

„Ich kann mich nicht erinnern, hier welche gesehen zu haben, als ich jung war", antwortete Vale lachend. Er zog seine Jacke aus, sobald die Tür auf war. Wie üblich warf er sie über eine Stuhllehne, und Jason nahm sie, um sie an der Garderobe neben der Tür aufzuhängen. „Wahrscheinlich war ich als Kind zu laut und habe sie mit all meinen Fantasiespielen verscheucht."

Jason zog Vale an sich, hin- und hergerissen zwischen Erleichterung und Sorge. „Du bist sicher", murmelte er. Aber eigentlich mehr, um sich selbst zu beruhigen.

Vale küsste seinen Hals. „Oh, Baby-Alpha, du bist so lieb."

„Wenn du das noch einmal machst, werden wir in den nächsten Stunden nicht zum Essen kommen", flüsterte Jason und ließ seine Hände hinunter zu Vales Hintern gleiten. „Schon seit wir angekommen sind, will ich dir diese Sachen herunterreißen und sehen, wie die frische Luft deinem herrlichen Körper bekommt."

„Wie die frische Luft meinem Körper bekommt?" Vale lachte erneut. „Ich bin sicher, mein Körper hat sich nicht verändert, seit wir hier sind."

„Ich denke, wir sollte das zur Sicherheit überprüfen, findest du nicht? Ich bin nicht sicher, ob mein Sofa liebender Omega mit der frischen Luft und langen Spaziergängen fertig wird", sagte Jason und machte sich auch schon an den Knöpfen von Vales Hemd zu schaffen. Dann schob er das Hemd von Vales Schultern und zog ihm auch das Unterhemd über den Kopf. „Mmm, so wunderschön."

Er streichelte Vales Haut, liebkoste seine Tattoos, kniff zart in seine Nippel. Vale wand sich ein wenig, trat aber näher, anstatt sich zu entziehen. Jason grinste. „Das gefällt dir."

„Ich liebe es."

„Ja." Jason beugte sich hinunter, um Vales Hals zu küssen, wo dessen Duft am stärksten war, und erschauerte bei dem süßen, anschwellenden Geruch der Erregung und des Schlicks seines *Erosgápe*. „Ich kann riechen, wie du dich mir öffnest."

„Immer, mein Liebling."

Jason erzitterte und liebkoste Vales Kehle. „Gehen wir ins Schlafzimmer."

Vale äußerte keine Widerrede. Auch er war eindeutig der Ansicht, dass das Essen warten konnte. Dennoch runzelte er die Stirn. Er schauderte und fragte noch einmal: „Aber morgen fahren wir nach Hause, ja?"

„Wenn du das willst." Jason ergriff Vales Nippel, kniff sie zärtlich und benutzte sie, um Vale durch den Flur zum Schlafzimmer zu ziehen. Vale verzog das Gesicht über den leichten Schmerz, konnte aber seine Erregung nicht verbergen – seine Hüften zuckten leicht nach vorn, und der Geruch von Vorsperma und Schlick hüllte die Liebenden mehr und mehr ein.

Vale öffnete den Mund, um etwas zu sagen, aber Jason war in diesem Moment nicht in der Stimmung zum Reden. Er wollte lutschen und lecken und ficken. Er kniff Vales Nippel fester und lächelte, als Vale den Kopf zurückwarf und keuchte, während er weiter vorwärts stolperte. Der Schlickduft wurde schwerer, und Jason lachte leise, als er die Schlafzimmertür auftrat, während seine Finger immer Vales rote Knospen malträtierten. Er führte Vale zu dem riesigen Bett. Ihre Hosen waren von ihren Erektionen ausgebeult, und an einen geistreichen Wortwechsel war nicht mehr zu denken.

„Abendessen?", flüsterte Vale mit zitternder Stimme. Aber was er mit seinen Händen machte, verriet, dass er keinerlei Wunsch hegte zu unterbrechen, was sie gerade taten, um zusammen ein Mahl zuzubereiten.

„Scheiß auf Abendessen", murmelte Jason grollend. „Ich werde dich stattdessen verschlingen."

„Oh, Liebling, du sagst die nettesten Sachen."

KAPITEL 2

VALE HATTE SCHON immer gern gefickt, und er schämte sich dessen nicht. Als er Jason kennengelernt hatte, hatte er ihm freimütig gestanden, dass Sex für ihn eine große Motivation war, und das war nicht gelogen gewesen. Aber was den Sex mit Jason anging, so fickte er nicht nur gern – er war geradezu süchtig danach. Er konnte wahrhaftig nicht genug bekommen und würde Essen, Spaß, Freunde und alles, was nach Arbeit aussah, aufgeben, um zuhause zu bleiben, sich die Kleider vom Leib zu reißen und stundenlang Orgasmen mit Jason zu erleben.

„Schon zwei hintereinander?", fragte Jason lachend, während er Vales Arsch fickte, Vales Beine über seinen Schultern und Vales Körper praktisch halb zusammengeklappt. „Du bist so leicht zu befriedigen, Baby."

„Nein, du bist einfach so gut", hauchte Vale und erschauerte, als Jasons Stöße perfekt seine Omegadrüsen und seine Prostata trafen. Er hatte bereits zweimal abgespritzt, und er spürte, wie sich ein analer Orgasmus aufbaute, und wappnete sich dafür. Nur noch wenige Stöße, und dann war er so weit. Stöhnend und zuckend kam er auf Jasons Ständer.

„Oh, verdammt, Baby, das ist so wundervoll. Sieh dich nur an, wie du kommst", murmelte Jason, ohne in seinen Bewegungen innezuhalten – er hämmerte einfach weiterhin in Vale, als wäre der nicht ohnehin schon in absoluter Ekstase und bräuchte mehr, um zu kommen. „Hör nicht auf. Scheiße, hör nicht auf, für mich zu kommen."

Vale hätte das gar nicht gekonnt, selbst wenn er gewollt hätte. Er war jetzt der Gnade seines Körpers ausgeliefert, in den ekstatischen Klauen seiner Lust. Eine herrliche Konvulsion nach der anderen übermannte ihn, und sobald sie nachließen, setzte ein weiterer Hüftstoß Jasons sie erneut in Gang. Jason starrte mit großen, bewundernden Augen zu ihm herab. Nie fühlte Vale sich schöner, als wenn er auf Jasons Schwanz zum Höhepunkt kam, bedeckt von Schweiß, Sperma und Schlick.

Die Zeit löste sich auf und zog sich zu einzelnen Punkten intensiven Glücks zusammen. Schließlich glaubte Vale, vor lauter Lust den Verstand zu verlieren und bettelte Jason an, ihn mit Sperma zu füllen. Und Jason hämmerte noch einmal tief in ihn hinein, erstarrte und schrie seinen Höhepunkt hinaus.

„Oh, Liebling, spritz in mich hinein", wimmerte Vale. „Mach mir ein Baby." Typisches Omega-Bettgeflüster. Erregend, ja, aber auch zärtlich und voller Wehmut, denn es war eine Bitte, die Jason nie erfüllen können würde. Vale hatte in seinem Inneren Narbengewebe, und nie würde ein Baby in ihm wachsen können. Nicht, ohne sein Leben in Gefahr zu bringen.

Jason erbebte und fluchte, küsste Vales Hals und Schulter, während sein Orgasmus andauerte. Er war jung und vital, voller Samen, und konnte eine gewaltige Ladung abschießen. Schon bald floss Vale über, und Jasons überschüssiges Sperma lief in seine Arschritze und endete in einer Pfütze auf dem Laken.

Erschöpft und immer noch ärgerlich erregt dachte Vale vage darüber nach, ob wohl genug saubere Bettwäsche da war. Es sah nach einer kalten Nacht aus, und dieses Set hatten sie bereits ruiniert. Obwohl er hier in Jasons Armen angenehm warm war. Er stöhnte, als Jason seinen Schwanz aus ihm herauszog und zahllose Küsse auf seiner Brust und seinem kitzeligen Bauch verteilte. Vale schnaufte ein leises Lachen.

„Lass mich dich saubermachen, und dann koche ich uns Abendessen.“

Vale hatte keine Ahnung, woher Jason die Energie nahm, nachdem er zuerst eine lange Wanderung durch die Landschaft gemacht und ihn dann eine Stunde lang gefickt und ihn bis zum Rand mit seinem Samen gefüllt hatte. Aber Vale hatte nicht vor zu protestieren, auch wenn er nicht besonders hungrig war. „Ich bin müde, Schatz“, flüsterte er, während Jason ihn mit einem warmen Waschlappen säuberte.

„Dann schlaf ein wenig. Es wird eine Weile dauern, bis das Essen so weit ist“, antwortete Jason und legte Vale einen warmen Bademantel um die Schultern. „Hier, diese Seite des Betts ist trocken. Ich wechsele das Laken später.“

Vale rutsche auf die andere Seite der breiten Matratze – die näher zum Fenster lag. Und dann, nachdem Jason ihn auf die Stirn geküsst, sein engen Arsch gepriesen und sich vergewissert hatte, dass Vale es warm hatte, ließ er ihn allein. Vale starrte aus dem Fenster auf das schwindende Licht auf den Bäumen und dem See. Das Bett war kühler auf dieser Seite, aber das fühlte sich gut an. Vale öffnete den Bademantel und schob die Bettdecke weg, in die Jason ihn so sorgsam eingewickelt hatte, und genoss die kühle Luft an seiner erhitzten Haut. Er lächelte, kniff sich selbst in die Nippel und dachte daran, wie Jasons Augen stets so lieb und verwundbar blickten in den Momenten, kurz bevor er kam. Einen intimeren Blick konnte er sich nicht einmal vorstellen. Vale liebte es, derjenige zu sein, der seinem Baby-Alpha dieses Gefühl gab.

Schließlich wurden seine Lider schwer, und der Schlaf begann ihn einzuhüllen. Vale sah noch die ersten Flocken draußen vor dem Fenster fallen. Es war früh für Schneefall, und so hübsch es auch aussah, Vale wusste, es bestand wenig Hoffnung, dass der Schnee liegen blieb. Schläfrig erinnerte er sich an die Anfangszeit mit Jason – eines Abends hatte es nach Schnee ausgesehen, und Jason hatte versprochen, am nächsten Tag mit Vale Schlittenfahren zu gehen, falls es wirklich schneien sollte.

Aber der Schnee war nicht liegengeblieben, und die Schlitten-fahrt hatte nie stattgefunden. Aber jener Abend war immer noch eine süße Erinnerung. Immerhin war sein Baby-Alpha – anders als der Schnee – geblieben. Und Jason war das beste, was Vale je passiert war. Besser sogar als der Abend, an dem er herausgefunden hatte, dass sein erster Gedichtband tatsächlich veröffentlicht werden würde. Heute erstaunte es ihn, dass er damals gedacht hatte, der Moment wäre der Gipfel aller Freude, die er je empfinden können würde. Dabei kam er nicht einmal in die Nähe eines schlichten Morgens zusammen mit Jason. Neben ihm aufzuwachen, seinen Duft zu atmen, ihm zuzusehen, wenn er im Garten ihres Hauses werkelte, oder wenn er sich für seinen Arbeitstag fertig machte. All das waren Höhepunkte der Freude für Vale.

Vale war glücklich – glücklicher als er überhaupt verdiente – und er konnte sich nicht vorstellen, dass diese wundervollen Momente ihm eines Tages alltäglich erscheinen würden. Jedenfalls nicht so bald. Bestimmt hielt das Leben noch viele Überraschungen für ihn und Jason bereit. Er wusste nur noch nicht, wie die aussehen würden.

Aber als Vale anderthalb Stunden später aus seinem Schlummer erwachte, stellte er schockiert fest, dass eine dieser Überraschungen ein unerwarteter, heftiger Schneesturm mitten im Herbst war.

Das, und etwas noch Unheilvolleres.

Denn Vale hatte im Schlaf sämtliche Textilien von sich gescho-ben, und ihm war immer noch viel zu heiß. Sein Haut kribbelte und, schlimmer noch, sein ganzer Körper schmerzte mit dieser verräterischen Schmacht, die eine sich rasch nähernde Hitze ankündigte.

„Jason!", rief er. Sein Magen drehte sich ein wenig um, als er den köstlichen Essensduft in der Luft wahrnahm. Widerwille gegen Nahrung … ein weiteres Anzeichen für eine Hitze. Mit hämmerndem Herzen sprang Vale auf die Füße und warf sich den Bademantel über. Dann lief er durch den Flur in Richtung der Küchengeräusche. „Jason?"

Das Wohnzimmer strahlte im hellen Licht der elektrischen Lampen, die von dem neumodischen Generator angetrieben wurden, den Jason ihm vor ein paar Stunden bei seiner Führung gezeigt hatte. Das Radio war eingeschaltet und spielte irgendwelche klassische Musik – wie die, die sein Pater gern in seinem Musikzimmer hörte. Jason bewegte sich langsam durch die Küche von Topf zu Topf, hob Deckel an und rührte und lächelte zufrieden.

„Jason?"

Jason drehte sich um, und der Ausdruck auf seinem Gesicht war so wunderschön, dass Vale hasste zu wissen, was er im Begriff war zu sagen, würde diesen Ausdruck vernichten. „Oh, gut", sagte Jason. „Du bist wach. Das Essen ist fast fertig. Nur noch ein paar Minuten."

„Es tut mir leid, Liebling, aber wir müssen nach Hause fahren. Jetzt gleich."

„Was? Wieso?" Jason neigte den Kopf zur Seite, dann deutete er auf die großen Fenster. „Vale, es schneit wie verrückt. Es kommt praktisch klumpenweise herunter. Heute Abend können wir nicht nach Hause fahren. Ich bezweifle sogar, dass wir morgen nach Hause fahren können. Tut mir leid." Er grinste und zwinkerte Vale zu. „Aber das bedeutet nur, wir haben mehr Zeit zum Spielen."

Vale bekam weiche Knie. Aber er schaffte es, zur Vordertür der Hütte zu stolpern und sie zu öffnen. Sein Verstand war nicht gewillt, den Ausblick aus den Fenstern als Beweis zu akzeptieren. Aber tatsächlich hatte sich der weite Himmel, den er kurz vorm Einschlafen noch gesehen hatte, verdunkelt, und kein Mond war zu sehen. Dichte, dunkle Wolken schütteten dicke, fette Schneeflocken in der Größe von Silbermünzen aus. Die Auffahrt und der Waldpfad waren bereits komplett von Schnee bedeckt.

„Vale?“ Jason trat hinter ihn. Seine Stimme war voller Sorge. Er schmiegte sich an Vales Rücken und legte das Kinn auf Vales Schulter, um in die gespenstisch weiße Dunkelheit hinauszublicken. „Siehst du? In Kürze werden die Bergstraßen unpassierbar sein, falls sie es nicht jetzt schon sind. Jedenfalls ist es viel zu gefährlich, in diesem Schlamassel heute Nacht zu fahren. Was ist denn los?“ Er drehte Vale zu sich um und nahm dessen Kinn in die Hand, sodass er ihm in die Augen schauen konnte.

Die Tür war immer noch halb offen, und die kalte Luft war eine Wohltat auf Vales erhitzter Haut. Die Verlockung, den Bademantel aufzureißen, war überwältigend, aber Vale wusste, das würde Jason nur aufregen, und was er ihm zu sagen hatte, war schon schlimm genug. „Gerate jetzt nicht in Panik“, begann Vale langsam – obwohl er selbst gerade der Panik nahe war. Sein Atem ging viel zu schnell, und sein Herz schlug so heftig, dass ihm ganz schwindelig wurde. „Was immer auch passiert, gerate nicht in Panik.“

Jason riss die Augen auf. Er schloss die Tür, dann führte er Vale zum Sofa und drückte ihn auf die Polster. „Was ist los? Bist du krank?“ Er legte seine Handfläche auf Vales Stirn. „Du bist ganz fiebrig.“

„Meine Hitze“, murmelte Vale. „Sie ist zu früh.“

„Was? Nein. Das ist unmöglich. Du hattest erst vor zwei Monaten eine.“

„Anscheinend ist es möglich, Jason, denn es passiert genau jetzt. Mir ist am ganzen Körper heiß, innen und außen, und ich bin alt genug, um die Zeichen zu erkennen. Ich habe das inzwischen oft genug erlebt.“

Jason schluckte schwer. „Scheiße.“

„Wir müssen nach Hause fahren.“

„Das können wir nicht“, flüsterte Jason. „Das Wetter ist ...“ Er kniff die Augen zu. „Ich habe nur zwei Kondome bei mir. Im Erste-Hilfe-Kasten. Ich habe nicht mit so etwas gerechnet.“

„Wir müssen es versuchen", sagte Vale. Er stand auf und ging wieder zur Tür. „Stell den Herd ab. Und den Ofen. Lass alles andere einfach, wie es ist. Wenn wir sofort losfahren–"

Ein heftiger Donner grollte, und ein Blitz erhellte jeglichen Schatten im Raum, sofort gefolgt von einem krachenden Geräusch – eine Art Splittern, das ihn befürchten ließ, dass irgendetwas das Haus getroffen hatte – und dann erschütterte ein lauter, dumpfer Knall den Raum. Jason drehte sich zur Vordertür um, riss sie auf und blieb wie erstarrt stehen. „Ein Baum ist quer über die Auffahrt gestürzt. Und auf unseren Wagen!"

Mit zitternden Beinen und rasendem Herzen trat Vale neben Jason und starrte hinaus in die Nacht. Der Baum war gigantisch, und das Auto war Schrott.

„Ruf deine Eltern an", flüsterte Vale. „Sie können herkommen und uns holen. Wir können ein Stück den Pfad hinuntergehen und ihnen entgegenkommen."

„Selbst wenn das sicher wäre, und selbst wenn es ihnen möglich wäre, es in diesem Schneesturm die Berge hinauf zu schaffen – die Telefonleitungen sind tot, Babe."

„Tot?"

„Der Sturm hat sie schon vor einer Stunde gekappt. Ich hatte versucht, meine Eltern anzurufen, um ihnen zu sagen, dass wir sicher angekommen sind. Da habe ich es gemerkt. Es reicht schon ein Ast, der irgendwo auf die Kabel fällt, die den Berg hinauf verlegt sind."

„Nein." Vale schlang sie Arme um sich selbst und kratzte an seinen Unterarmen. Die Hitze kribbelte noch mehr jetzt, da die kalte Luft hereinwehte und die Wärme des Kaminfeuers aufhob, das Jason in Gang gebracht hatte.

Jason zog ihn in seine Arme und küsste sein Haar. „Lass uns nachdenken. Es muss eine Lösung geben. Ich habe zwei Kondome. Ich könnte jedes davon mehr als nur einmal benutzen, bis sie … bis sie kaputt gehen.“

„Jason, du verstehst das nicht. Ich gehe in Hitze. Wir reden hier von Tagen unentwegten Fickens.“ Vale entwand sich Jasons Umarmung und trat auf die Vorderveranda, wo er begann, hektisch auf und ab zu gehen. Dabei beobachtete er die Schneedecke, die von Minute zu Minute dichter und höher wurde. „Ich muss hier raus. Wie können nicht hier feststecken. Wir brauchen Kondome. Wir müssen uns absichern!“

„Denkst du, ich wüsste das nicht?“, fuhr Jason ihn an. Dann wischte er sich mit einer Hand übers Gesicht. Sein Tonfall wurde aufgebracht, ängstlich. „Ich weiß das, okay? Aber was sollen wir tun?“ Er zerrte Vale zurück in die Hütte und schloss die Tür, um die Wärme nicht weiter entweichen zu lassen.

Vale ließ sich auf das Sofa fallen und massierte sich die Schläfen. „Es gibt einen Nachbarn. Oder es gab jedenfalls früher einen. Vielleicht hat er ein funktionierendes Telefon. Oder Kondome. Oder beides.“

„Wie weit weg wohnt er?“, fragte Jason, der sich bereits seine Jacke anzog. Er ging in die Küche und schaltete alle Herdplatten ab. Vale sah ihm mit großen Augen zu. „Welche Richtung? Ich gehe hin. Du wartest hier.“

„Ich erinnere mich nicht mehr an seinen Namen. Aber er wohnte den Berg hinunter; meine Eltern haben immer Honig von ihm gekauft.“ Vale erklärte Jason den Weg, dann sagte er: „Wir gehen zusammen.“

„Nein“, bellte Jason mit mehr Autorität, als er sonst außerhalb des Schlafzimmers gebrauchte. „Du wartest hier und isst das Abendessen, das ich gemacht habe. Es ist mir egal, ob du hungrig bist oder nicht. Du wirst es essen, damit du bei Kräften bist für was immer uns erwartet. Wenn wir die Hitze hier durchstehen müssen, will ich, dass du stark und gesund bist. Falls wir den Berg hinabsteigen müssen, um Hilfe zu bekommen, will ich dich auch dafür gestärkt sehen. Verstehst du mich? Iss dass Essen."

Vales Magen drehte sich zwar rebellisch bei der Vorstellung, aber er nickte. Sein Alpha hatte es befohlen, also würde er tun, was er konnte. „Ich will nicht, dass du allein gehst, Was, wenn du dich verirrst?"

„Ich komme schon klar", sagte Jason. Er schnappte sich eine Taschenlampe und setzte mit grimmig entschlossener Miene seine Mütze auf. „Bleib hier. Ich komme wieder."

Als sich die Tür hinter Jason schloss, wünschte Vale, er hätte noch einen Kuss bekommen, bevor Jason gegangen war. Was, wenn irgendetwas Schreckliches passierte? Was, wenn Jason nicht zurückkehrte?

Vale setzt sich mit einer Schale weichgekochtem Gemüse und einem Teller Kartoffelpüree an den Küchentisch – die einzigen Sachen, die er glaubte herunter zu bekommen – und aß langsam, während die nahende Hitze anschwoll und die Sorge ihm das Herz zerfraß.

KAPITEL 3

J ASON WAR PATSCHNASS, durchgefroren und elend. Das Haus, das er endlich ein Stück den Berg hinab entdeckt hatte, war verlassen und leer. Nicht nur war dort keine Menschenseele, es war überhaupt nichts darin. Wer immer einst dort gelebt hatte, war schon vor langer Zeit ausgezogen und hatte alles mitgenommen.

Jason drehte sich um, hilflos und frustriert, und stapfte den Weg zurück, den er gekommen war. Es hatte unentwegt weitergeschneit. Seine Fußspuren waren schon wieder bedeckt, sodass er seinen Weg nicht zurückverfolgen konnte. Er musste höllisch aufpassen, um die Kurven und Abzweigungen nicht zu verpassen, die ihn zurück zur Berghütte bringen würden. Er war in Panik und konnte kaum die Schönheit der weißen Nachtwelt bewundern, durch die er stolperte.

Als er schließlich die Auffahrt zur Hütte erreichte, waren seine Nase, Hände und Füße komplett taub, und er war bis auf die Knochen durchgefroren. Aber als er näherkam, wurde sein Blut noch mehr zu Eis, und er fand die Kraft zu rennen.

Vale schrie!

Scheiße. Die Hitze war so furchtbar schnell gekommen. So etwas hatte Jason noch nie erlebt. Natürlich hatte er Gerüchte gehört, dass ältere Omegas unerwartete Hitzen hatten, wenn ihre fruchtbaren Jahre sich dem Ende näherten – besonders jene, die Entzugshitzen erlitten hatten, nachdem sie es mit chemischen Hitze-Unterdrückern versucht hatten. Urho hatte ihm sogar von einer aktuellen Studie erzählt, die diesen Zusammenhang herstellte.

Eine Warnung, die Jason sich hätte mehr zu Herzen nehmen sollen. Aber das hatte er nicht. Vale erschien ihm so wundervoll und perfekt, sodass er die meiste Zeit über völlig vergaß, dass er so viel älter war.

„Baby, nein, nein. Oh, nein", sagte Jason und stieß die Tür auf. Er fand Vale bereits nackt und zitternd vor – auf dem Boden kniend, mit dem Oberkörper auf dem Sofa, den Hintern herausgestreckt. Und schmerzerfüllte Schreie entrangen sich seiner Kehle.

„Ich bin hier, ich bin hier", sagte Jason. Er riss sich die Kleider vom Leib, und dann stand er schwer atmend da. Sein Schwanz war hart und zeigte steil in die Höhe, und jeder Nerv in seinem Körper befahl ihm, sich um Vale zu kümmern, ihm seinen Ständer reinzustecken und seine Qual zu beenden.

Aber … nein, zuerst … zuerst musste er nachdenken.

Denk, Jason, denk nach!

Kondome.

Er hatte zwei. Scheiße. Nur zwei. Er kratze sich heftig den Kopf und versuchte sich trotz des überwältigenden Drangs, Vales Leiden zu beenden, zu konzentrieren. Aber schließlich knickte er ein, fiel hinter Vale auf die Knie und bedeckte Vales Körper von hinten mit seinem eigenen. „Ich bin hier, Baby, ich bin hier."

„Hilf mir. Es tut so weh. Bitte." Es war offensichtlich, dass Vale schon Mühe hatte, nur diese Worte herauszubringen. Er zitterte am ganzen Körper. Er hatte eindeutig schon lange Schmerzen. Zu lange. Wahrscheinlich hatte es angefangen, kurz nachdem Jason gegangen war, was bedeutete, dass Vale jetzt schon eine Stunde oder länger Schmerzen litt.

Verdammt.

„Ich bin bei dir. Ich werde dir helfen, Vale. Ich verspreche es."

Er schluckte heftig und wünschte, er hätte einen Alphadildo eingepackt. Der würde zwar nicht für lange reichen, aber er würde helfen. Jason hatte jedoch noch etwas anderes. Etwas, das Vale für eine Weile über die Runden helfen würde, lang genug, um mit den Kondomen länger auszukommen als nur heute Nacht. Vielleicht.

„Hör zu, Baby, du musst dich entspannen und mich hineinlassen."

„Bitte", wimmerte Vale. Er schob seinen Hintern zurück und nahm die Lordosis-Haltung ein. Jason hatte vor seinem Abschluss bei Dr. Obi eine Studie über die genetischen Ursprünge dieser Position verfasst, aber er fand sie immer noch das faszinierendste und bezauberndste Phänomen auf der Welt. Ein Omega in Lordosis-Haltung war das Erotischste, was er sich überhaupt vorstellen konnte. „Gib mir deinen Knoten. Bitte."

Jason küsste Vales bebenden Brustkorb, dessen Muskeln und Knochen mit jedem angestrengten Atemzug hervortraten. Dann griff er nach unten und presste drei Finger gegen Vales Loch. Es war nass von Schlick, und er konnte mühelos eindringen. Dann zog er die Finger wieder heraus und fügte den kleinen Finger hinzu, bevor er seine Hand erneut zurückzog und den Daumen einklappte. Alle vier Finger und der breiteste Teil seine Hand drangen unaufhaltsam in Vale ein, der vollkommen still hielt, aber laut aufstöhnte. Seine Schlickdrüsen flossen über, und Nässe lief an seinen Beinen herunter und sickerte zwischen seinen Knien in den Teppich.

„So ist es gut", sagte Jason. „Lass mich einfach hinein." Behutsam krümmte er seine Finger und machte in Vales Körper eine Faust – die Simulation eines Knotens. Vales Muskeln lösten sich und er sank auf das Sofapolster. Spasmen erschütterten seinen Körper, als er kam. „Das ist mein perfekter Omega", lobte Jason.

Vale zitterte und bebte auf seiner Faust, und Jason pumpte sie langsam hin und her, drehte sein Handgelenk und rieb über die geschwollenen Schlickdrüsen. Er wusste, Vale brauchte das Gefühl eines Knotens in sich und die Alphapheromone, die freigesetzt wurden, wenn er einen Knoten bildete, aber das hier konnte helfen, die Spannung der geschwollenen Schlickdrüsen zu lindern. Es konnte Vale helfen zu kommen und die Schmerzen im Zaum halten.

In der Zwischenzeit zermarterte Jason sich fieberhaft das Hirn nach einer Lösung für das Kondomproblem. Er erwog und verwarf diverse Haushaltsgegenstände und Materialien, aus denen sich vielleicht ein Behelfskondom basteln ließ. Aluminiumfolie – wenn er sie fest um seinen … aber nein, das konnte nicht sicher ein. Es war schließlich Metall. Ein Gummihandschuh? Er überlegte, ob vielleicht unter der Spüle in der Küche Gummihandschuhe sein könnten. Er würde später nachsehen müssen.

„Wolfgott, Liebling", murmelte Vale. „Fester. Mehr."

Jason bewegte seinen Arm, drehte das Handgelenk und drückte mit den Knöcheln gegen die Omegadrüsen. Vales Beine zitterten, und sein Anus zog sich zugleich mit seinen inneren Muskeln zusammen. Er stöhnte und schrie auf, und er war schon viel zu sehr hinüber, um sich über das, was als Nächstes kam, noch Sorgen zu machen.

Nein, das war Jasons Aufgabe als Alpha.

Er war erleichtert, als die erste Welle vorüberging, ohne dass dafür sein Knoten vonnöten war. Er half Vale, der aufgelöst und desorientiert war, hoch aufs Sofa, dann ging er sich die Hände waschen. Anschließend ging er in die Küche, um nach Gummihandschuhen zu suchen, und nach der dünnen Folie, die zum Einwickeln von Sandwiches benutzt wurde.

Er fand jedoch weder das eine noch das andere und setzte sich niedergeschlagen an den Küchentisch, von Vales Platz auf dem Sofa abgeschirmt durch den Raumteiler. Er musste etwas finden. Irgendetwas, um Vale zu schützen. Er stand wieder auf, ging durch den Flur zu ihrem Gepäck und durchwühlte die Kleidung in ihren Koffern. Er suchte nach irgendetwas mit einem ausreichend dichten Gewebe, das wenigstens etwas von seinem Samen auffangen würde. Aber so wie Alphas abspritzten, der Druck, die Menge … er wusste, kein Stoff würde reichen.

Schließlich gab er auf. Er öffnete den Erste-Hilfe-Kasten und entnahm die beiden Kondome. Er würde es so lange wie möglich hinauszögern, sie zu benutzen. Aber er wusste, es war nur eine Frage der Zeit, bevor der Punkt kam, an dem er sich entscheiden musste, Vale entweder leiden zu lassen oder ihn möglicherweise zu schwängern.

Jason hoffte, er würde stark genug sein, um die Schreie zu ertragen. Er musste es einfach schaffen. Er hatte keine andere Wahl.

VIER STUNDEN SPÄTER waren sie ins Schlafzimmer umgezogen. Jason war erschöpft, und Vale war kaum befriedigt.

Jasons Armmuskeln taten weh von dem Hin und Her seiner Faust in Vales Körper, und sein Ständer triefte schmählich vernachlässigt auf den Boden. Alles in Jason schrie danach zu tun, was die Natur vorgesehen hatte – Vale seinen Schwanz reinzuschieben, ihn zu ficken, bis sie beide vor Lust und Vergnügen völlig erledigt waren, und ihn dann zu knoten und seinen Samen ins Vales wartenden Gebärpater zu pumpen.

Besagter Uterus hatte sich bereits gesenkt. Jason konnte spüren, wie er an seinen Fingerknöcheln saugte, wenn er seine Faust in Vale bewegte, offen und bereit für Jasons Eichel. Vale erschauerte auf seinem Handgelenk, wenn Jason mit den Knöcheln seinen Patermund reizte und ihm multiple Orgasmen bereitete.

Jason küsste die Innenseiten von Vales Schenkeln und beobachtete, wie Schlick um sein Handgelenk hervorpulsierte und auf das Laken tropfte. Der berauschende Duft des Schlicks und der Geruch von Vales Sperma hüllte sie beide ein. Jason rieb seinen Schwanz an der Matratze und kämpfte gegen den Drang an, seine Faust herauszuziehen und sie durch seinen Ständer zu ersetzen.

Vale war jetzt wie im Delirium, und er war eindeutig unbefriedigt und litt. Soweit hatte Jasons Fisting die Schmerzensschreie verhindert, aber lange würde das nicht mehr genügen. Jason spürte, wie die Hitze an Kraft zunahm und der Druck wuchs, je länger er Vale den Knoten und die damit einhergehenden Pheromone verweigerte. Bald würde er ein Kondom benutzen müssen, aber er hielt sich weiterhin zurück und wartete darauf, dass die Schmerzen erneut einsetzten. Dass Vales unbefriedigtes Verlangen erneut in verführerisches, drängendes Omega-Bettgeflüster mündete – wenn alle Hemmungen verschwanden und nichts mehr zählte, außer dem Bedürfnis, Jasons Knoten zu bekommen.

„Das ist es, Liebling", wimmerte Vale. Seine grünen Augen glänzten vor Erregung. „Fühlst du das?"

Jason küsste erneut Vales Schenkel und nickte.

„Schieb sie mir tiefer rein. Mehr. Bitte."

Jason presste seine Faust gegen Vales Patermund und stöhnte, als er spürte, wie Vales Uterus versuchte, seine Finger einzusaugen. Vale schob seinen Hintern zurück und versuchte, Jasons Faust tiefer in sich aufzunehmen. Er wollte, dass Jason seinen Uterus penetrierte und ihm weitere Orgasmen abrang. Aber Jason wusste, das würde Vale niemals so befriedigen wie ein Knoten, und er hatte seine Faust auch noch nie zuvor dort eingeführt. Nach allem, was er wusste, war das nicht sicher, und es konnte Vale Schmerzen bereiten. Er hielt sich zurück.

„Willst du mich denn nicht füllen?", fragte Vale atemlos.

Jason keuchte. „Ja, doch, ja."

„Zeig's mir. Zeig mir, wie sehr du mich willst. Jetzt."

Jasons Ständer zuckte, und er rieb ihn an Vales Schenkel, verteilte seinen Alphageruch auf ihm, markierte ihn, hielt sich aber dennoch zurück und kämpfte gegen seine Instinkte an. „Noch nicht."

„Jetzt. Bitte, Jason, jetzt", flehte Vale. Seine Stimme zitterte, und Tränen füllten seine Augen. „Bitte. Bitte. Ich brauche es. Ich *brauche* es. Es tut so weh.“

Jason biss sich von innen auf die Wange und schloss die Augen. Er drückte seine Faust fester hinein, pumpte schneller und atmete langgezogen aus, als Vale kam, fluchend und schluchzend und wimmernd, und um seinen Knoten bettelte.

„Nicht genug“, flüsterte Vale, als er von seinem Orgasmus herunter kam. „Nicht genug. Beknote mich. Bitte, wenn du mich liebst, dann …“

„Baby, ich liebe dich. Du bist alles für mich. Aber ich muss die Kondome sparen.“

„Jetzt, Jason. Jetzt. Oh, Scheiße, Wolfgott, jetzt, jetzt, *jetzt!*“ Vale warf den Kopf auf dem Bett hin und her. Sein Loch zog sich eng um Jasons Handgelenk zusammen, und frischer Schweiß brach ihm aus. Er schrie, seine Muskeln verkrampften sich. Jason fluchte. Seine Hand steckte in Vale fest, bis dieses Elend nachlassen würde. Er hätte es einfach tun und Vale beknoten sollen. Er hätte auf ihn hören sollen. Er hatte seinen Omega im Stich gelassen, seinen *Érosgápe*, seinen Vale.

Jason murmelte tröstende Worte. Tränen traten ihm in die Augen, während Vale schrie und zitterte und sich in schrecklichen Krämpfen auf Jasons Hand wand. Und dann, endlich, nach einer viel zu langen und viel zu heftigen Periode der Angst und der Qual, sank Vale besinnungslos zurück auf die Matratze. Der Griff um Jasons Handgelenk löste sich, und Jason zog langsam und behutsam seine Hand heraus. Eine kleine Woge herrlich duftenden Schlicks folgte. Jason setzte sich niedergeschlagen auf das Fußende des Bettes und betrachtete Vales bewusstlose und nun sehr bleiche Gestalt — immer noch zuckten Vales Gliedmaßen vor Schmerz, und er atmete in heftigen, abgehackten Zügen.

„Es tut mir leid“, flüsterte Jason, obwohl Vale ihn nicht hören konnte. „Ich werde dir geben, was du brauchst.“

Er nahm das erste der beiden Kondome, riss die Verpackung auf und keuchte entsetzt. Das Kondom war trocken und bröselig. Er zog es heraus, und sofort zerfiel es in seinen Fingern. „Nein, nein, nein."

Er öffnete die zweite Verpackung, und Entsetzen zog ihm die Kehle zusammen, als auch dieses Kondom sich in seine Bestandteile auflöste. Das Herstellungsdatum auf der Verpackung zeigte, dass die Kondome sechs Jahre alt waren, aber das benutzte Material war nicht dafür vorgesehen, länger als drei Jahre zu halten. Jason warf die Verpackungen durchs Zimmer und stieß einen zornigen und verzweifelten Schrei aus.

Vale zuckte und stöhnte. Jason biss die Zähne zusammen; sein Herz schlug heftig und furchtsam. Er kletterte aufs Bett, sodass Vale ihn sehen würde, wenn er erwachte. Zärtlich streichelte er Vales Wange, und als Vale *endlich* die Augen öffnete, hätte Jason fast geweint. Er hatte seinen *Érosgápe* im Stich gelassen, und die Erleichterung in Vales Augen, als er ihn sah, brach Jason das Herz.

„Wolfgott sei Dank, Jason", krächzte Vale. „Ich brauche dich. Es tut so weh, ich halte es nicht aus. Hilf mir. Bitte."

„Schh, Baby. Du musst nicht betteln." Jason kam sich wie ein Lügner vor, als er das sagte, denn er hatte Vale bereits betteln lassen, und dann hatte er zugesehen, wie Vale litt. Wie er geschrien und sich vor Schmerzen gewunden hatte … wie er sich in Qualen gewunden hatte, anstatt vor Lust. Jason ertrug es nicht. Er konnte keine Sekunde länger tatenlos zusehen. Er war schwach. Er war zu weich dafür. „Vale …"

„Jason, bitte hilf mir."

„Baby, die Kondome …"

„Ist mir egal!", sagte Vale. „Mir ist alles egal. Mach einfach nur, dass es aufhört." Seine Augen füllten sich mit Tränen. „Ich schaffe das nicht. Ich bin zu alt, um das auszuhalten. Ich habe Angst."

Jasons Kehle wurde eng. Keine Sekunde. Nicht eine Sekunde

länger konnte er es ertragen. Er kletterte zwischen Vales Beine und brachte seinen harten, triefenden Schwanz in Stellung. Er war zu verängstigt und taub, um auch nur Lust zu empfinden, als er in Vale eindrang. Aber die Wärme und die Reibung beruhigten auch den Teil von ihm, der das brauchte.

„Ohhh, jaaa", hauchte Vale, als Jason seinen Ständer an den geschwollenen Schlickdrüsen vorbei und über Vales Prostata zwang. Vale schloss ekstatisch die Augen und lächelte erlöst bei dem vertrauten Gefühl der Länge und Dicke von Jasons Schwanz. Seine Beine zitterten um Jasons Taille, und sein Eingang krampfte sich zusammen, als er kam. „Liebling, ja, oh, danke. *Danke.*"

Jason vergrub sein Gesicht an Vales Hals und atmete Vales Duft ein, während ihm die Tränen kamen. Er hatte Vale betrogen. Hier war er nun, ohne Kondome, und im Begriff, etwas zu tun, was keiner von ihnen beiden je gewollt hatte. Etwas, das Vale so dringend hatte vermeiden wollen, dass er beinahe aus ihrem einzigartigen Bund geflohen wäre. Jason war im Begriff, seinen Omega zu besamen.

Jason wimmerte, entsetzt über den Geruch von Vales Schmerz, gemischt mit Lust und heftigem Verlangen. Und sobald Vale erneut begann, schmerzerfüllt zu zucken, ließ Jason entschlossen seine Hüften vorschnellen. Wolfgott, so hatte er sich diesen Moment wahrhaftig nie vorgestellt – ungeschützt und nackt und wundervoll in Vales Körper, von der Hitze weit geöffnet für ihn. Aber es ging nicht anders. Er konnte Vale keinen Augenblick länger leiden lassen.

Vales Körperwärme stieg vehement, und der Griff seines Eingangs war stark und perfekt. Mehr Reibung, immer mehr – Vales geschwollene Schlickdrüsen massierten Jasons Ständer, und seine inneren Muskeln arbeiteten mit jeder Welle, während die Orgasmen so mühelos durch ihn hindurch wogten wie bei allen Omegas in Hitze. Jason wusste, er würde sich ebenfalls nicht lange zurückhalten können. Und er wollte es auch nicht. Er hatte Vale schon lange genug warten lassen, hatte ihn leiden lassen, und das würde er nicht mehr zulassen.

„Bitte ... dein Knoten", stöhnte Vale und hob den Hintern an, um jedem einzelnen Stoß von Jasons Hüften entgegen zu kommen. „Ich will ihn. Ich will ihn so sehr, Liebling. Bitte. Oh, *bitte*."

Das Flehen war mehr, als Jason ertragen konnte. Er hielt Vales schlanken Körper ganz fest und rammte seinen Schwanz hinein, schnell, hart, besessen und ohne an irgendetwas zu denken außer daran, seinen Knoten zu bekommen.

Vales lustvolle Schreie hüllten ihn ein, und Vales Körper erschauerte und wand sich unter ihm, nun jedoch voller Ekstase und Glückseligkeit. Jason ritt instinktiv Vales Konvulsionen, dann drang er hart und tief in ihn ein. Er schrie auf, als seine Eichel den willigen, weichen Mund von Vales Gebärpater überwand, und das überwältigende Bewusstsein, Haut an Haut und ohne Barriere mit dem Uterus seines Omegas vereint zu sein, erschütterte ihn bis ins Mark. Seine Eichel wurde von den heftigen Krämpfen der Muskeln in Vales Gebärpater massiert, und mit einem gewaltigen Lustschrei entlud Jason eine Ladung dicken Samens nach der anderen.

Auch Vale schrie auf. Er griff hinunter, packte Jasons Arsch und zog ihn so tief in sich hinein, wie es ging. Seine eigenen Orgasmen nahmen verheerend von ihm Besitz – in seinem Uterus, anal und penil, alles zugleich. Sperma explodierte aus seinem Schwanz und spritzte auf ihrer beider Bäuche und Brüste. Seine sämtlichen Muskeln spannten und entspannten sich in einem pulsierenden Rhythmus. Vale war halb wahnsinnig vor Lust und gab Freudenschreie von sich. In Reaktion auf Jasons Knoten wallte der köstliche Duft von Vales Pheromonen auf, drang in Jasons Nase und versicherte ihm, dass Vales Schreie reinem Glück geschuldet waren, und nicht der Rückkehr seiner Schmerzen.

Jasons Knoten schwoll rasch und verband ihre Körper fest miteinander. Er stöhnte, als er so Vales Passage füllte. Vales innere Muskeln schlossen sich um den Knoten wie ein Schraubstock und zwangen Jason, immer wieder neues Sperma direkt in Vales fruchtbaren Uterus zu entladen.

Jason zuckte und erbebte, vollkommen verloren in der Perfektion, so in seinem *Érosgápe* zu kommen – so mit Vale vereint zu sein – und in dem Wissen, dass er wahrhaftig zum allerersten Mal nackt in Vales Gebärpater war. Als Jason von diesem überwältigenden High wieder herunter kam, traf ihn die Realität wie ein Vorschlaghammer. Panik darüber, was als Nächstes passieren konnte, fegte die Seligkeit der Vereinigung weg. Er begann zu zittern und versuchte, seinen Knoten durch pure Willenskraft abschwellen zu lassen, sodass er seinen Schwanz herausziehen und den Samen von Vales Körper waschen konnte. Aber ohne Erfolg. Sie würden miteinander vereint sein, bis sein Körper ihnen erlaubte, sich voneinander zu lösen, und bis dahin …

Vales Finger streichelten sanft seinen Rücken. Jason blieb tief in Vales Uterus und spürte, wie die Muskeln um seine Eicheln zuckten und wie Vales Passage um seinen Knoten bebte. Ihm wurde bewusst, wie reglos und still Vale unter ihm lag, und dass auch Vale die Erkenntnis dessen erreicht hatte, was soeben passiert war.

„Es tut mir leid", flüsterte Jason schließlich. Er war unfähig, genug Worte an dem Kloß in seiner Kehle vorbei zu quetschen, um mehr zu sagen, um das mit den Kondomen zu erklären, um Vale um Vergebung zu bitten.

„Mir nicht", murmelte Vale. „Du fühlst dich so wunderbar an. Ich hätte nie gedacht, ich würde das einmal fühlen – die Wärme deines Samens in meinem Uterus, wie weich deine Haut sich an meiner anfühlt."

Jason sank auf Vales Körper, sein Knoten geschwollen und tief in seinem Omega, und er biss in Vales Schulter und versuchte, die Tränen zurückzuhalten, aber sie kamen dennoch. Er brach in haltloses Schluchzen aus. Es schüttelte ihn, und jedes Erbeben seines Körpers rieb seinen Knoten im Inneren von Vales empfindsamem Körper und löste neue Orgasmen aus.

Atemlos und unter ihm zitternd schlang Vale seine Arme um Jason und streichelte beruhigend seinen Rücken. „Baby-Alpha, du musst für mich stark sein. Vor uns liegen noch *Tage* hiervon."

Jason nickte an Vales Schulter. Tränen liefen ihm über die Wangen, als er den Kopf hob, um Vale anzusehen. „Ich bin bei dir, Vale. Hab keine Angst."

Vale berührte sein Gesicht und wischte die Tränen weg. „Ja, du bist bei mir. Und ich habe keine Angst, versprochen." Er lächelte liebevoll. „Ich bin der Deine."

Jason verlor erneut die Fassung, und seine Schluchzer verursachten bei Vale einen neuen Rausch der Lust. „Oh, Wolfgott, Jason. Ich kann nicht aufhören. Es tut mir leid. Aber es ist … oh, ooohhh."

Es dauerte mehrere Minuten, bevor Jason sich wieder genug in der Gewalt hatte, dass Vale sich schließlich auf seinem Knoten entspannen konnte. Mit vor Lust und Erschöpfung glasigen Augen sah Vale zu ihm auf, als das Schluchzen nachgelassen hatte. Erneut wischte er Jason mit der Hand die Tränen vom Gesicht. „Weine nicht, Liebling. Was geschehen ist, ist geschehen. Lass es uns einfach genießen, da wir es nicht aufhalten können, ja?"

Jason nickte, entschlossen, Vale nicht mit seinen eigenen, hässlichen Schuldgefühlen zu belasten. „Ich liebe dich."

„Ich habe keine Angst, Jason. Spürst du, wie gut wir zusammen sind?", murmelte Vale. Er verspannte sich leicht unter Jason. „Du bist tief in meinem Uterus, und ich empfange deine Saat. Der Anfang und das Ende."

„Nicht das Ende", stieß Jason hervor und schüttelte den Kopf.

Der Blick in Vales glänzenden Augen wurde weicher. „Nein, Liebling. Nicht das Ende."

Jason lächelte zu ihm hinab. Er versuchte, stark zu sein, so wie Vale es gesagt hatte. Aber er konnte dennoch nicht ganz aufhören zu weinen, bis sein Knoten wieder abgeschwollen war. Als er behutsam seinen Schwanz herauszog – entsetzt über die Menge Sperma, die sich dabei aus Vales Loch ergoss – schluckte er die letzten Tränen herunter. Dann führte er sanft seine Finger ein, um Vale zu helfen, langsam herunterzufahren, bevor die nächste Welle kommen würde.

„Ich liebe dich. Und ich habe auch keine Angst." Jasons Stimme schwankte.

Vale lachte, und der süße, vertraute Klang enthielt all die Furcht, die ihre Herzen ergriffen hatte. „Natürlich nicht." Er lächelte schief – offensichtlich, um Jason zu ermutigen. „Du bist mein starker, furchtloser Alpha. Mein Ein und Alles."

„Und du bist mein Ein und Alles", flüsterte Jason zur Antwort.

Die Worte hingen zwischen ihnen, gewaltig und wahr, und Jason wusste nicht, wie er ohne Vale leben sollte, falls Vale bei dieser Hitze schwanger werden würde. Seine Gedanken schweiften zu Urho und wie der sich um ungewollte Schwangerschaften von Omegas kümmerte. Und dann dachte er an seinen Pater und dessen Verbindung zu einem Apotheker im Calitandistrikt. Es gab andere Optionen, was auch immer passieren sollte. Beängstigende Optionen, aber sie würden es zusammen durchstehen.

Sie mussten einfach.

Plötzlich stöhnte Vale auf und wand sich unter ihm. „Oh, Scheiße. Es geht wieder los." Er packte Jasons Kinn und sagte drängend: „Bitte, Jason, genieß es. Nimm meinen Körper und genieß es. Beflecke diese wundervolle Sache, die wir teilen, nicht mit Angst vor einer Zukunft, die vielleicht gar nicht eintritt."

Jason küsste Vales Schlüsselbeine, seinen Hals, seine Wangen. Vale hatte recht. Es gab keine Garantie dafür, dass er schwanger wurde. Immerhin war er schon älter, und die unerwarteten Hitzen waren oft ein Zeichen für nachlassende Fruchtbarkeit. Vielleicht machte er sich grundlos verrückt. Er sollte sich Vales Rat zu Herzen nehmen. Ihre wundervolle Vereinigung voll und ganz auskosten. Denn sie würden es mit Sicherheit nie wieder erleben – aus vielen Gründen.

Vale bäumte sich auf. „Oh, es geht los. Wolfgott, Liebling, bitte. Mach, dass ich komme."

Und Jason, voller Angst und mehr Liebe als je zuvor, machte genau das.

TEIL ZWEI

SCHWANGERSCHAFT IN DER STADT

KAPITEL 4

D R. URHO CHASE war der gleiche spießige, stocksteife Kerl wie immer, und wirklich, Jason hatte keine Ahnung, wie Vale sich je zum Spaß von diesem Mann hatte ficken lassen, geschweige denn ihn bei seinen Hitzen helfen gelassen. Jason biss heftig die Zähne zusammen. Jetzt war nicht der richtige Zeitpunkt, um daran zu denken. Jason fühlte sich im Augenblick zerbrechlich – verängstigt und verletzt. Alphamanifestation kribbelte streitlustig unter seiner Haut und suchte nur nach einem Grund auszubrechen.

Vale saß in dem großen Lehnsessel in seinem Arbeitszimmer – den, worin er und Jason zum ersten Mal gefickt und unter Missachtung jeglichen Protokolls ihren Bund besiegelt hatten. Ohne Vertrag so zu ficken, war mehr als nur gedankenlos gewesen. Er war gedankenlos gewesen, und das war er anscheinend immer noch. Es schien zu einem sich wiederholenden Muster in ihrem gemeinsamen Leben zu werden. Er verdiente Vale nicht als seinen Omega, als seine große Liebe.

„Jason", sagte Vale scharf. „Bitte hör auf, hin und her zu gehen. Mir wird übel davon."

Sofort blieb Jason stehen. Er ging an Vales Seite auf die Knie, nahm Vales Hand und fragte: „Willst du etwas Sprudelwasser? Ich kann dir welches holen. Mit einem Schuss Zitrone?"

„Nein. Ich will nur, dass du ruhig sitzen bleibst." Vales Finger sanken in Jasons Haar und kämmten es beruhigend, während er Urho beobachtete. Offenbar war Vale nervös unter seiner beschwichtigenden Haltung. „Das ist also der Stand der Dinge", fuhr er fort. Er war derjenige, der Urho alles über ihren Aufenthalt in den Bergen erzählt hatte, über die unerwartete Hitze und die offensichtlichen Konsequenzen. Denn Jason war zu entsetzt und überwältigt, um zu reden, selbst jetzt noch. „Welche Optionen haben wir?"

Urho holte tief Luft. Seine Nasenflügel bebten.

„Kannst du es auch riechen?", fragte Vale. „Jason roch die Veränderung in mir mehr oder weniger sofort nach dem Ende der Hitze."

Jason zitterte und drückte sein Gesicht an Vales Knie. In der letzten Nacht in der Hütte hatte er fast den Verstand verloren, als ihm klar wurde, das der seltsame Geruch, den er beim Abendessen wahrgenommen hatte, von Vale ausgegangen war. Der Geruch eines sich entwickelnden Babys. Ihres Babys.

„Du hättest mich gleich bei eurer Rückkehr anrufen sollen", sagte Urho leise. Im Frühstadium helfen oft bestimmte Kräuter."

„Ich sah keinen Grund zu der Annahme, ich könnte schwanger sein", antwortete Vale und hob das Kinn. „Keinen Grund, Krämpfe und Blutungen zu erdulden, wenn da gar kein Baby ist."

„Keinen Grund … wenn da gar kein …", schnaubte Urho dramatisch und breitete die Arme aus. „Dieser Bengel hat ganze vier Tage lang Riesenladungen Sperma in deinen fruchtbaren Uterus gepumpt, und du fandest nicht, das wäre ein Grund zur Annahme, du könntest schwanger sein?" Er stieß ein humorloses Lachen aus. „Das ist unverantwortlich. Von euch beiden. Aber besonders von dir, Jason. Und du nennst dich selbst einen Alpha?"

Jason knurrte, aber es ging in ein Wimmern über. Er ließ beschämt den Kopf hängen.

Vale wurde wütend. „Lass ihn in Ruhe. Er macht sich selbst schon genug fertig deswegen. Er hat getan, was jeder Alpha getan hätte."

Urho hob skeptisch eine Braue, und Jason hätte ihn am liebsten geschlagen – aber erst, nachdem er sich selbst zerlegt hätte. Urho fauchte: „Er ist in dich eingedrungen, hat sein Sperma in dir hinterlassen, obwohl er die Konsequenzen kannte, die eine Schwangerschaft für dich bedeuten.“

„Urho“, sagte Vale zähneknirschend. „Wir sind *Erosgápe*. Sag mir, dass du fähig gewesen wärst, Riki leiden zu lassen. Sag mir, du hättest an seinem Bett sitzen und seinen Schmerzensschreien zuhören können. Als er starb, hast du da bereut, ihn–“

Urho verlor die Fassung. „Wolfgott! Sprich nicht davon!“

„Sag mir, du hättest anders gehandelt.“

Urho ließ die Schultern hängen. „Das hätte ich nicht gekonnt. Niemals.“ Dann wandte er sich an Jason und sagte in milderem Ton: „Du hast getan, was du tun musstest.“

Jason schüttelte den Kopf. Seine Kehle wurde eng. „Ich habe ihn getötet.“

„Nein. Du hast ihn gefickt. Und das ist, was unsere ganz eigene Natur fordert. Was glaubst du, warum Omegas so sehr leiden?“

Jason dachte zurück an den Kurs über Alpha-Omega-Beziehungen an der Uni und flüsterte: „Weil ihre Drüsen sich entzünden, und ihre Nerven sind–“

„Ich meine nicht medizinisch, sondern entwicklungsgeschichtlich“, unterbrach Urho ihn mit mühsam beherrschter Stimme. „Ihre Qual löst etwas in uns aus. Sie zerstört jeglichen Widerstand und jegliche Zurückhaltung unsererseits, zu beknoten und zu besamen. Ihre Schmerzen sind so groß, dass wir gezwungen sind, sie zu lindern. Es ist Wolfgottes Plan.“

Jason schnaufte verächtlich bei der Vorstellung eines Gottes, der unmenschliche Qualen als Motivation benutzte. Was für ein Gott sollte das sein?

Urho trat näher und drückte Jasons Schulter. „Es ist schon schwer genug, tatenlos zuzusehen, wenn irgendein Omega in Hitze leidet. Aber ein *Erosgápe*? Unmöglich. Mach dich nicht fertig deswegen.“

Jason knirschte mit den Zähnen und sagte nichts, sondern entzog sich Urhos Versuch, ihn auf väterliche Weise zu trösten. Er hasste Urhos herablassende Art. Er hasste, dass er so tat, als hätte Jason irgendetwas anderes getan, als Vale in jeder Hinsicht enttäuscht. Jason wusste, wäre er niemals in Vales Leben getreten, dann hätte Urho sich weiterhin um Vales Hitzen gekümmert, und nichts von alledem hier wäre je passiert. Vale wäre sicher, und …

Er zuckte zusammen.

Nein. Das war unmöglich. Jede Zelle seines Körpers rebellierte dagegen. Er knurrte Urho an, und nur Vales Hand, die seinen Arm ergriff, hielt ihn zurück.

„Es ist nicht Urhos Schuld, dass er ein Arschloch ist“, sagte Vale sanft. „Er hat dir seine beste Version einer Entschuldigung gegeben. Nimm sie an, und lass uns zu dem Teil kommen, wo er uns erklärt, was wir jetzt noch versuchen können.“

Urho seufzte und drehte sich zu seiner schwarzen Arzttasche um. „Ich sollte dich untersuchen, um die Schwangerschaft zu bestätigen, aber das scheint mir im Augenblick keine gute Idee zu sein.“ Er warf Jason einen vielsagenden Blick zu. „Wir können es beide riechen. Angesichtes der Intensität des Geruchs scheint die Schwangerschaft sehr gefestigt zu sein. Dennoch sind die Kräuter immer noch das, womit wir anfangen sollten.“ Er öffnete seine Tasche und entnahm ihr ein paar Döschen, ging ihren Inhalt durch und stellte verschiedene Pillen in einem leeren Gefäß für Vale zusammen. „Dazu ein paar stärkere Abtreibungsmittel. Von der weniger legalen Sorte.“

Er gab sie Jason, der sie nahm und stumm auf das Totenkopf-Symbol mit den gekreuzten Knochen auf dem Etikett starrte. Schließlich fragte Jason: „Ist das Gift?“

„Natürlich. Es tötet das Baby und verursacht Krämpfe, um es auszutreiben. In diesem Stadium ist das wahrscheinlich nicht gefährlich. Vale wird sich sterbenskrank fühlen, aber die Dosis ist natürlich so gering, dass sie ihn nicht verletzen wird."

Tötet das Baby.

Jason erschauerte bei den schonungslosen Worten. Er schluckte schwer. Er konnte es nicht zugeben – nicht vor Vale und auch vor sonst niemandem – aber der Geruch von Vale und dem Baby zusammen war alles andere als unangenehm. Er war göttlich. Köstlich. Der perfekteste Geruch, den er je wahrgenommen hatte, abgesehen von Vales Duft in dem Augenblick, als Jason in der Bibliothek auf ihn geprägt worden war. Jason sehnte sich verzweifelt danach, dass der Babygeruch stärker wurde und das Haus erfüllte. Der Gedanke, ihn zu beenden, ihn abzubrechen …

Erneut musste er einen Kloß in seiner Kehle herunterschlucken. Scheiße. Es gab keine gute Lösung. Nichts, das ohne Leiden abgehen würde. Alles tat weh.

Vale hatte eine Hand auf seinen Bauch gelegt, und seine Haut wirkte blasser als gewöhnlich. Die Schlagader an seinem Hals pulsierte sichtbar. „Tötet das Baby", flüsterte er. Offenbar war er an den gleichen Worten hängen geblieben, die auch Jason ins Herz getroffen hatten.

„Vale", sagte Urho traurig. „Es gibt keinen anderen Weg."

Vale griff nach dem Pillengefäß in Jasons Hand, betrachtete es und schloss dann die Augen. „Muss ich die alle auf einmal nehmen, oder …?"

„Alle auf einmal. Dann machst du es dir so bequem wie möglich. Die Schmerzen werden intensiv sein, wenn die Krämpfe beginnen, aber nicht so schlimm wie bei einer unbehandelten Hitze. Deine Erinnerung daran ist ja noch frisch. Es wird nichts im Vergleich dazu sein."

„Ich … will nicht …" Vale starrte immer noch in das kleine Metallgefäß, das im Licht des Fenster silbern glänzte. „Mir ist kalt."

Jason erhob sich wie taub und ging zum Kamin. Ein Feuer in

Gang zu bringen war keine große Sache, aber es fühlte sich gut an, wenigstens mit einer kleinen Aktion zu Vales Wohlbefinden beitragen zu können. Seit sie von ihrer Reise zurückgekehrt waren, hatte Jason alles nur Mögliche getan, um es bei Vale wieder gut zu machen und ihm zu zeigen, wie leid es ihm tat, dass er nicht stärker gewesen war. Aber Vale schien nicht zu verstehen, was er tat. Er hielt Jasons Verhalten lediglich für einen Beweis seiner Angst und war selbst ganz verloren in Gedanken daran, was jetzt auf sie zukam.

Oder, falls Vale die Pillen in diesem Gefäß schlucken sollte, nicht auf sie zukam.

„Jason?", fragte Urho. „Hast du mich gehört? Du wirst ihn unter Beobachtung halten müssen, und falls die Blutungen so stark werden sollten wie diejenigen, die dein Pater hatte, dann musst du einen Krankenwagen rufen. Falls irgendwelche Fragen kommen, sagst du, es ist eine Fehlgeburt. Ihr werdet beide elendig genug aussehen, um das glaubwürdig zu machen. Dieses eine Mal jedenfalls. Aber macht keine Gewohnheit daraus."

Die Erwähnung des schrecklichen Erlebnisses mit Jasons Pater war ebenfalls entsetzlich; Jason rieb sich die Augen. Er versuchte, die furchtbare Erinnerung wieder beiseite zu schieben … sein Pater auf den Knien, heftig blutend und schreiend vor Schmerzen. Jason würde es nicht aushalten, Vale so zu sehen.

„Urho, du bist heute wirklich unnötig direkt", tadelte Vale. „Er hat Angst, siehst du das denn nicht?" Er streckte Jason eine Hand entgegen, um ihn zu sich zu winken. Aber Jason blieb, wo er war.

Jason straffte nur die Schultern und sagte: „Wir haben alle Angst, Vale. Du musst mich nicht mit Samthandschuhen anfassen."

Vale zog die Brauen hoch, und seine Mundwinkel zuckten, aber er äußerte keinen Widerspruch. Was nett von ihm war. Jason wusste, er war seit ihrer Rückkehr absolut nicht der Alpha, den Vale brauchte. Nicht annähernd gelassen genug. Verrückt vor Sorge. Zwanghaft in seiner Fürsorge für Vale.

„Bitte lass uns allein", sagte Vale leise zu Urho. „Ich danke dir für dein Kommen. Du bist der beste Freund, den wir beide uns wünschen können, und ich liebe dich dafür."

Jasons Instinkte sträubten sich ein wenig, aber er schüttelte es ab. Es war nicht *diese* Art von Liebe, von der Vale sprach. War es nie gewesen. Aber für Urho? Ja. Er hatte Vale geliebt – und tat es wahrscheinlich noch immer – mit der Sorte von Anbetung, die Vale verdiente und Jason nur mühsam ignorieren konnte. Aber er tat es, denn andernfalls hätte er Urho umbringen müssen, und Jason hatte den Eindruck, dass das etwas war, was Vale ihm nur schwer vergeben können würde. Und auch etwas, das er sich selbst nicht verzeihen könnte. Ein Gewissen zu haben, war wirklich nervtötend.

Urho fuhr fort, Instruktionen bezüglich der Pillen zu geben, und Jason hörte ihn durch eine Art weißes Rauschen hindurch. Vales Temperatur im Augen behalten. Dafür sorgen, dass er es kühl hatte. Krämpfe und Blutungen, bis das Kind aus dem Körper getrieben war. „Und seid nicht überrascht, wenn es nicht in einem Stück herauskommt", sagte Urho im selben, sachlichen Tonfall, als würde Jason sagen: „Seid nicht überrascht, wenn die Blumenzwiebeln sich teilen."

Vale gab einen erstickten Laut von sich, und Jason eilte an seine Seite, ging auf die Knie und schlang die Arme um Vales Mitte. Er sagte nichts, hielt Vale einfach nur fest. Denn … was sollte er dazu auch sagen? Sie waren im Begriff, das Wundervollste zu zerstören, das sie je geschaffen hatten.

„Ruft mich an, wenn ihr Hilfe braucht", sagte Urho und legte seine Hand in einer Weise auf Jasons Kopf, die ihn eigentlich hätte sauer machen müssen, sich aber stattdessen wie Mitgefühl und Traurigkeit anfühlte. „Ihr habt ja meine Nummer."

Dann ging Urho und ließ sie mit den Pillen und der Stille des Arbeitszimmers allein.

„Mrriau." Der kleine Laut kam von unter dem Sofa. Zephyr

kam herausgekrochen. Ihr silbernes Fell glänzte in der Morgensonne, die durchs Fenster schien. Sie sprang auf den Kaminsims und kauerte dort reglos wie eine Statue, um Vale und Jason von dort mit ihren goldenen Augen zu beobachten.

„Ich frage mich, ob er deine Augen haben würde", flüsterte Vale, und Jason hielt ihn nur noch fester. Er drückte sein Gesicht an Vales Bauch und atmete den Duft der winzigen Saat ihres Kindes ein, das dort wuchs. „Dein Haar."

Mehrere Minuten lang schwiegen sie, bis Zephyr sich aus ihrer Starre löste und aus dem Zimmer trottete.

„Ich wollte immer Kinder", sagte Vale. „Schon mein ganzes Leben lang."

„Vale", sagte Jason beschwörend. „Tu dir das nicht an."

„Ich will dieses Kind, Jason."

Jason schluckte. Tränen füllten seine Augen. Er setzte sich zurück auf seine Fersen. „Ich weiß. Aber du kannst es nicht haben."

Vale presste die Lippen zusammen und umklammerte krampfhaft das Pillengefäß. „Ich könnte."

„Nein."

„Ich muss dieses Zeug nicht einnehmen."

„Vale, Baby, du darfst mich nicht verlassen." Jasons Stimme brach. „Bitte. Ich weiß, es ist schwer. Ich will ihn auch. Ich kann riechen, wie perfekt und wunderschön er ist, und ich weiß, er ist ein Teil von dir und ein Teil von mir, und … Scheiße …" Er verstummte, weil ihn erneut die Tränen übermannten, die einfach nicht aufhören wollten zu fließen, seit der Hitze in der Berghütte. „Ich will ihn auch, aber wir können ihn nicht haben. Es geht nicht."

Vale saß sehr still da. Die Knöchel seiner Hand, die das Gefäß hielt, waren weiß. „Du willst ihn auch?"

Jasons Blut wurde zu Eis in seinen Adern. Er riss die Augen auf. „Was immer du gerade denkst … tu es nicht. Tu mir das nicht an."

Vale nickte langsam. „Du hast recht. Ich weiß, dass du recht hast.“

Jason nahm ihn bei der Hand und zog ihn aus dem Sessel hoch. „Bringen wir es hinter uns, Baby. Bevor wir anfangen zu zweifeln.“

Bevor ich dich verliere.

VALE STAND IM Bad vor dem Spiegel und hielt die kleinen, weißen Pillen in der Hand. Im Schlafzimmer konnte er Jason hören, der das Bett mit alten Handtüchern vorbereitete, um das Blut und das … andere aufzufangen, sollten die Pillen ihre Wirkung tun. Vale schauderte und legte eine Hand auf seinen Bauch.

Er war jetzt nackt. Jason hatte ihm geholfen, seine Hose und sein T-Shirt auszuziehen und hatte dabei Vales Schultern, Brust und Schenkel geküsst. Aber es war nichts Sinnliches daran gewesen. Nein, Jason war hingebungsvoll gewesen, aber voller Kummer und Angst. Als hätte er Vale nur zeigen wollen, dass Jason jeden Teil von ihm brauchte – jetzt und immer.

Ich will ihn auch.

Vale hörte in Gedanken erneut Jasons Worte. Jason Stimme hatte vor Trauer gezittert, als er das zugegeben hatte. Sein Alpha wollte ihr Kind – wahrscheinlich genauso sehr wie Vale, wenn nicht sogar mehr. Das Einzige, wovor Vale sich von Anfang an gefürchtet hatte, war Wirklichkeit geworden. Er verweigerte Jason eine eigene Familie. Vales Verletzungen und Narben versagten dem besten Mann auf Erden eine eigene Familie – dem süßesten Alpha, der je gelebt, der wundervollsten Seele, die er je gekannt hatte, dem liebevollsten Jungen auf der ganzen Welt.

Was würde geschehen, wenn er die Schwangerschaft nicht beendete? Welche anderen Optionen gab es? Bei seiner letzten Routine-Untersuchung hatte er Urho gebeten, das Narbengewebe zu prüfen. Aber er hatte festgestellt, dass es jetzt nicht mehr so schmerzte, wenn er und Jason Sex hatten, und dass es sich bei gröberen Praktiken deutlich nachgiebiger anfühlte. Zum Beispiel beim Fisting – das Jason gern machte und auch Vale als lustvoll empfand. Die geballte Faust in seinem Inneren simulierte einen Knoten und war wunderschön zwischen den Hitzen. Während der Hitzen genügte das natürlich nicht, aber in den Monaten dazwischen … perfekt.

Urho hatte gesagt, dass das Narbengewebe elastischer geworden zu sein schien, und hatte es auf den regelmäßigen Sex mit Jason zurückgeführt. Auch hatte er erwähnt, dass Alphasperma dafür bekannt war, chronische Entzündungen zu lindern. Das war vor Monaten gewesen. Konnte das Narbengewebe jetzt vielleicht sogar noch weicher geworden sein?

„Vale?", rief Jason aus dem Schlafzimmer.

„Bin gleich da."

„Nimmst du sie jetzt ein?"

Vale starrte die Pillen an, die sich weiß von seiner Handfläche abhoben. Alles fühlte sich plötzlich seltsam unwirklich an, und es kam ihm fast wie ein Traum vor, als er seine Hand zur Seite drehte und die Pillen in die Toilette fallen ließ.

„Nein", sagte er. „Das tue ich nicht."

Dann betätigte er die Spülung.

KAPITEL 5

V ALE WAR ÜBERZEUGT, Jason würde einen Herzinfarkt erleiden, falls er sich nicht beruhigte, aber sein Baby-Alpha war so aufgebracht, dass er nicht wagte, ihm zu nah zu kommen, um nicht versehentlich von dessen wild rudernden Armen getroffen zu werden.

„Wie konntest du das nur tun? Wie? Ich rufe Urho an. Ich rufe ihn jetzt sofort an."

„Und was soll das bringen, Liebling?", fragte Vale leise. „Ich werde die Pillen nicht nehmen."

Er saß auf ihrem großen Bett, den nackten Oberkörper an das Kopfteil gelehnt. Seine weiche Haushose hatte er wieder angezogen, aber das T-Shirt lag immer noch auf dem Boden, wo Jason es zuvor fallen gelassen hatte. Vale hielt sich ein Kissen vor Bauch und Brust und umklammerte es, während Jason wie verrückt im Schlafzimmer auf und ab lief.

„Du wirst sie nehmen!", entgegnete Jason und zeigte mit einem Finger auf Vale. Oh, wie Vale diese Finger liebte. So wunderschön geformt, so wundervoll und großzügig, wenn sie seinen Körper berührten. „Du wirst sie nehmen, oder ich werde dich dazu zwingen."

Vale presste die Lippen zusammen und schwieg. Er wartete ab, bis Jason selbst hörte, was er da gerade gesagt hatte. Was natürlich schon eine Sekunde später passierte.

„Bitte, Vale, tu das nicht. Es tut mir leid. Ich kann dich nicht zwingen, aber Wolfgott, bitte – für mich, für unsere Liebe, für unser gemeinsames Leben – bitte nimm sie. Bitte.“

„Ich habe sie die Toilette heruntergespült“, erinnerte Vale ihn. „Also habe ich sie nicht mehr. Und ich werde sie nicht nehmen, auch dann nicht, wenn Urho neue bringt.“

„Würdest du auf ihn hören?“, fragte Jason zornig und warf die Arme in die Luft. „Wenn er herkäme und dir zuredete, würdest du auf ihn hören und einsehen, dass du dieses Baby nicht haben kannst? Nicht haben darfst?“

„Du willst ihn auch“, flüsterte Vale.

Jasons Lippen zuckten. Tränen traten ihm in die Augen. „Nicht um diesen Preis.“

„Es ist nicht gesagt, dass es mich das Leben kosten wird.“

„Doch, ist es! Das haben wir immer gewusst. Es wird dich das Leben kosten. Ich werde dich verlieren. Ich werde allein und ohne dich zurückbleiben. Für immer.“ Jasons Stimme brach. Ein Ausdruck purer Verzweiflung trat in seine Augen. „Tu mir das nicht an. Lass mich nicht allein.“

Vale öffnete seine Arme, aber Jason nahm die Einladung nicht an, sondern starrte Vale nur so tief verletzt an, dass Vale den Schmerz in seiner eigenen Brust fühlte. „Baby-Alpha, hör mir zu. Wir werden Urho morgen anrufen. Er kann mich untersuchen, das Narbengewebe noch einmal ansehen, und dann–“

„Ich will seine Finger nicht in deinem Körper.“

„Ich weiß, dass du das nicht willst, aber er ist Arzt, und er wird ehrlich sein. Falls es nicht besser ist, falls sich die Elastizität nicht verbessert hat, dann nehme ich morgen die Pillen.“

Jason sah ihm in die Augen. Ein Schaudern überlief seinen Körper. „Lüg mich nicht an.“

Vale schluckte heftig. „Ich will dein Kind. Unser Kind. Lass es mich versuchen.“

„Nein.“

„Es ist mein Körper.“

„Du bist mein. Mein *Erosgápe*. Mein Omega. Du darfst dieses Baby nicht bekommen. Ich verbiete es."

Vale gab einen leisen, traurigen Laut von sich. „Oh, du süßer Junge. Komm her." Jason machte unwillkürlich einen Schritt nach vorn, blieb aber sofort wieder stehen.

„Nein. Du wirst ihn nicht bekommen."

„Du kannst mich nicht davon abhalten, es zu versuchen."

„Ich befehle dir, mit diesem Unsinn aufzuhören, Vale. Sofort. Hör auf!"

Vale rieb sich mit einer Hand übers Gesicht. „Ich liebe dich. Mehr als mein Leben."

Jasons Unterlippe bebte. Rote Flecken bildeten sich in seinem Gesicht vor Wut. „Ich will nicht, dass du das für mich tust. Ich will dieses Baby nicht."

„Aber Jason, das tust du."

Vale blieb eisern, auch als Jason zu Boden sank, sich dort zusammenrollte und mit jedem Atemzug flehte. Schließlich stand er langsam vom Bett auf, hockte sich neben Jason auf den Boden, schlang seine Arme um ihn und murmelte: „Das ist nicht deine Entscheidung. Es ist meine."

JASON HÄTTE NIE gedacht, er wäre fähig, Vale zu hassen, aber als er nun in Urhos Praxis neben ihm stand, befiel ihn so eine Ahnung, als könnte er es. Er fühlte sich hilflos und betrogen, aber Vale war die Ruhe selbst. Er war gespenstig ruhig. Was bedeutete, dass Vales Entscheidung fest stand. Jason hatte ihn erst ein einziges Mal so erlebt, und da hatte er ihn fast verloren.

Jetzt würde er ihn nicht verlieren!

„Bring ihn einfach dazu, diese Pillen zu nehmen", stieß Jason hervor, als Urho Vale einfach nur anstarrte – mit offenem Mund wie ein besonders gut aussehender Fisch. „Oder gib ihm eine Injektion. Irgendetwas. Bitte, Urho. Hilf mir."

Vale warf ihm einen finsteren Blick zu, sagte aber ansonsten nichts. Und Urho ignorierte Jason, so als würde er gar nicht existieren.

„Willst du, dass ich dich untersuche? Vale, wir haben darüber gesprochen ..."

„Nein, das liegt Jahre zurück. Bei meiner letzten Untersuchung hast du gesagt, das Narbengewebe wäre–"

„Er hatte seine Finger in dir? Wann?" Jason drängte sich zwischen Urho und Vale. Wut und Angst ließen seine Beschützerinstinkte hochkochen. „Du hast ihn angefasst?"

Urho schnaubte und schob Jason zur Seite. Jason war in den letzten paar Jahren enorm gewachsen und mehr Mann als je zuvor, aber Urho war groß und muskulös und konnte Jason immer noch bewegen wie einen dummen Teenager von einem Welpen. „Ich bin Arzt. Krieg' dich wieder ein. Gute Alphas verhindern nicht, dass ihren Omegas medizinische Hilfe zuteil wird."

Jason war drauf und dran, sich auf Urho zu stürzen, aber Vale schrie: „Genug!"

Jason brauchte all seine Willenskraft, um Urhos Hemd loszulassen.

Urho strich seine Kleidung glatt, funkelte Jason missbilligend an und sagte: „Wenn du während der Untersuchung hier bleiben willst, dann reiß dich gefälligst zusammen. Und du wirst mich nie wieder anfassen."

Jason war schwindelig. Die Vorstellung, aus dem Raum verbannt zu sein, während Urho seinen schwangeren Omega berührte, seine Finger in dessen Körper steckte ...

„Ich bleibe", knurrte er zähneknirschend.

„Jason", sagte Vale in scharfem Ton. „Ich verstehe, dass du Angst hast und wütend bist, aber du wirst Urho nicht verletzen oder dich in seine Untersuchung einmischen, hast du mich verstanden? Andernfalls wird es Konsequenzen geben. Und die werden dir nicht gefallen."

Jason war nicht sicher, ob Vale schon jemals so mit ihm gesprochen hatte. Er zuckte zusammen, als hätte er eine Ohrfeige bekommen. Vales scharfer Tonfall schockierte ihn, aber er nickte. „Ich verstehe."

Vale seufzte und rieb sich den Bart. „Du hast gesagt, da wäre eine Elastizität, die zuvor nicht da gewesen wäre. Erinnerst du dich?"

„Nicht genug für ein Kind, Vale", sagte Urho sanft mit dieser zärtlichen Einfühlsamkeit, die er allein für Vale reservierte. Jason hasste ihn. Er hasste diesen Augenblick, und er hasste sich selbst, weil er ein so unbeherrschter Baby-Alpha war und Vale überhaupt erst geschwängert hatte.

„Aber … untersuch es einfach noch einmal. Früher habe ich die Narben immer auf Jasons Knoten gefühlt. Aber bei dieser letzten Hitze …" Vale schüttelte den Kopf. „Nichts. Nicht auf seiner Faust. Nicht auf seinem Knoten. Die Narben haben nicht im Geringsten weh getan."

Urho warf Jason einen strengen Blick zu. „Benimm dich." Zu Vale sagte er: „Zieh dich aus und klettere auf den Untersuchungstisch. Ich bin gleich wieder zurück." Dann verließ er den Raum.

Jason stand in einer Ecke, beschämt und wütend, und sah zu, wie Vale seine Kleidung ablegte und in ein Krankenhaushemd schlüpfte. Dass er es vorn offen ließ, ärgerte Jason so sehr, dass er innerlich zitterte, aber er riss sich zusammen. Wenn er sich schon nicht während der Hitze hatte beherrschen können, dann würde er es zumindest jetzt tun. Er atmete schwer.

Vale setzte sich auf den Untersuchungstisch, dann streckte er eine Hand nach Jason aus. Jason gab nach und stellt sich neben den Tisch. Seine Augen brannten von den Tränen der letzten Nächte und vom Schlafmangel. Alles um ihn herum schien zu wabern und zu vibrieren, als befände er sich in einem Traum und nicht in der Realität.

„Ist schon gut", sagte Vale besänftigend. „Urho wird mich nur untersuchen. Werd nicht eifersüchtig. Ich gehöre voll und ganz dir."

Jason beugte sich hinab und rieb seine Wange an Vales Bart; er liebte das weiche Kratzen. Vale streichelte beruhigend Jasons Nacken.

Es klopfte einmal, dann öffnete sich die Tür einen Spalt. „Sind wir so weit?", fragte Urho.

„Ja", bestätigte Vale.

Urho betrat den Raum mit einem kleingewachsenen Beta-Pfleger an seiner Seite. Der Mann nickte Jason knapp zu – eine Anerkennung seines Alpha-Status – dann nahm er eine Position neben der Liege ein, von wo aus er keinerlei intime Regionen von Vales Körper sehen konnte, während Urho die Untersuchung vornahm.

„Das ist Henry", stellte Urho ihn vor. „Er ist Pfleger hier und wird mir assistieren."

Vale nickte, offensichtlich daran gewöhnt, dass bei Untersuchungen ein Beta-Pfleger anwesend war. Jason runzelte die Stirn. Er war nicht begeistert darüber, dass noch eine weitere Person Vale in diesem verwundbaren Moment erleben würde, aber er hielt die Klappe. Obwohl Vale gerade liebevoll seine Hand hielt, hatte Jason den starken Verdacht, im Augenblick nur knapp einem Platz auf Vales schwarzer Liste zu entgehen. Nicht wegen dem, was während der Hitze passiert war, aber wegen seiner kompletten Panik in den vergangenen Tagen. Er wusste, es war seine Aufgabe als Alpha, Vale zu unterstützen, ihn zu beruhigen und zu beschützen. Aber sein sturer Omega machte ihn wahnsinnig, indem er auch nur den leisesten Gedanken erwog, das Baby zu bekommen. Nichts war es wert, Vale zu verlieren. Nicht einmal die Versuchung, ein Kind haben zu können.

„Lehn dich zurück." Urho warf noch einen mahnenden Blick zu Jason. „Soll er bleiben oder gehen?"

„Jason wird ruhig bleiben", sagte Vale. Es klang wie ein Befehl, nicht wie eine Bitte.

Jason nickte und nahm erneut Vales Hand, als der sich auf den Rücken legte und die Füße auf die Liege stellte. Vale spreizte seine Knie weit und enthüllte Urho alles, was unter dem Krankenhaushemd war. Jason knirschte mit den Zähnen, während Urho einen medizinischen Handschuh überstülpte, etwas Gleitgel auf seine Finger gab und dann zwischen Vales Schenkel griff.

Vale sog scharf den Atem ein, und Jason konnte nur mit Mühe ein Knurren zurückhalten. Aber dann entspannte Vale sich wieder, die Augen an die Zimmerdecke gerichtet.

Henry, der Beta-Pfleger, blieb an der Wand stehen und beobachtete einfach nur die Szene, während er Vales Privatsphäre so sehr respektierte, wie es nur ging. Urho runzelte die Stirn und schob seine Hand weiter vor. Vales stieß ein leises Wimmern aus. Jason hielt Vales Hand fester – weniger um Vale zu beruhigen, als vielmehr, um Urho nicht seine Faust ins Gesicht zu rammen.

„Kannst du das fühlen?", fragte Urho.

Vale antwortete: „Ja."

„Da ist es immer noch ein wenig fest."

„Aber nicht mehr so wie vorher?"

Urho seufzte und sagte nichts, während er seinen Arm drehte und Vale weiter abtastete. „Tut das nicht weh? Wenn ich hier drücke?"

„Nein" sagte Vale leise. „Es ist nicht besonders angenehm, aber es tut nicht weh."

„Hm."

Urho zog seine Hand noch immer nicht heraus, und Henry, der

nun offensichtlich neugierig wurde, trat etwas näher.

„Es gab hier zuvor Narbengewebe", erklärte Urho ihm. „Gefährlich festes Gewebe, dass sich bei einer Schwangerschaft nicht gedehnt hätte."

„Und jetzt?" fragte der Pfleger.

Urho zog die Brauen noch tiefer und bewegte erneut seine Hand in Vale. Jason reckte den Hals, um besser sehen zu können, musste aber sofort einen Schritt zurücktreten – der Anblick eines anderen Alphas Hand im Körper seines *Erosgápe* war unerträglich und ließ sein Blut kochen, auch wenn er, logisch betrachtet, natürlich wusste, dass es nur eine medizinische Untersuchung war.

„Es scheint etwas mehr Flexibilität vorhanden zu sein als früher. Immer noch fest, aber wenn ich dagegen drücke, gibt es deutlich nach." Er sah Vale ins Gesicht. „Wirklich. Sei ehrlich. Das tut nicht weh? Sei jetzt nicht eigensinnig, Vale."

„Wie ich bereits sagte – es ist nicht angenehm, aber es tut nicht weh."

Urho seufzte und zog langsam seine Hand heraus. Vale gab einen sanften Laut von sich, bei dem Jason ein wenig weiche Knie bekam. Vale drückte Jasons Hand, wie um ihn zu beruhigen, und Jason antwortete ihm mit einem bemühten, aber verkniffenen Lächeln.

Urho sog den Handschuh aus, dann erhob er sich und öffnete Vales Hemd, um seinen Bauch und seine Genitalien zu enthüllen. Henry wandte sich ab und war plötzlich sehr beschäftigt damit, irgendetwas in einer Schublade zu sortieren. Jason hielt den Atem an, als Urho Vales Bauch abtastete und dabei Vales Gesicht betrachtete, um dessen Reaktionen zu studieren.

„Es ist möglich …", begann er, dann sah er zu Henry. „Du kannst jetzt gehen. Die Untersuchung ist beendet."

Henry nickte Jason und Vale höflich zu, dann verließ er den Raum. Vale setzte sich auf und richtete sein Hemd, sodass er wieder vollkommen bedeckt war. Dann reichte er Jason wieder seine Hand und zog ihn ganz dicht zu sich an den Untersuchungstisch.

„Also?", fragte Vale.

Urho seufzte, zog einen niedrigen Stuhl heran und setzte sich. Er rieb sich die Stirn, ohne Vale anzusehen, die Lippen nachdenklich geschürzt.

„Urho", drängte Jason. „Was hat die Untersuchung ergeben?"

„Das Narbengewebe ist auf jeden Fall nachgiebiger geworden. Es lässt sich in einem Maße manipulieren, das zuvor nicht vorhanden war. Die Frage ist sehr persönlich, und ich entschuldige mich im Vorhinein, aber ..." Er warf Jason einen Blick zu. „Hast du es gedehnt?"

„Jason und ich mögen Fisting", sagte Vale. „Anfangs hat es wehgetan – ssch, auf lustvolle Weise", sagte er, um Jasons Sorge zuvorzukommen, „aber in letzter Zeit nicht mehr, auch dann nicht, wenn er mit der Hand heftig zustößt."

Urho war nun ziemlich rot im Gesicht, genau wie Jason auch, falls die Hitze in seinen Wangen etwas zu bedeuten hatte. „Ich verstehe. Das ist interessant." Urho runzelte die Stirn und tippte sich ans Kinn. Schließlich sagte er: „Während der Hitze, würdest du sagen, Jason beknotet dich länger als frühere Partner?"

Jason trat von einem Fuß auf den anderen, entschlossen, sich zu beherrschen, aber er war unglaublich genervt. Die Vorstellung eines anderen Alphas, der seinen Knoten mit Vale teilte, drängte sich in seine Gedanken. Die Vorstellung von Urho selbst, der das tat!

„Auf jeden Fall. Ich nahm an, dass es an seiner Jugend und unserer *Érosgápe*-Verbindung liegt. Auf dem Höhepunkt der Hitze kann der Knoten gut über eine Stunde lang dauern."

Urho nickte erneut. „Nun, wir wissen, dass Alpha-Samen entzündungshemmende Eigenschaften hat, und manche Forscher spekulieren, dass er noch weitere Wirkstoffe enthält. Auf jeden Fall die Bausteine der Menschwerdung, daher vielleicht auch Heilkräfte.

Wir müssen nicht weiter ins Detail gehen, aber es erscheint mir eindeutig, dass die Dehnung durch Jasons Knoten und Faust, sowie die Wirkung des Samens auf deine alten Verletzungen das Narbengewebe verändert hat. Es ist deutlich weicher geworden, und die Wahrscheinlichkeit, das das Gewicht eines wachsenden Kindes es zerreißt ist geringer. Würden die Wehen an einem strategisch günstigem Zeitpunkt künstlich eingeleitet – bevor das Kind sein volles Geburtsgewicht erreicht hat, aber bereits voll lebensfähig ist – wäre es möglich, dass du die Geburt ebenfalls überlebst." Er klang zögerlich, unsicher.

„Aber …?", drängte Jason.

„Aber ich kann für nichts garantieren. Noch nicht. Ich würde dich weiterhin intern untersuchen wollen, Vale, dein Wachstum und die Veränderungen. Ich würde die Schwangerschaft streng überwachen wollen."

„Ja, natürlich", sagte Vale. Er klang überrascht und glücklich. „Willst du damit sagen, ich muss nicht abtreiben? Dass ich das Kind haben kann? Dass wir es haben können?" Mit leuchtenden Augen blickte er zu Jason auf und lächelte strahlend.

Jason stockte der Atem; sein Herz blieb beinahe stehen. Er berührte Vales Wange und streichelte mit dem Daumen sanft dessen weichen Bart. Er wollte nicht hören, was Urho als Nächstes sagte. Keine Antwort würde ihn glücklich machen. Aber Vale … Vale schien bereits in Feierlaune zu sein.

„Ich denke, es ist möglich", bestätigte Urho. „Ich habe die Wirkung der regelmäßigen internen Dehnung unterschätzt. Dafür entschuldige ich mich. Ich hätte aus ärztlicher Sicht längst den regelmäßigen Gebrauch von Alpha-Dildos zur Behandlung der Narben verordnen müssen."

„Ich denke, der Samen ist der Schlüssel", murmelte Vale sanft. „Tägliche Anwendung."

„Manchmal zwei oder drei Mal am Tag", fügte Jason mit einem

albernen Aufwallen von Stolz hinzu. Er wollte, dass Urho wusste, wie oft er Vale befriedigte. Und dann kam er sich wieder furchtbar jung und dumm vor, als Urho nur ein einziges Wort benutzte, um die Angelegenheit zusammenzufassen.

„Teenager."

Vale verdrehte die Augen. „Jason ist nun schon seit ein paar Jahren kein Teenager mehr. Ich will nur sagen, sicher, ich hätte Alpha-Dildos benutzen können, um zu versuchen, das Narbengewebe zu dehnen, aber ich denke, der Samen hat eine Rolle dabei gespielt, das Gewebe überhaupt empfänglich für die Dehnung zu machen."

„Möglich", gab Urho zu.

„Jason", sagte Vale und wandte sich lächelnd an ihn. „Ist dir klar, was das bedeutet?"

Jason knirschte mit den Zähnen. Er wusste nur zu gut, was das bedeutete. Vale würde es versuchen. Trotz der Risiken und möglichen Konsequenzen. „Ja."

„Jason …" Vale warf Urho einen Blick zu. Der stand auf und verließ mit einer höflichen Entschuldigung und der Versicherung, gleich zurückzukehren, den Raum. Sobald er die Tür hinter sich geschlossen hatte, ergriff Vale Jasons Hand und drückte sie fest. „Jason, es bedeutet, du wirst Vater."

Jason schluckte heftig. Er versuchte, nicht zu weinen, denn Vale war seine Tränen inzwischen sicher leid. Er brauchte einen starken Alpha. Einen Mann. „Ist das so?", krächzte er.

„Ja, und ich …" Vale schenkte ihm ein Lächeln, das ihn tief und schmerzhaft mitten ins Herz traf. „Ich werde ein Pater sein."

KAPITEL 6

„Jason, du bist sehr dramatisch", sagte Miner Hoff und fummelte mit dem Zahnstocher herum, auf dem er für gewöhnlich herumkaute, seit er das Rauchen aufgegeben hatte.

Vale hätte beinahe gelacht, hielt sich aber gerade noch zurück, um seinen Baby-Alpha nicht noch mehr zu kränken. Jason war schon verletzt genug.

Jason starrte seinen Pater mit offenem Mund an, offenbar unfähig, dessen Worte zu begreifen, geschweige denn dessen Geisteshaltung.

Als sie im Haus der Sabel-Hoffs angekommen waren, hatte Jasons Pater Miner – der gleich gespürt hatte, dass irgendetwas gar nicht stimmte – sie beide sofort in sein Musikzimmer geführt und mit Tee und Fragen bearbeitet. Jason hatte umgehend die ganze Geschichte ausgespuckt, obwohl sein Vater Yule noch nicht zuhause war. Offensichtlich war er davon ausgegangen, dass sein Pater sich sofort auf seine Seite schlagen würde, nachdem er immerhin selbst gefährliche Schwangerschaften durchgemacht hatte.

„Dramatisch?", fragte Jason kühl – ein Tonfall, den Vale noch nie bei Jason gehört hatte, und schon gar nicht gegenüber einem seiner überaus liebevollen Eltern.

„Wenn Vale glaubt, und wenn der *Doktor* glaubt, dass er es versuchen sollte ..."

„Von *sollte* war nicht die Rede!", rief Jason aufgebracht. Er lief vor dem Sofa auf und ab, und seine Schuhe klackten auf dem Holzfußboden. Auf dem Plattenspieler in der Ecke lief Musik, hauptsächlich Hörner und Blechbläser. Vale war sicher, von nun an für immer das flaue Gefühl im Magen mit dem Klang von Jazz zu verbinden. „Urho sagte, er hält es für möglich, dass Vale das Kind fast vollständig austragen und zur Welt bringen kann. *Möglich*, Pater. Nicht wahrscheinlich. Er war sich keineswegs sicher. Und er hatte definitiv nichts von *sollte* gesagt!"

Miner wandte sich an Vale; in seinen braunen Augen leuchtete angeregtes Interesse. „Möglich? Wirklich? Das ist wundervoll. Und du willst es versuchen?"

„Natürlich will ich das. Ich will dieses Baby", sagte Vale leise. „Mehr als irgendetwas sonst."

Jason riss die Hände in die Luft. „Wo ist Vater? Er wird euch beiden Vernunft beibringen."

Miner schnaubte, hob seine Teetasse und murmelte vor sich hin: „Oh, das bezweifele ich sehr."

Vale war geneigt, ihm zuzustimmen, sagte aber weiter nichts. Während die Tage nach seiner Hitze vergangen waren, hatte er sich deprimiert gefühlt. Aber jetzt, nach Urhos Versicherungen, empfand er eine Leichtigkeit, die er gar nicht beschreiben konnte. Und ganz sicher erzählte er Jason nichts davon. Er musste einen Weg finden, seinen Alpha zu beruhigen, aber er schien ihn einfach nicht erreichen zu können. Jason war zu besessen von Furcht.

Jason lief unentwegt hin und her und fluchte vor sich hin, während Miner Vale mit leichten, unaufdringlichen Fragen bestürmte, die genau auf den Punkt trafen.

„Dann liebst du ihn bereits, ja?", flüsterte Miner und versuchte, so leise zu sprechen, dass Jason ihn möglichst nicht hörte. Aber er konnte die freudige Aufregung nicht unterdrücken, die die Neuigkeiten bei ihm ausgelöst hatten.

„Ja", antwortete Vale. „Es ist so seltsam. Ich kenne ihn ja überhaupt nicht, weiß nicht einmal, ob er ein Alpha, Beta oder Omega ist. Aber ich weiß, dass er perfekt ist."

„Natürlich ist er das."

„Wie Jason."

„Ganz genau", stimmte Miner zu und warf einen liebenden Blick auf seinen unglaublich aufgebrachten Sohn. „Obwohl ich bezweifele, dass er ihm sehr ähnlich sehen wird. Höchstwahrscheinlich wird er dein dunkles Haar haben. Das dunklere Haar setzt sich fast immer durch. Aber bei deinen grünen Augen besteht Hoffnung, dass er blaue Augen haben wird, so wie Jason und Yule."

„Hört auf damit!", verlangte Jason und hob die Hände. „Ihr macht euch nur falsche Hoffnungen. Dass sind Märchenträume. Und sie werden nicht … sie *können* nicht wahr werden. Es ist das Risiko nicht wert."

„Was ist welches Risiko nicht wert?", fragte Yule, der in diesem Moment ins Zimmer kam, mit einem Kuss für seinen Omega und einem Stirnrunzeln für Jason. „Was ist ein so gewaltiges Problem, Sohn, das ich dafür nach Hause eilen musste?"

Jason gestikulierte zu seinem Pater und Vale. Seine Wangen waren erhitzt und seine Augen gerötet vom Schlafmangel. „Die beiden sind das Problem. Du musst mit ihnen reden. Ihnen Vernunft beibringen."

„Wirklich, Jason", sagte sein Pater sanft. „Es ist Vales Sache. Seine Entscheidung."

„Nein!" Jason explodierte. „Du weißt wolfgottverdammt genau, das ich derjenige bin, der leiden wird." Er warf erneut die Hände in die Luft. „Wie konnte ich nur denken, du wärst auf meiner Seite? Du hat versucht, Vater dasselbe anzutun!"

Miner zuckte zusammen. Vale legte seinem Schwiegerpater eine Hand aufs Knie und drückte es mitfühlend.

Yules Blick schoss zu seinem *Érosgápe*, dann zurück zu seinem Sohn. Er stapfte zum Barschrank und schenkte sich einen Drink ein. Er nippte daran, dann überlegte er kurz, bevor er einen zweiten Drink eingoss, den er zu Jason brachte und ihm in die Hand drückte. „Du siehst aus, als könntest du einen gebrauchen. Trink das, während ich herausfinde, was eigentlich los ist." Dann drehte er sich zu Vale um und hob die Brauen. „Also?"

„Ich bin schwanger", sagte Vale leise. „Und der Arzt hält es für möglich, dass ich das Kind austragen kann."

„Möglich", wiederholte Jason verzweifelt.

Sein Vater stupste ihn am Arm an und deutete auf den Drink. „Trink aus."

Jason nippte folgsam den dunklen Likör, höchstwahrscheinlich Brandy, und Yule dirigierte ihn zu einem der Stühle am Couchtisch, den Miner ihm bereits ganz zu Anfang als Sitzplatz zugewiesen hatte. Dann nahm Yule gegenüber von ihm Platz, und alle sahen einander an. Die Blicke wanderten von Gesicht zu Gesicht und wieder zurück.

„Du bist also schwanger", sagte Yule gedehnt. „Wie?"

„Mit der üblichen Vorgehensweise." Vale konnte sich die schnippische Antwort nicht verkneifen. Er war kein Kind, und ihm missfiel der leicht tadelnde Tonfall in Yules Stimme. Der Mann war kaum älter als er selbst.

Yule verdrehte die Augen. „Du weißt wolfgottverdammt genau, wie ich es meinte. Wieso habt ihr nicht verhütet?"

„Ich gehe auf die Vierzig zu", sagte Vale und nippte an dem inzwischen kalt gewordenen Tee. „Meine Hitzen sind nicht mehr so vorhersagbar wie früher."

Yule wechselte einen kurzen Blick mit Miner, und Vale war ziemlich sicher, dass Miner zumindest eine überraschende Hitze gehabt haben musste, bevor Urho ihm nach seiner letzten Fehlgeburt in einer Notoperation den Gebärpater entfernt hatte. „Ich verstehe. Allerdings gibt es solche Dinge wie Supermärkte. Und auch Telefone. Jemand hätte eine Kondomlieferung bestellen können, bevor die Hitze zu unerträglich wurde. Und wieso du in deinem Alter nicht ständig Kondome im Haus hast, ist mir schleierhaft. Oder war Jason außerstande, sich zu beherrschen?"

Jason gab einen leisen, verletzten Laut von sich, und Vale nahm seine Hand. Zugegebenermaßen war er es etwas leid, Jason unentwegt trösten zu müssen. Er wünschte, sein Alpha würde sich endlich mit seiner Entscheidung abfinden und anfangen, ihm die Fürsorge und Aufmerksamkeit anzubieten, die ein schwangerer Omega verdiente. Aber er wusste, dass Jason noch immer unter Schock stand. Er brauchte noch Zeit.

„Wir waren in der Blockhütte meiner Eltern, oben in den Bergen", antwortete Vale, da Jason nicht in der Lage zu sein schien, etwas zu sagen.

„Der Schneesturm", sagte Yule düster. „Ich verstehe."

„Die Telefonleitungen waren unterbrochen", ergänzte Jason.

Vale sah, das Jason von Schuldgefühlen zerfressen wurde. Darüber würde er mit ihm ein ernstes Wort reden müssen. Aber nicht hier. Nicht vor seinen Eltern.

„Der Arzt sagt, dass meine Narben wider Erwarten gut verheilt sind", fuhr Vale fort. „Er denkt, es ist möglich, das–"

„Das ist wieder dieses Wort!", schrie Jason und sprang auf, um erneut hin und her zu laufen. „Möglich! Vale, das reicht nicht. Ich brauche dich. Ich kann ohne dich nicht leben."

Vale stand ebenfalls auf, stellte seine Teetasse ab und ging zu Jason. Er nahm ihn in die Arme. „Ich weiß, du glaubst dass, aber Alphas tun das immerzu. Urho zum Beispiel ... er hat seinen *Érosgápe* Riki verloren, und er lebt immer noch und–"

„Wie ein Schatten seiner selbst!"

„Vergiss, dass ich ihn erwähnt habe. Ich sollte dich nicht einmal solche Gedanken hegen lassen", sagte Vale mit so viel Ruhe und Verständnis, wie er aufbringen konnte. „Weil ich nämlich nicht sterben werde."

„Das weißt du nicht!"

„Urho würde niemals zulassen, dass ich–"

„Urho, Urho, Urho!" Jason stürzte den Rest seines Drinks hinunter, knallte das Glas auf den Kaminsims und marschierte aus dem Zimmer.

Vale wollte ihm folgen, aber Yule streckte seine Hand aus. „Gib mir eine Minute mit ihm. Ich verstehe besser als jeder von euch, was er gerade fühlt."

„Ich werde meine Entscheidung nicht ändern", sagte Vale fest.

Yule verdrehte die Augen. „Natürlich nicht."

„Falls du also vorhast, dich mit Jason zu verschwören, um–"

„Vale", sagte Yule, stemmte die Hände in die Hüften und stieß einen schweren Seufzer aus. „Ich bin nicht so dumm zu glauben, ich könnte deine Meinung ändern, wenn mir das nicht einmal bei meinem eigenen *Érosgápe* gelungen ist, als es am meisten darauf ankam. Jason wird sich beruhigen. Und was mich betrifft, so würde es mich überglücklich machen, Großvater zu werden. Das weißt du. Aber ich verstehe auch Jasons Angst, dich zu verlieren. Keine Schwangerschaft ist ungefährlich für einen Omega, und wir haben während der Vertragsverhandlungen zu viel über deine Unfähigkeit, Kinder zu gebären, gehört, als dass ich das jetzt auf die leichte Schulter nehmen könnte. Aber da du entschlossen bist, es zu versuchen … werde ich positiv bleiben. Und mich freuen. Du wirst ein guter Pater sein."

Dann machte er auf dem Absatz kehrt und folgte seinem Sohn die Treppe hinauf. Vales Herz zog sich schmerzhaft zusammen, als er sich seinen Baby-Alpha auf dem Schrägdach unter dem Fenster seines alten Zimmers vorstellte – denn da war er natürlich hingegangen, und wahrscheinlich weinte er, verletzt und verängstigt.

Miner klopfte auf das Sofapolster. „Komm, setzt dich näher zu mir."

Das tat Vale.

„Versprichst du mir, das Dr. Chase wirklich optimistisch ist?" Miner kannte Urho gut, nachdem er während und nach seiner

Fehlgeburt von ihm behandelt worden war.

„Er sagt, es ist möglich", antwortete Vale. Er rieb sich den Bart und wünschte verzweifelt, er könnte ebenfalls ein Glas Brandy haben. Aber die Infoblätter, die Urho ihm beim Verlassen der Praxis gegeben hatte, besagten, dass Alkohol nicht gut für das Baby war. Also enthielt er sich.

Miners braune Augen schienen sich zu verdunkeln. „Der arme Jason ängstigt sich zu Tode. Ich hasse es, ihn so verletzt zu sehen."

„Ich auch."

„Ich weiß." Miner seufzte. „Das ist immer beängstigend für sie. Alphas, meine ich. Oder zumindest nehme ich das an nach allem, was meine Freunde mir über ihre Schwangerschaften erzählt haben." Er lachte bitter. „Ich gebe zu, keine meiner Schwangerschaften war ohne Komplikationen, und Yule war die meiste Zeit starr vor Angst. Und natürlich war Jason das einzige Kind, das überlebte."

„Ja." Was das anging, so hatte Vale immer Mitgefühl für Miner empfunden. Natürlich hatte er das. Aber jetzt, da er so viel Hoffnung hegte, fühlte er tiefes Mitleid und stellte überrascht fest, dass ihm Tränen in den Augen brannten. Er hatte eigentlich nicht dicht am Wasser gebaut – das war eher Jasons Eigenschaft, Alpha hin oder her – aber die Vorstellung, ihr Baby zu verlieren, war zu viel. Und das immer und immer wieder durchzumachen, so wie Yule und Miner? Das war viel zu viel. Unvorstellbar.

Miner schüttelte seine Traurigkeit ab und lächelte wieder. „Aber ja, meine Freunde sagen, ihre Alphas sind normalerweise auch voller Angst. Besonders gegen Ende, wenn sie große Babybäuche haben und so vieles schiefgehen kann. Selbst die Alphas, die keine *Érosgápe* sind, können in Panik geraten."

Vale schluckte. Einen großen Schwangerschaftsbauch vor sich her zu tragen, war etwas, das er sich bisher nicht erlaubt hatte, sich vorzustellen. Nicht mehr seit der verhängnisvollen Hitze in seiner

Jugend, die zu der illegalen Abtreibung geführt hatte, der seine Narben geschuldet waren. Seitdem hatte er nie mehr geglaubt, es wäre möglich für ihn.

„Aber lass uns lieber positiv denken", sagte Miner rasch. „Gehen wir davon aus, dass bei dir alles gutgehen wird. Dass sogar der Arzt es für möglich hält, ist Wolfgottes Segen für deinen Bund mit Jason."

„Es ist ein gutes Wort", stimmte Vale zu. „*Möglich.* Es hat Zukunft. Ich wünschte, Jason sähe das auch so."

„Das wird er. Irgendwann. Aber du weißt, wie stur er ist."

„Oh, ich weiß."

„Er wird nicht aufgeben zu versuchen, dich umzustimmen. Nicht in den nächsten paar Tagen. Vielleicht nächste Woche." Miner verengte nachdenklich die Augen, offenbar in Erinnerung an etwas. „Einmal hat Yule es fast einen Monat lang versucht, bevor er aufgegeben hat. Obwohl mich damals natürlich nicht das Geringste von meinem Entschluss abbringen konnte. Das war viele Jahre, bevor du in unser Leben kamst. Jason erinnert sich wahrscheinlich nicht mehr daran." Er seufzte. „Es war kurz bevor ich anfing, regelmäßig das Abtreibungsmittel zu nehmen. Ich landete im Krankenhaus. Und natürlich hat das Baby nicht überlebt."

„Es tut mir leid, dass du das alles durchmachen musstest."

Miner tauschte seinen Zahnstocher gegen einen neuen aus. „Ich habe Jason. Er war das alles wert."

Vale berührte Miners Knie. „Dem kann ich nur zustimmen."

Miner lachte. „Ich weiß." Dann fuhr er wieder ernüchtert fort: „Und ich weiß, dass wir uns auf das Positive konzentrieren müssen und nicht zulassen, dass negative Gedanken unseren Verstand trüben. So gehen wir Omegas seit jeher mit Schwangerschaften um. Das ist Tradition. Aber nur für diesen Moment, lass uns ganz offen miteinander sein: Wie gut stehen die Chancen?"

„Ich weiß es nicht. Aber Urho hätte mir niemals Hoffnungen

gemacht, wenn er nicht davon überzeugt wäre, dass die Chancen sehr gut stehen. Er hätte mir gesagt, dass ich die Schwangerschaft abbrechen muss. Er hätte darauf bestanden.“

„Und hättest du es dann getan?“

Vale dachte eine Weile nach, so schwer es ihm auch fiel, dann nickte er. „Ich hätte seine Einschätzung akzeptiert.“

„Und abgetrieben.“

Eine Art abergläubische Panik wollte in Vale hochsteigen. Er zuckte die Achseln und weigerte sich, den Gedanken auch nur zu erwägen. „Das spielt jetzt keine Rolle mehr. Ich muss nicht abtreiben. Ich kann es versuchen.“

Miner nickte verständnisvoll. Er nahm Vales Hand und drückte sie. „Dieses Baby ist eine wundervolle Neuigkeit, Vale. *Wundervoll.*“

„ES IST SCHRECKLICH“, sagte Jason verzweifelt und starrte hinauf zu den Wolken, die vor der blassen Sonne und dem klaren, blauen Himmel vorüberzogen. „*Schrecklich.*“

Das kleine Schrägdach unter dem Fenster seines alten Zimmers war schon immer sein Zufluchtsort gewesen, sodass es ihn nicht überrascht hatte, dass ihm jemand hier hinaus auf die Dachpfannen gefolgt war. Aber dass es sein Vater war, anstelle von Vale, war ein wenig unerwartet gewesen.

Vater legte den Kopf zurück und sah ebenfalls zu den Wolken hinauf. „Ich weiß.“

„Vale wird sich nicht umstimmen lassen. Ich weiß, das wird er nicht. Er hat sich entschieden, und ich weiß, was passiert, wenn er sich erst einmal für etwas entschieden hat.“

Vater zuckte mit den Schultern. „Er hatte sich auch entschieden, keinen Vertrag mit dir zu schließen, aber du hast ihn trotzdem überzeugt.“

Jason seufzte. „Wirklich? Oder ist er in Hitze gegangen, und als sie vorüber war, hatte er es einfach nicht mehr in sich, mich abzuweisen?"

Vater lachte. „Tja, das werden wir wohl nie so genau wissen. Omegas sind schwer zu verstehen. Jene Hitze kam für das, was du wolltest, zur rechten Zeit. Sie hat ihm klar gemacht, dass er ohne dich nicht leben konnte."

Jason nickte. Er entschied, nicht zu erwähnen, wie vehement sein Vater gegen Jasons Vertrag mit Vale gekämpft hatte, weil er gewollt hatte, dass Jason einen jüngeren und fruchtbaren Surrogat-Omega nahm. Er hatte gewollt, dass Jason für einen Erben für immer ohne seinen *Érosgápe* lebte.

„Sie kam absolut nicht zur richtigen Zeit für das, was Vale behauptete zu wollen. Aber Omegas wollen ihre Alphas. *Érosgápe* lassen sich praktisch nicht voneinander fernhalten." Vater wurde wieder ernst. „Aber eine Sache steht fest … diese letzte Hitze kam zur denkbar schlechtesten Zeit. Offensichtlich."

„Ich habe solche Angst", flüsterte Jason. Es gab nicht viele Menschen auf der Welt, vor denen er das zugeben würde. Er war ein Alpha und hatte seinen Stolz. Es mochte ja vielleicht jeder wissen, dass er Angst hatte, aber er hasste es, das zu sagen. Was idiotisch war, denn selbst der unerschütterliche Urho hatte zugegeben, beängstigt zu sein.

Aber hier mit seinem Vater, der, wie Jason wusste, diese spezielle Sorte Furcht verstand, konnte er alles herauslassen. „Ich habe wirklich eine Scheißangst, Vater."

Yule legte seinen Arm um Jasons Schultern und sagte eine Weile nichts, sondern ließ Jason einfach die Wärme und Unterstützung aufsaugen.

„Was soll ich tun?"

„Du kannst ihn nur lieben. Du musst ihn unterstützen. Er ist ein Omega, und er wird deine Fürsorge brauchen, deine Zärtlichkeit und Zuneigung. Und er wird dein Vertrauen in ihn brauchen, und dass du an ihn glaubst. Es muss dir gelingen, es als etwas Wundervolles zu sehen.“

„Etwas Wundervolles? Aber es ist ein Fehler!“

„Vale trifft die richtige Entscheidung, Sohn. Er–“

„Wie kannst du das sagen?“ Jason schob den Arm seines Vaters von seinen Schultern. „Er setzt sein Leben aufs Spiel, weil er denkt, dass ich dieses Baby will.“

„Hat er damit nicht recht?“

„Ich will es, aber doch nicht mehr, als ich Vale will.“

Yule lachte leise. „Vale ist klug, Jason. Sehr klug. Er trifft diese Entscheidung nicht leichtfertig. Er kennt Dr. Chase gut. Und falls der Dinge zu ihm gesagt hat, die Anlass zur Hoffnung geben, dann glaube ich, er weiß, dass er eine sehr gute Chance hat. Eine Geburt ist für keinen Omega vollkommen ungefährlich–“

Jason stöhnte.

„Aber wenn Dr. Chase Vale grünes Licht gegeben hat, dann müssen seine Chancen so gut stehen wie die eines jeden anderen Omegas.“

„Das hat Urho nie gesagt.“

„Selbstverständlich nicht. Er ist Arzt. Er kann sich nicht so weit aus dem Fenster lehnen, falls … falls das Schlimmste eintreten sollte.“

Jason schlug die Hände vors Gesicht. Sein Herz raste. „Ich liebe ihn mehr als mein Leben. Brauche ihn mehr als Wasser. Mehr als Luft zum Atmen.“

„Ich weiß. Glaub mir, ich weiß.“

„Ich will liebend gern kinderlos bleiben, wenn ich ihn dafür bis zum Ende meiner Tage bei mir haben kann.“

„Sohn … er ist älter als du.“

Jason schüttelte den Kopf. Er wusste bereits, worauf das hinauslief. „Ich will davon nichts hören.“

„Du kannst das nicht ewig leugnen."

Jason zuckte die Achseln. *Werden wir ja sehen.*

Sein Vater fuhr fort: „Wenn alles gut geht, wird Vale nicht nur das Glück beschieden sein, dir einen Sohn zu schenken, sondern wenn irgendwann *seine* Zeit gekommen ist, wird er wissen, dass dir er einen Teil von sich hinterlässt, für den es sich zu leben lohnt."

„Nein."

„Lass mich ausreden–"

„Nein!"

Jason erhob sich fahrig auf seine Hände und Knie, krabbelte zurück zum Fenster und kletterte wieder in sein altes Zimmer. Abgesehen vom Bett und dem Schreibtisch, an dem er früher seine Hausaufgaben gemacht hatte, war nichts mehr von seinen alten Sachen hier. Er hatte alles zu Vales Haus mitgenommen, als sie den Vertrag geschlossen hatten.

„Erinnerst du dich noch, als ich dir das Mikroskop gekauft habe?", fragte Yule, als er Jason ächzend durch das Fenster folgte. Er richtete sich auf, dann nahm er Jasons Arm und dirigierte ihn zum Bett.

Jason setzte sich widerwillig. „Ja."

„Ich sagte dir, dass unsere Welt für das Universum ist wie eine Zelle im Verhältnis zu unsrer Welt. Ich sagte dir, dass unser Dasein auch so ist – nur ein Tropfen im Kontinuum des Lebens."

Jason schüttelte den Kopf. Er hatte keine Ahnung, worauf sein Vater hinaus wollte, aber er wollte es nicht hören. Warum verstand niemand, was er fühlte? Warum wollten alle, dass er Vales Entscheidung akzeptierte?

„Am Ende ist niemand von uns von Bedeutung."

„Vale ist von Bedeutung."

„Für dich."

Jason warf seinem Vater einen finsteren Blick zu. „Für die Welt. Er ist ein Dichter. Ein Lehrer. Ein Freund. Mein *Érosgápe*."

„Ja. In diesem Augenblick in der Zeit ist Vale für viele Leute von Bedeutung, aber in fünfzehn Jahren? Zwanzig?"

Jason öffnete mühsam den Mund und krächzte: „Was versuchst du mir zu sagen? Dass es egal ist, ob er lebt oder stirbt? Das ist morbide. Und es gefällt mir nicht."

„Ich sage, dass es in Ordnung ist."

Jason schnaubte ein Lachen. „Alles, was du gerade gesagt hast, ist so wenig in Ordnung, wie es nur geht."

Vater lächelte und streichelte Jasons Haar. „Weil du noch jung bist. Warte, bis du alt bist. Dann wirst du sehen, was ich meine. Vale weiß es wahrscheinlich."

„Vale ist nicht alt."

Vater beugte sich vor und küsste Jasons Stirn. „Na komm, Sohn. Lass uns zurück zu unseren Omegas gehen. Sie haben während unserer Abwesenheit miteinander geredet. Wer weiß, was sie ausgeheckt haben, um dich einzuwickeln?"

Jason folgte seinem Vater nach unten und fühlte sich dabei wie ein Kind. Er begriff einfach nicht, wie alle so ruhig bleiben konnten, und warum sie so unheimlich dumm in dieser Angelegenheit waren. Besonders Vale. Und Urho. Und Pater. Und Vater.

Er biss die Zähne zusammen und folgte seinem Vater wieder zurück in Paters Musikzimmer. Miner und Vale saßen zusammen auf dem Sofa, unterhielten sich leise und überlegten sich offensichtlich schon Namen für das Baby.

Jason kam erneut der Gedanke, dass unter all der glühenden Liebe er Vale auch ein kleines bisschen hassen könnte. Vale sah zu ihm auf; in seinen grünen Augen schimmerte Sorge und eine gewisse Hoffnung. Eindeutig wünschte er sich, Jasons Vater möge irgendwie zu ihm durchgedrungen sein. Jasons ganzer Körper wurde von einem Gefühl liebender Anbetung geflutet. Er konnte Vale nicht hassen, wie sehr ihn dessen Entscheidung auch ängstigte.

Jason nahm sanft Vales Kinn und hob sein Gesicht an, um ihm

einen Kuss auf die Lippen zu drücken. „Bringen wir dich nach Hause. Es war ein langer Tag."

„Ja", stimmte Vale bereitwillig zu.

Sie verabschiedeten sich, und als sie gingen, legte Jason beschützend seinen Arm um Vales Taille. Vale schmiegte sich an seine Seite, und Jason küsste Vales Haar. Sein Omega.

Sein.

Sein.

DER BESUCH IN Urhos Praxis und anschließend bei Jasons Eltern hatte Vale erschöpft. Er ließ sich aufs Bett fallen, wie er war – noch komplett bekleidet – und beinahe sofort fielen ihm die Augen zu. Jason war in der Küche verschwunden. Er hatte darauf beharrt, Vale müsse hungrig sein. Aber Vale war eigentlich mehr übel als alles andere. In den Infoblättern, die Urho ihm gegeben hatte, stand, dass das normal wäre, während sein Körper sich mit Hormonschüben an das Baby anzupassen versuchte.

Schließlich hörte Vale Jason auf der Treppe und erwachte aus seinem leichten Halbschlaf. Sein Magen drehte sich; innere Unruhe verstärkte das flaue Gefühl. Er hoffte nur, Jason würde ihm nichts zu essen bringen, das zu scharf war. Das würde er wahrscheinlich nicht bei sich behalten können.

„Hunger?", fragte Jason, als sich auf die Bettkante setzte. Er strich Vale das Haar aus dem Gesicht, dann liebkoste er mit den Fingerspitzen Vales dunklen Bart. Er hatte gar nichts mitgebracht. „Ich habe eine Lasagne gemacht. Magst du herunterkommen?"

„Nicht wirklich." Vale lächelte kläglich. Allein der Gedanke an all den Schmelzkäse verursachte ihm Übelkeit.

„Du musst essen und bei Kräften bleiben", murmelte Jason und küsste Vales Schläfe.

„Vielleicht Suppe und ein paar Cracker?", fragte Vale. Es tat ihm leid, dass Jason sich so viel Mühe mit einem Essen gemacht hatte, das ihm mit Sicherheit nicht bekommen würde.

Jason nickte und machte Anstalten aufzustehen, aber Vale zog ihn wieder hinunter aufs Bett.

„Komm her", sagte er. „Leg dich ein bisschen zu mir."

Jason fügte sich und legte sich auf die Seite, Vale zugewandt. Auch Vale drehte sich zu ihm. So lagen sie, Stirn an Stirn, und Vale schloss die Augen und atmete im selben Rhythmus wie Jason ein und aus.

„Du kannst dich ein paar Tage länger dagegen auflehnen", sagte Vale leise. „Ich gebe dir noch bis Ende der Woche. Aber dann musst du stärker sein. Du bist der Alpha, Jason. Ich brauche dich, und du musst diese Rolle annehmen."

Jason rührte sich nicht. Sie fuhren fort, gemeinsam zu atmen.

Dann sprach Vale weiter. „Omegas brauchen in der Schwangerschaft einen Alpha. Sie brauchen das Gefühl, umsorgt und unterstützt zu werden. Und da ist auch noch die sexuelle Komponente."

Jason schluckte hörbar, sagte jedoch nichts.

„Für mich geht es aber nicht nur um die natürliche Steigerung des Sexualtriebs eines schwangeren Omegas, oder um dein Bedürfnis als Alpha, mich zu beschützen, zu befriedigen und durch regelmäßigen Geschlechtsverkehr auf die Geburt vorzubereiten. Es geht auch darum, das Narbengewebe weich und dehnbar zu erhalten. Es geht um Leben und Tod."

Jason wimmerte leise.

„Also wird immer noch viel Fisting nötig sein – und viel Ficken. Und ich brauche meinen Alpha freudig erregt, optimistisch und enthusiastisch. Ich darf keine negativen Gedanken im Kopf haben, wenn ich das unbeschadet überstehen will. Du musst an mich glauben."

Jason zog Vale enger an sich. Seine Finger taten weh, so fest umklammerten sie Vales Hüfte.

„Also … eine Woche. Das ist alles, was ich dir geben kann. Dann wirst du zur Besinnung kommen. Denn ich werde dich dann sehr brauchen."

Jason schnaufte – ein flaches, zitterndes Ausatmen. Dann küsste er Vale auf die Stirn, erhob sich und verließ den Raum, wahrscheinlich um Suppe zuzubereiten und Cracker zu holen. Vale streckte sich auf dem Bett aus und starrte aus dem Fenster. Er war nicht überrascht, als Zephyr zu ihm auf die Matratze hopste, sich neben Vales immer noch flachem Bauch zusammenrollte und sich ihren kleinen, glücklich Hintern wegschnurrte.

KAPITEL 7

VALE SAß MIT einem beklommenen Gefühl in seinem Ledersessel, als Xan Jason ins Zimmer folgte. Die Sonne schien durch das große Fenster im hinteren Teil seines staubigen Arbeitszimmers auf den Steinboden, aber es war das Kaminfeuer, dass die angespannten Mienen ihrer versammelten Freunde beleuchtete.

„Ich bin froh, dass du kommen konntest", begrüßte Vale mit einem kleinen, schmallippigen Lächeln Xan.

Xans blaue Augen waren sorgenvoll geweitet, und sein Blick huschte zwischen Vale und Jason hin und her, dann zu den anderen versammelten Gästen – Rosen, Yosef und Urho. Oh, und so abgelenkt Vale auch war, ihm entging nicht das aufflackernde Interesse in Xans Augen, als der Urho entdeckte.

„Tut mir leid, falls ich euch habe warten lassen", sagte Xan mit bebender Stimme. „Ich bin so schnell gekommen, wie konnte. Gleich nach Jasons Anruf."

„Wie geht es Caleb?", fragte Vale, den es nicht sehr überraschte, dass Xans Omega nicht mitgekommen war. Aber er wünschte sich dennoch, er wäre hier. Er hätte in diesem Moment gern die Hand eines anderen Omegas gehalten.

„Caleb geht es gut", sagte Xan, dessen Aufmerksamkeit durch seine Sorge um Jason und sein nervöses Interesse an Urho zwiegespalten war. „Na ja, heute morgen fühlte er sich nicht ganz wohl, und ich musste für ihn zur Apotheke laufen, weshalb ich zu spät zur Arbeit kam. Deshalb war es für mich nicht so leicht, heute Nachmittag wegzukommen."

„Schon gut", sagte Vale. „Richte Caleb Besserungswünsche von uns allen aus. Rosen ist auch gerade erst angekommen."

Jason stand hinter Vale. Seine Hände umklammerten die Rückenlehne des Sessels, und er war so angespannt, dass Vale seine Angst spüren konnte, ohne sich umzudrehen und ihn anzusehen.

Vales beste Freunde Rosen und Yosef saß eng beieinander auf dem Sofa, Händchen haltend und mit ziemlich kläglichen Mienen. Yosefs makellos gestyltes, weißes Haar und sein weißer Bart verrieten, dass er deutlich älter war als Rosen, aber sie waren dennoch ein unheimlich attraktives Paar. Vale hatte zusammen mit ihnen Einiges durchlebt, hatte die schlimmsten Stürme des Lebens mit ihrer Hilfe überstanden, und hoffte, dass sie in der Lage waren, ihm durch einen weiteren zu helfen.

Xan fuhr sich mit seiner verschwitzen Handfläche über sein schlaffes Haar.

„Also, was ist los?", fragte Xan, der sich offenbar nicht länger beherrschen konnte. „Was zum Henker ist passiert?"

Urho trat vor, die Hände ernst vor der Brust gefaltet wie einer der Priester der Heiligen Kirche von Wolf. „Die anderen haben mich gebeten, die Neuigkeit zu verkünden. Es ist sowohl eine Ehre als auch eine Bürde, aber eine, die zu tragen Jason und Vale mich gebeten haben."

„Jetzt sag schon", unterbrach ihn Xan. Vale verstand ihn gut – er selbst war ebenfalls ungeduldig und wollte die Neuigkeit loswerden.

Urho hob das Kinn, und er sah Xan für einen langen, stillen Moment an, dann nickte er. „Also gut. Wie sich herausgestellt hat, ist Vale entgegen aller Wahrscheinlichkeiten und trotz Jasons bestem Bemühen schwanger."

Die Stille im Raum war ohrenbetäubend und schien von den Fenstern widerzuhallen. Jason kam um den Sessel herum und drückte zum Beistand Vales Schulter.

„Wie bitte?“, sagte Xan und blinzelte. „Sagtest du gerade, Vale ist schwanger?“

„In der Tat.“ Urhos Mund bildete eine gerade Linie und er schaute alle ernst an. „Das ist offensichtlich ein Problem, sowohl privat als auch für die Gemeinschaft, da wir alle Jason und Vale lieben und schätzen, daher–“

„Was in Wolfs Hölle, Jason?“, platzte Xan heraus und schnitt Urho das Wort ab. „Du weißt, dass er keine Kinder bekommen kann. Wieso hast du das getan?“

Jason ließ Kopf und Schultern hängen, ließ Vales Schulter aber nicht los, als er sagte: „Es war ein Unfall.“

„Ein Unfall?“ Xan schnaubte.

Vale wurde langsam genervt. Niemand konnte Jason für das, was passiert war, einen Vorwurf machen. Jedenfalls nicht in seinem Beisein. Vale hob die Hand. „Was geschehen ist, ist geschehen. Daran lässt sich nichts ändern. Wir müssen uns jetzt überlegen, wie wir damit umgehen wollen.“

„Du wirst natürlich abtreiben“, sagte Xan nickend und warf einen Blick zu Urho, wie um dessen Zustimmung zu suchen.

Xan war dabei gewesen, als Urho vor vier Jahren den Eingriff bei Jasons Pater vorgenommen und dem Mann damit das Leben gerettet hatte. Und er wusste auch, dass Urho der verantwortliche Arzt bei Vales Abtreibung in dessen Zeit als junger, ungebundener Omega gewesen war.

„Nein“, flüsterte Vale. „Das wird dieses Mal nicht passieren.“

„Entschuldige?“ Yosef hob die weißen Augenbrauen. „Was willst du damit sagen, Vale?“

Rosen saß plötzlich kerzengerade und umklammerte Yosefs Hand, bis seine Knöchel weiß wurden. Xan wirkte ein wenig benommen und schwindelig.

„Bitte“, flüsterte Jason. „Bitte überleg es dir noch einmal.“

Vale schüttelte den Kopf. „Urho hat mich untersucht, und er

denkt–“

„Es ist mir egal, was er denkt!“, rief Jason. Er kam um den Sessel herum und kniete zu Vales Füßen. „Ich will nur dich. Ich brauche das hier nicht von dir. Ich will überhaupt keine Kind–“

Vale legte ihm eine Hand auf den Mund. „Still. Bevor du etwas sagst, das du später bereuen wirst.“

Jasons blaue Augen wurden feucht, und er senkte den Kopf und lehnte seine Stirn an Vales Knie. Er erschauerte, als Vale mit den Fingern beruhigend durch sein blondes Haar fuhr. Es war schwer, so stark zu sein. Was Vale jetzt brauchte, war, dass Jason sich zusammenriss, seine Ängste überwand und ihn unterstützte. Vale wusste, er würde das auch irgendwann tun … aber bis dahin würde er Jason so viel Trost spenden, wie er konnte.

„Ich verstehe das nicht“, sagte Yosef. „Vale kann eine Schwangerschaft nicht überleben. Das wissen wir alle.“

„Das war bisher so“, antwortete Urho. „Vor Jason.“

„Willst du damit sagen, dass sich das geändert hat?“, fragte Rosen leise und hob das Kinn. In seinem nachmittäglichen Bartschatten hingen ein paar blaue Farbspritzer, die er nicht ganz fortgerieben hatte. Offensichtlich war er während der Arbeit an einem Ölgemälde von einem Anruf ähnlich dem, den Xan erhalten hatte, überrascht worden.

Urho sagte: „Aus Gründen, die ich lieber nicht hier näher erläutern möchte, hat sich bei Vales Narbengewebe und in seiner Passage eine neue Elastizität entwickelt. Ich habe verschiedene Theorien, wie es dazu kommen konnte, aber die Tatsache bleibt, dass es überraschenderweise so ist.“

„Ich kann es mit großer Wahrscheinlichkeit austragen“, sagte Vale vollkommen ruhig. Jason rutschte näher und vergrub sein Gesicht in Vales Schoß. Sein ganzer Körper zitterte, während Vale fortfuhr: „Also wird Urho die Geburt etwas früher einleiten, und wir werden darauf hoffen, dass das Kind überlebt.“

„Das ist krank", stieß Xan hervor. „Das kannst du nicht tun. Das kannst du Jason nicht antun." Er nickte zu Jason, der zusammengekrümmt zu Füßen seines Omegas saß. „Sieh ihn dir doch an. Denk daran, was es mit ihm machen wird, wenn er dich verliert."

Vales grüne Augen wurden sanft. „Ich denke an fast nichts anderes."

„Sieht für mich aber nicht so aus."

Vale hatte Mühe, den aufkommenden Zorn zu beherrschen. „Es war keine leichte Entscheidung, aber ich vertraue Urho. Er würde nicht leichtfertig darauf setzen, dass ich es überlebe, wenn er nicht von ganzem Herzen daran glaubte."

Jason hob den Kopf, seine Augen waren verweint, und seine Lippen bebten. „Er setzt nicht auf dein Überleben, er setzt darauf, dass du *wahrscheinlich* nicht sterben wirst. Das ist nicht dasselbe!"

„Liebling, du kannst nicht von mir verlangen, dass ich diese Chance aufgebe. Es ist unsere einzige Hoffnung, so ungeplant die Schwangerschaft auch ist. Dieser einzige, wundervolle Fehler, den wir nie, nie wieder machen würden."

„Werd mir jetzt nicht poetisch", flüsterte Jason inbrünstig. „Du riskierst willentlich, dich selbst zu zerstören – uns, *mich* zu zerstören – für etwas, das nach Urhos Aussage noch nichts weiter ist als ein Bündel Nerven mit einem mikroskopisch kleinem Herzschlag."

„Aber es ist unseres", sagte Vale drängend. „Unsere Körper haben sich verbunden, um neues Leben zu erschaffen. Wie könnten wir da beschließen, es zu beenden?"

„Du hörst dich an wie Pater."

„Nein. Dein Pater gab zu, dass er keinerlei Hoffnung hatte, die Geburt zu überleben. Ich aber habe vor, mich bis aufs i-Tüpfelchen an Urhos Anweisungen zu halten. Ich habe vor zu erleben, wie unser Kind geboren wird, ich werde ihn halten und lieben und zu einem wunderbaren, jungen Mann erziehen. Ich werde dich in ihm erkennen, und auch mich selbst. Ich habe nicht vor, so leicht aufzugeben wie dein Pater.“

„Also, warum sind wir alle hier?“, fragte Yosef sanft. Er hielt weiterhin fest Rosens Hand, und seine Miene war immer noch todernst.

„Weil wir die Unterstützung von euch allen brauchen, besonders Jason“, sagte Vale.

„Nein, ganz besonders du“, widersprach Jason flüsternd. „Du musst jeden Augenblick eines jeden Tages umsorgt werden.“

„Sein nicht albern. Ich bin ja kein Invalide.“ Er zuckte die Achseln. „Später in ein paar Monaten, vielleicht. Dann werde ich wahrscheinlich sehr aufpassen müssen. Aber im Augenblick bin ich fit wie ein Turnschuh. Ich kann mit meiner Arbeit weitermachen und–“

„Nein!“, fauchte Jason, hob den Kopf und starrte Vale finster an. „Damit die Idioten auf Mont Nessadare die Schwangerschaft an dir riechen? Damit sie riechen, wie verwundbar du bist? Auf keinen Fall!“ Er schüttelte entschieden den Kopf. „Du wirst dir freineh-men.“

Vale beruhigte Jason erneut, indem er dessen Kopf zurück in seinen Schoß zog und zärtlich sein Ohr streichelte. „Wir werden eure Hilfe brauchen“, sagte Vale und sah nacheinander jedem Einzelnen in die Augen. „Ich weiß noch nicht, wann oder wie genau, aber ihr seid die Freunde, von denen wir wissen, dass wir uns immer auf euch verlassen können.“

„Natürlich, wir werden immer für dich da sein“, bestätigte Rosen.

„Für dich und für Jason“, sagte Yosef grimmig.

„Ihr könnt euch auf mich verlassen“, fügte Xan hinzu und hob das Kinn. „Egal, was es ist. Wenn ich euch ideell oder materiell unterstützen kann, werde ich es liebend gern tun. Und Caleb wird ebenfalls helfen wollen.“

„Danke“, sagte Vale und rieb Jasons Schultern. „Es ist schwierig für uns, aber wir schaffen das schon.“

Schließlich stand Jason auf und wischte sich die Tränen aus dem Gesicht. „Wir wollten, dass ihr es von uns erfahrt, von Angesicht zu Angesicht.“

„Und deine Eltern?“, fragte Yosef.

„Wissen es bereits“, antwortete Jason, aber seine zusammengepressten Lippen verrieten, dass er zu diesem Thema jetzt nichts weiter sagen wollte.

Rosen und Yosef waren die Ersten, die gingen. Yosef umarmte Jason und flüsterte Vale etwas zu über irgendwelche Papiere, die er wegen seiner medizinischen Versorgung aufsetzen wollte für den Fall, dass Jason nicht in der Lage wäre, Entscheidungen zu treffen. Vale nickte, dann umarmte er auch Rosen zum Abschied.

Urho bot an, die beiden zur Tür hinaus zu begleiten und mit ihnen auf das Taxi zu warten.

Xan schenkte ihnen ein mitfühlendes Lächeln, das jedoch schnell erstarb, was seine sorgenvolle Verwirrung verriet.

Vale beugte sich vor und nahm Xans Hand. „Schau nicht so. Jason wird deine Kraft brauchen.“

Xan schnaubte. „Nicht annähernd so sehr, wie er dich brauchen wird. Aber ich werde tun, was ich kann.“

Vale lächelte und wandte sich an Jason. „Wieso bringst du Xan nicht zur Tür? Wenn es dir nichts ausmacht, dann bleibe ich hier und mache es mir am Feuer gemütlich.“

„Ist dir kalt?“, fragte Jason. Seine Stimme klang gepresst und war erfüllt von dem Drang, sich um seinen Omega zu kümmern. Vale fror nicht, aber er sagte nichts und ließ Jason eine der Decken von dem Ledersofa holen. Es war wichtig für Jason, sich um ihn kümmern zu dürfen – das linderte ihrer beider Ängste. Also lächelte Vale Jason liebevoll an, als der ihm die Decke umlegte und sich Zeit nahm, ihn sorgfältig darin einzuwickeln.

Zephyr schlich in den Raum. Ihr silbriges Fell war sauber und plüschig. Sie kam miauend auf sie zu getrottet, dann sprang sie auf Vales Schoß. Vale befreite eine Hand aus der Decke und ließ seine Finger durch ihr Fell gleiten.

„Ich bin gleich wieder da“, flüsterte Jason, dann drehte er sich mit einem geschlagenen und gleichzeitig sehnsüchtigen Gesichtsausdruck zu Xan um. „Danke fürs Kommen. Ich bringe dich hinaus.“

Vale sah ihnen nach, als sie gingen, und hoffte, Xan würde Jason geben können, was der jetzt brauchte: einen starken Freund zum Anlehnen, dem er sein Herz ausschütten konnte. Zumindest wusste er, dass Xan Jason liebte. Wenn unter ihrem Haufen ein Freund war, der für Jason da sein würde, sollte das Schlimmste eintreten – dann wäre das Xan.

Ja, ihre Freunde hatten die Neuigkeit von Vales Schwangerschaft besser aufgenommen, als Vale erwartet hatte. Ihre Angst und ihre Sorge war spürbar gewesen, aber am Ende hatten sie alle ihre Unterstützung zugesagt. Und Vale war dankbar für Xan, der Jason immer noch liebte, viel zu heftig für Urho schwärmte und praktisch eifersüchtig auf Vales komplettes Leben war.

Selbst auf das. Vale legte eine Hand auf seinen Bauch und dachte an das Kind in seinem Leib. Ja, Xan hätte sogar dieses Baby gewollt, selbst um den potenziell hohen Preis von Vales Leben.

Und das verschaffte Vale überraschenderweise einen gewissen Seelenfrieden. Es würde alles gut werden. Dessen war er sicher.

Jason würde in der Frage, ob Vale weiterhin als Lehrer auf einem Campus voller Alphas arbeiten durfte, keinesfalls nachgeben. Jedenfalls nicht, solange Vale schwanger war. Das wusste Vale. Sollte Jason es schaffen, eine positivere Haltung zu der gesamten Schwangerschaft einzunehmen, dann war das eine Konzession, die Vale liebend gern machen würde. Zuhause zu bleiben, während das Baby in ihm wuchs, Jasons Mahlzeiten essen, seine übertriebene Fürsorge erdulden. Nickerchen machen. Schreiben. All das würde er liebend gern tun, falls Jason ihn nur unterstützte.

Er würde gleich morgen den Direktor von Mont Nessadare anrufen und ihn über die Lage in Kenntnis setzen. Sie würden mühelos jemanden finden, der seine Kurse übernehmen konnte. Es gab eine lange Liste von Alphas, die nur darauf warteten, dass die Position frei wurde. Und das war vielleicht ihre Chance, denn Vale konnte nicht sagen, ob er nach der Geburt überhaupt wieder unterrichten wollen würde. Er hatte gedacht, er würde nie ein Kind bekommen können, und dieses Wunder war etwas, von dem er nicht eine Sekunde versäumen wollte. Aber er hatte sich auch nie als einen Mann betrachtet, der eine interessante berufliche Karriere einfach aufgab.

Als Jason zurückkehrte, entschuldigte er seine lange Abwesenheit damit, dass Urho ihn auf dem Gehsteig aufgehalten hatte. Er erzählte Vale nicht, worüber sie gesprochen hatten, aber offensichtlich hatte, was immer Urho zu Jason gesagt hatte, dafür gesorgt, dass Jason klarer sah. Er verstand nun, dass es passieren würde – ganz gleich, wie viel Angst er hatte – und dass er besser anfangen sollte, sich wie ein Alpha zu verhalten.

Denn Jason tat nun genau das, und nur ein winziges bisschen Bangigkeit schimmerte durch sein nun starkes Auftreten.

KAPITEL 8

VON JENEM TAG an war Jason ein beispielhafter Alpha. Weder gab es Tränen noch flehende Ansprachen. Stattdessen half er Vale, die Details seines dienstfreien Jahres mit Vales Arbeitgeber zu klären, dann begleitete er ihn zum Campus und half ihm, sein Büro zu räumen. Jason bestand darauf, jede Kiste zu tragen, und beugte sich jeder von Vales Launen, darin eingeschlossen ein Zwischenstopp bei dessen Lieblings-Essensstand auf dem Nachhauseweg für einen Snack mit Grillkäse.

Vale konnte beinahe so tun, als hätten sie diese Schwangerschaft geplant. Er konnte sich beinahe überzeugend einreden, dass Jason glücklich war. Aber obwohl sein Baby-Alpha sein Bestes gab, schimmerte hier und da immer wieder für kurze Momente Angst durch die Fassade.

Und das war, wie Vale glaubte, einfach nur menschlich.

Eines Nachmittags schob Jason einen Auflauf in den Ofen, spielte mit Zephyr und ging dann hinaus in den Garten wo er geschäftig werkelte – er harkte Laub und pflegte die winterharten Blumen, die er bereits gepflanzt hatte. Dabei sang er leise vor sich hin, eine Ballade aus der letzten Musicalaufführung, die sie gemeinsam besucht hatten.

Vale lauschte ihm durch das halb geöffnete Fenster, welches eine kühle Brise ins Zimmer wehen ließ. Urho hatte es bei seinem letzten Besuch geschlossen, weil die Feuchtigkeit Vale angeblich schaden würde, aber Vale wusste, das war ein altes Omegamärchen. Er fühlte sich besser, wenn frische Luft durchs Zimmer zirkulierte und der Geruch des Herbstes in der Luft die Wärme des Kaminfeuers etwas zerstreute. Vale lümmelte auf dem Sofa, beobachtete Jason beim Arbeiten im Garten und bewunderte die herrliche Gestalt seines Alphas.

„Komm her", sagte Jason von draußen. Er schob das Fenster hoch und duckte sich, um den Kopf ins Zimmer zu stecken. „Komm schon. Jetzt."

Vale kaute auf der Innenseite seiner Wange, um ein Lächeln zu unterdrücken. Einst, vor einer scheinbaren Ewigkeit, war Jason zu ihm gekommen und hatte vor genau diesem Fenster gestanden, um die Regeln des Werbens für einige Minuten von Vales Zeit und Vales Worten zu brechen. Oh, Jason war damals so jung gewesen. Und Vale war derjenige gewesen, der Angst hatte.

Er erhob sich vom Sofa und trat ans Fenster. Sein Herz flatterte. „Ja?"

„Knie dich hin", sagte Jason ohne Umschweife. Wie ein Befehl, aber dennoch liebevoll.

Vales Nippel zogen ich unter seinem losen T-Shirt zusammen, und er bekam einen Harten. Auch das brachte zärtliche Erinnerungen an ihre ersten Tage zurück. Versaut und so zärtlich. „Und jetzt?", fragte Vale atemlos.

„Mach den Mund auf."

Vale gehorchte mit klopfendem Herzen. Alles Blut rauschte südwärts in seinen Schwanz. Falls das hier war, was Jason brauchte, um das Gefühl zu haben, dass er die Kontrolle über die Situation hatte … falls ihm das half, seine Alpharolle anzunehmen, dann würde Vale ihm das bereitwillig geben.

Jason brachte eine braune Feige zum Vorschein, offen und reif. Er drückte etwas von dem klebrigen Fruchtfleisch auf Vales Zunge. Der süßliche Geschmack explodierte geradezu in Vales Mund, und Vale ließ die Frucht auf seiner Zunge liegen, hielt ganz still und wartete darauf, dass Jason ihm sagte, was er als Nächstes tun sollte.

„Nun, iss es schon", sagte Jason lachend. Seine Augen, die so traurig ausgesehen hatten, funkelten – zum ersten Mal, seit sie aus den Bergen zurückgekehrt waren. „Hast du etwas anderes auf deiner Zunge erwartet? Etwas Größeres?"

Vale kaute und schluckte, dann verengte er die Augen. „Frechdachs. Du weißt, dass es so war."

„Öffne deinen Mund noch einmal."

Vale gehorchte, dieses Mal leicht genervt. Er wollte keine Feigen. Er wollte Jasons Schwanz und Jasons Sperma und den wundervollen Orgasmus, den Jason ihm im Gegenzug geben würde. Und er wollte die tröstliche Zärtlichkeit, die unweigerlich folgen würde.

Jason drückte den Rest der Feige in Vales Mund, und der aß sie ohne weitere Aufforderung. „Gut. Jetzt leck meine Finger sauber", sagte Jason mit einer Andeutung von Grobheit in der Stimme, was Vale Schwanz erneut zum Leben erweckte.

Vale kniete vor dem Fenster und leckte mit geschlossenen Augen die Reste der süßen, kernigen Feige von Jasons Hand. Seine Zunge umschlang jeden Finger, und er saugte an ihnen, sodass seine Wangen hohl wurden und sich an Jasons Haut rieben. Es schmeckte nach Mann, Feige und Herbst. Vale wand sich ein wenig, als Schlick aus seinem Eingang lief. Seine Unterwäsche wurde nass, und sein Loch öffnete sich für Jason.

„Ah, das gefällt dir", murmelte Jason. „Ich kann riechen, wie du dich für mich öffnest."

Vale nickte.

„Willst du, dass ich dich ficke, Baby?"

Vale wimmerte. Sein ganzer Körper spannte sich vor Verlangen an, die Nippel spitz, der Schwanz hart, die Eier stramm zusammengezogen … ja, er das wollte er. Aber er fuhr fort, an Jasons Fingern zu lutschen – der Duft des Schlicks, mit dem er überlief, war Antwort genug für Jason.

Jason zog seine Finger weg und, so wie er es früher schon getan hatte, kletterte durch das Fenster und kniete sich neben Vale auf den Teppichläufer. „Zieh dein Shirt aus und die Hose herunter."

Vale gehorchte rasch.

Jason zog ihn an sich, Körper an Körper, sodass Vale Jasons großen Ständer an seinem Bauch spüren konnte. Der weiche Stoff von Jasons Arbeitshemd an Vales Torso, und die raue Jeans an Vales Eiern war erregend. „Wiederhole, was ich sage."

Vale schluckte verwirrt, nickte aber.

„Ich bin gesund und stark."

Vale wiederholte murmelnd die Worte.

„Ich werde für meinen *Érosgápe* ein langes, gesundes Leben leben."

Vale neigte den Kopf und schnupperte an Jasons Hals, atmete dessen köstliches, einzigartiges Aroma, und flüstere: „Ich werde ein langes, gesundes Leben für dich leben, mein Baby-Alpha."

„Für immer. Mit mir."

„Ja. Für immer."

Jason knurrte und schlang einen Arm um Vales Taille, um ihn festzuhalten, dann glitt er mit seiner Hand zwischen Vales Beine und presste vier Finger in Vales nasses Loch. Es war eng, und Vale war überrascht, so gründlich und von beinahe Jasons ganzer Hand penetriert zu werden, aber er entspannte sich und ließ es geschehen. Als Nächstes arbeitete Jason seinen Daumen hinein, und dann den breitesten Teil seiner Hand, wobei er Vale die Hilfe der Schwerkraft nutzen ließ, um seine Hand ganz in sich aufzunehmen. Dann krümmte er die Finger und, mit einem erleichterten Seufzer, ließ Vale erst einmal reglos auf seiner Faust ruhen.

„Spürst du das?"

„Wie sollte ich es nicht spüren?", entgegnete Vale atemlos. Sein Schwanz pochte zwischen ihren Körpern, und er schob die Hüften vor, um Kontakt herzustellen. Dabei bewegte sich auch Jasons Faust in ihm. „Es ist alles so viel.“

„Mach, dass du auf meiner Hand kommst.“

Vale wimmerte, aber er legte einen Arm um Jasons Hals und ließ den anderen sinken, um seinen Schwanz in die Hand zu nehmen. Er wichste sich schnell, denn er wollte sich nicht zurückhalten. Er wollte schnell zum Höhepunkt kommen.

Jason drehte behutsam seine Hand in Vale, was in ihrer Position schwierig war, aber die Bewegung genügte, um Vale himmelwärts zu schicken. Er warf den Kopf zurück, stöhnte und erschauerte. Sein Körper zog sich um Jasons Faust zusammen, und sein Schwanz explodierte zwischen ihnen. Spermaspritzer bedeckten Jasons weiches Flanellhemd. Vale stöhnte laut, während seine Nippel vor Lust sangen und sein Arschloch um Jasons Handgelenk pulsierte.

„Mmm“, machte Jason und beugte sich herab, um sein Gesicht an Vales Hals zu reiben. „Du riechst so gut.“

Vale atmete heftig, sein Körper kribbelte vor Lust. Er klammerte sich an Jasons Schultern, als der erneut seine Faust in ihm bewegte. „Oh, Liebling, das ist so gut.“

Vales Schenkel begannen zu zittern, als Jason seine Hand herauszog. Er keuchte beim Gefühl der frustrierenden Leere in sich. „Jason, bitte.“ Er wusste selbst nicht, worum er flehte. Er war gerade erst gekommen, er war in den Armen seines Alphas, und er fühlte sich fantastisch. Aber er wollte mehr.

„Auf deine Ellenbogen und Knie“, sagte Jason, und drehte ihn herum.

Vale folgte benommen, streckte seinen Hintern in die Höhe und nahm die Lordosis-Haltung ein.

„Wolfgott, du machst mich fertig“, flüsterte Jason. Das Geräusch seines Reißverschlusses war vielversprechend, und Vale drückte sein Gesicht in die Teppichfasern und wartete.

Es fühlte sich immer so richtig an, Jason in sich zu haben. Sein Schwanz war dick genug an der Wurzel, um Vale jedes Mal

Schweiß auf die Stirn zu treiben, und lang genug, um Vales Patermund zu streifen, auch außerhalb der Hitzen, wenn sich der Uterus gar nicht gesenkt hatte.

„Warte", sagte Jason mit rauer Stimme. „Ich werde dich öffnen."

Vale keuchte beim ersten Stoß, der ihn auf eine höhere Ebene der Realität zu heben schien. Wohlige Schauer überliefen ihn in immer neuen Wellen. Seine Nippel schmerzten fast vor Erregung, währen Jason seinen Arsch fickte und seinen großen Ständer tief hineinstieß, wieder und wieder. Jason zielte bewusst auf den Bereich in Vale, der einst zu schmerzempfindlich und zu eng gewesen war, um ihm Lust zu verschaffen. Jetzt aber fand er mühelos einen Weg dorthin, und Vale bebte und zitterte, während Jason ihn einem analen Orgasmus entgegen fickte.

Manchmal fragte Vale sich, wie es sein mochte, ein Alpha zu sein und sich in seiner sexuellen Ekstase so beherrschen zu müssen. Aber in Momenten wie diesem war er dankbar, ein Omega zu sein. – sein Körper war wundervoll geschaffen für die Lust, und so willig.

„So ist es gut", sagte Jason, als Vale aufhörte zu stöhnen und sich zu verkrampfen. „Du bist mein Omega. Mein *Érosgápe*."

„Auf ewig", stimmte Vale zu. Jason nutzte sein Körpergewicht, um sie beide auf den Boden zu drücken, und der weiche Flanellstoff von Jasons Arbeitshemd rieb sich schmeichelnd an Vales nacktem Rücken.

Jason hielt Vales Hüften, stieß noch einmal fest in ihn und kam mit einem Aufschrei. Sein großer Schwanz pulsierte heftig. Samen füllte Vale und floss aus ihm heraus, zusammen mit dem Schlick, den er produziert hatte. Er konnte Jasons pochende Eichel spüren, während Jasons zuckender Schwanz gegen seinen geschlossenen Patermund presste.

„Wolfgott", stöhnte Jason. Er rollte sie beide auf die Seite, damit Vale leichter atmen konnte. „Ich liebe es, dich zu ficken.“

„Das Gefühl beruht auf Gegenseitigkeit.“

Schweigend kamen sie wieder zu Atem, während ihre Körper noch mehrere Minuten lang lustvoll zuckten. Jason küsste Vales Nacken. „Ich kann ihn riechen.“

„Ich weiß.“

„Es riecht anders als nur dein Geruch allein.“

„Ja.“

„Sein Geruch überdeckt deinen fast. Als würde ich dich nicht erkennen … wenn er nicht mein Kind wäre, denn er riecht wie meins – unseres.“

Vale nickte. Er hatte andere Omegas über die Reaktion ihrer Alphas auf ihr ungeborenes Kind reden hören. Einer seiner Omega-Freunde, der während seiner Schwangerschaft Witwer geworden war, hatte ihm erzählt, dass der Alpha, der sich danach um ihn kümmerte, während er schwanger war, behauptete, er würde vollkommen anders riechen, nachdem das Kind geboren war.

Jason seufzte, zog seinen Schwanz ganz heraus und drückte ein paar Finger in Vales Eingang, um ein allzu plötzliches Gefühl der Leere zu vermeiden. Dann, sobald Vale ihm durch ein Nicken zu verstehen gab, dass er bereit war, nahm er auch seine Finger weg und half Vale, sich auf wackeligen Beinen zu erheben. Während sie sich anzogen und ihre Kleidung in Ordnung brachten, fuhr er fort, Vales Wange zu küssen, sein Ohrläppchen, seine Lippen. Vale konnte nicht aufhören zu lächeln.

„Lass uns duschen, und dann mache ich Abendessen.“

„Ich bin gar nicht dazu gekommen, mein Nickerchen zu machen“, beklagte sich Vale mit einem sehnsüchtigen Blick zum Sofa.

„Oh? Du würdest also lieber schlafen, als herauszufinden, was ich unter der Dusche mit dir machen will?“

Vale zögerte. „Da kommt noch mehr?“

„So viel mehr.“

Vale schlang seinen Arm durch Jasons. „Dann nur zu."

Auf halbem Weg die Treppe hinauf sagte Jason: „Ich liebe ihn, weißt du? Wirklich. Ich liebe ihn bereits."

Vale blieb stehen und zog Jason Kopf herab, um ihn zu küssen. „Ich danke dir."

Jason schnaubte. „Als hätte ich bei dir je eine Wahl."

Vale lächelte und rieb seinen Bart an Jasons Wange. „Genauso wenig wie ich bei dir. Wenn ich mich recht erinnere, dann warst du es, der mich in der Bibliothek angesprungen hat."

„Hättest du dich selbst riechen können, dann hättest du dich auch angesprungen."

Vale lachte und ließ sich von Jason die Treppe hinauf und ins Badezimmer ziehen. Unter der Dusche machten sie noch einmal Liebe, und dieses Mal konnte Vale nicht verhindern, dass ihm Tränen der Dankbarkeit und Freude über die nassen Wangen liefen.

KAPITEL 9

ALS JASON VON der Arbeit nach Hause kam, hatte er endlich etwas von der Verblüffung und Verwirrung abgeschüttelt, die ihn befallen hatten, als Urho ihn an diesem Morgen draußen auf dem Gehsteig angegangen war. Die meiste Zeit des Tages hatte er an den verzweifelten Blick Urhos gedacht, als der gegenüber Jason ungewollt und gequält enthüllt hatte, dass er sich von Xan angezogen fühlte. Vale war in seinem Arbeitszimmer und las, während Jason nun Abendessen machte und überlegte, in was für Schwierigkeiten Xan sich wohl gebracht haben mochte und welchen Alpha er treffen mochte, der Urho so viel Angst um ihn machen würde.

„Das riecht wundervoll", sagte Vale, der in die Küche schlüpfte. Er trug einen Schlafanzug mit einem Hausmantel darüber, so wie immer seit Urho die Schwangerschaft bestätigt hatte. Vale war wahrhaftig ein dekadenter Mann und genoss es, verwöhnt zu werden, aber Jason wusste, es war nur eine Frage der Zeit, bevor Vale die Decke auf den Kopf fallen und er verlangen würde, dass sie ausgingen. Es würde Jason nicht überraschen, eines baldigen Tages heimzukommen und eine Nachricht vorzufinden, die besagte, dass Vale losgegangen war, um seine Beta-Freunde Rosen und Yosef zu besuchen. Wenigstens konnte Jason sicher sein, dass die beiden verantwortungsbewusste, vertrauenswürdige Männer waren, die darauf achten würden, dass Vale genug aß und ruhig blieb.

„Gemüse und Würstchen vom Backblech", sagte er, schob das Gericht in den Ofen und stellte die Temperatur ein. „Ist in einer halben Stunde fertig."

„Gerade genug Zeit, um mir zu erzählen, warum du ein so verkniffenes Gesicht machst."

„Ach, das ist kompliziert."

„Es geht mir prima", entgegnete Vale defensiv. „Mir ist nicht mehr übel. Ich habe Appetit. Ich fühle mich gesund und kräftig."

„Es geht ausnahmsweise mal nicht um deine Schwangerschaft", sagte Jason langsam. „Es geht um Urho. Und Xan."

Vales Lippen verzogen sich zu einem Schmunzeln. „Jemand sollte die beiden irgendwo zusammen einsperren. Nackt. Zehn Minuten. Danach wären alle Probleme zwischen ihnen gelöst."

„Dann weißt du es?"

„Natürlich. Ich bin ja nicht blind."

„Tja, ich war dann wohl blind. Bis heute war mir nichts aufgefallen, aber ..."

„Mit der knisternden Spannung zwischen den beiden könnte man die Stromversorgung in unseren Haus sicherstellen, wenn man sie nur nah genug zusammenbringt", sagte Vale. „Ich wünschte, sie würde sich einfach ergeben."

„Urho ist noch nicht ganz so weit, denke ich."

„Er muss immer alles so unendlich ausdehnen. Es hat Zeiten gegeben ..." Vale verstummte und zuckte die Achseln. Offensichtlich überdachte er noch einmal seine nächsten Worte, was Jason verriet, dass sie wahrscheinlich eine Anspielung auf die sexuelle Beziehung gewesen wären, die Vale und Urho früher gehabt hatten. „Es ist einfach seine Art. Er klebt förmlich an den Regeln des Protokolls und des Anstands. Und an der Vergangenheit. Selbst nach all den Jahren hat er sich noch nicht für den Tod seines *Erosgápe* vergeben." Vales Lippen wurden schmal. „Es war eine Tragödie, aber Urho hätte es nicht verhindern können, so sehr er es auch versuchte."

Dann wechselte Vale das Thema. „Wie war es im Labor heute morgen? Haben die Mikroben so reagiert, wie du es erwartet hast?

Auf das, äh, sprudelige Zeug, in das du sie getaucht hast?"

Jason lächelte. Vale versuchte immer so lieb, Jasons Lieblingsprojekte zu verstehen, aber ihm selbst bedeuteten sie nicht so viel, und die Details gingen in der Regel über seinen Horizont. Hätte Jason Stunden damit verbringen wollen, Sonette zu sezieren, wäre Vale voll in seinem Element gewesen und hätte ihm noch etwas beibringen können. Aber wenn es um Jasons Laborarbeit ging, wurde Vale schnell gelangweilt. Daher war es einfach hinreißend, wenn er sich so bemühte. „Ich war heute gar nicht im Labor. Ich hoffe, Dr. Obi wird mir das nicht übel nehmen. Du weißt ja, wie viel Wert er auf Pünktlichkeit legt. Hoffentlich lässt er mich weiterhin mit ihm arbeiten."

„Da du das alles ohne Bezahlung machst, bin ich sicher, das wird er. Aber was hat dich abgehalten?"

„Urho. Er tauchte heute morgen auf der Straße auf, packte mich und verhörte mich über meine frühere Beziehung zu Xan. Ich habe ihn noch nie zuvor so erlebt. Ehrlich gesagt, wenn ich ihn nicht kennen würde, hätte ich gedacht, er wäre geisteskrank. Er sah aus, als hätte er seit Tagen nicht geschlafen." Jason runzelte die Stirn, während er Tassen aus dem Schrank holte und Wasser sowie einen speziellen, magenberuhigenden Tee für Vale eingoss. „Ich glaube, was immer er fühlt, ist stärker, als er zugeben will."

„Hast du ihm erzählt, dass du und Xan früher Liebhaber waren?"

Jason seufzte. „Ja. Aber irgendwie wusste er das schon. Er war außer sich darüber. Er nannte mich deswegen verantwortungslos, und Xan auch, aber ich glaube, er war … eifersüchtig? Es war das seltsamste Gespräche, das ich je mit ihm hatte."

„Und?", fragte Vale, der Jason gut genug kannte, um zu wissen, dass das noch nicht alles sein konnte.

„Er sagte, Xan wäre mit einem anderen Alpha liiert, und dass diese Beziehung Ärger bedeuten könnte."

„Das glaube ich sofort, so wie ich Xan kenne.“

„Ja. Ich werde morgen früh zu Xan fahren, um nach ihm zu sehen. Ich will sichergehen, dass er sich nicht auf irgendetwas Gefährliches eingelassen hat.“ Jason stieß einen schweren Seufzer aus. „Ich hatte gehofft, er würde sich ändern, nachdem er den Vertrag mit Caleb geschlossen hat.“

„Liebling, es ist nun mal, wer er ist. Er wird nie einen Omega wollen, so wie du einen willst. Ich kann nur hoffen er begibt sich nicht in Gefahr. Aber ich habe Gerüchte über ihn gehört. Omegas reden untereinander, weißt du?“

„Was für Gerüchte?“

„Nur dass er auf vielerlei Art perfekt zu Xan passen würde.“

Jason sah Vale an, aber er wusste, heute Abend wandte er seine Gedanken wieder Xan zu. „Ich weiß, was du bezüglich Xans Natur meinst, und ich stimme zu. Aber er ist so impulsiv.“

„Er scheint ein bisschen lebensmüde zu sein“, stimmte Vale zu.

„Ja, oder?“, fragte Jason besorgt. „Denkst du, er würde sich selbst in so ernste Gefahr bringen?“

„Ich weiß es nicht, Liebling. Aber Xan hat mehr mit sich selbst zu ringen als jeder Alpha, den ich je getroffen habe.“

„Ich muss morgen nach ihm sehen.“

„Natürlich. Du wirst dich um ihn kümmern. Das hast du immer getan.“

„Vielleicht habe ich mich zu sehr um ihn gekümmert. Das scheint Urho jedenfalls zu denken“, sagte Jason leise. Seine Erinnerungen an die Stunden, die er und Xan nackt und im Liebesspiel verbracht hatten, gingen ihm durch den Kopf. Ihm hatte das nicht viel bedeutet, aber Xan umso mehr. Er hatte immer noch Schuldgefühle, weil er seinem besten Freund das Herz gebrochen hatte.

„Urho ist oft ein Narr. Ich dachte, das wüsstest du inzwischen“, sagte Vale, erhob sich vom Tisch und nahm Jason in die Arme. „Ein sehr sturer, blinder Narr."

Jason ließ sich von Vale auf den Hals küssen, dann löste er sich von ihm, um den Tisch zu decken. „Keine Ablenkungsmanöver. Du wirst heute Abend etwas essen, und zwar etwas Ordentliches."

Vale bekreuzigte sich. „Ich schwöre bei meinem Herzen, sonst steche ich eine Nadel in Wolfgottes Auge."

Jason schob die Sorge um seinen Freund beiseite und konzentrierte sich stattdessen darauf, seinen wunderschönen, schwangeren *Érosgápe* zu umsorgen. Er konnte bereits ein winziges Bäuchlein erkennen, von dem er nicht sicher war, dass es gestern schon da gewesen war. Am liebsten hätte er sich hingekniet, um es zu küssen.

Er wollte Vale und das Baby beschützen. Aber auch Xan.

Im Moment jedoch konnte er nichts weiter tun, als dafür zu sorgen, dass Vale sein Abendessen vertilgte. Also würde es das tun.

VALE FINGERTE SICH selbst, um sich zu öffnen, während er Jason beim Schlafen zusah.

Die Schwangerschaftshormone hatten ihn in letzter Zeit ein wenig kirre gemacht. Der bloße Geruch von Jason, wenn der abends durch die Tür kam, ließ Vales Schlickdrüsen überfließen und machte seinen Schwanz hart. Es war fast so intensiv wie zu Anfang, als sie einander gerade gefunden hatten, aber wesentlich leichter als während einer Hitze.

Dennoch war das konstante Kribbeln sexueller Erregung eine ständige Ablenkung, und nachts mit einem Ständer und einem nassen Arschloch aufzuwachen, war frustrierend wie die Wolfhölle — besonders wenn Jason fest schlief und nichts von Vales Verlangen mitbekam.

Vale hatte ein Bein über Jasons Hüfte gelegt und musterte

Jasons schlafendes Gesicht. Goldene Wimpern lagen ruhig auf seinen Wangen, und seine Lippen waren noch ein wenig geschwollen von dem Blowjob, den er Vale beim Zubettgehen gegeben hatte. Die rosige Farbe seiner Wangen ließ ihn beinahe so jung aussehen wie an dem Tag ihrer ersten Begegnung. Vale stöhnte leise und schob seine Finger so tief hinein, wie er konnte. Er drückte auf seine empfindsamen Schlickdrüsen und rotierte mit den Hüften auf seinen Fingerspitzen. Es war nicht so tief und so gut, wie wenn Jason es für ihn machte, aber dennoch erregend. Mit der anderen Hand glitt er unter sein Schlafanzugoberteil und kniff leicht in seine erigierten Nippel. Sie waren ein wenig geschwollen und deutlich empfindsamer als zuvor, seit seine Hormone in Aufruhr waren. Er hätte jetzt leicht einfach mit Jasons Mund auf ihnen kommen können. Omega zu sein, hatte auch seine Vorteile.

Die Anspannung in seinem Körper ließ seine Beine zucken, und er hielt ein lautes Stöhnen zurück. Jasons eben noch ruhiger Atem beschleunigte sich ein wenig, so als würde er etwas Aufregendes träumen. Dann öffneten sich plötzlich seine Augen, blau und durchdringend, selbst im schwachen Mondlicht.

Er brauchte nur einen kurzen Moment, um zu begreifen, was vor sich ging. Wortlos drehte er Vale auf den Rücken, legte sich zwischen Vales Beine und drückte seine Schenkel nach oben. Dann schob er sich die Schlafanzughose herunter und drang in seinen Omega ein. Vale stöhnte auf, als der harte, perfekt geformte Schwanz über seine Omegadrüsen glitt, und seine Hüften begannen, krampfhaft zu zucken.

Jason küsste Vales Wange, dann schob er Vales Oberteil hoch und enthüllte die kleine Wölbung seines Bauches, die sich bereits zeigte. Er kniff Vales Nippel, bis dessen Beine an Jasons schwer atmenden Flanken zitterten, und dann wurde Vale von Lust überwältigt und die Welt um ihn herum versank in Ekstase und erschauernden Nervenenden.

Sie fickten in der Stille der Nacht, die nur von Vales leisem Stöhnen und dem Geräusch ihrer aufeinanderprallenden Körper unterbrochen wurde. Jason selbst blieb ganz still, während sein Körper sich genau so schnell bewegte, wie Vale es brauchte, und hin und wieder auch langsamer, um ihr Liebesspiel auszudehnen. Die Zeit verging, und Vale war nass von Schweiß, Schlick und seinem eigenen Sperma. Jason aber fuhr fort, ihn zu ficken, ruhig und beständig. Keine Verrücktheit, kein Kontrollverlust, kein Nachlassen in seinem perfekten Rhythmus.

Vale hatte ein wenig das Gefühl, aus seiner eigenen Haut zu schlüpfen, pulsierend vor Ekstase, ohne jede Zurückhaltung, und am ganzen Körper zitternd. Seine Schenkel und Hüften, sein Bauch und seine Arme bebten so sehr, dass auch sein Stöhnen ein Vibrato hatte. Jason ließ nicht nach, und als Vale erneut zum Höhepunkt kam – gefühlt zum zehnten Mal – und draußen der Morgen zu dämmern begann, zog Jason sich schließlich zurück und nahm ein paar beruhigende Atemzüge. Dann drang er wild und unbeherrscht wieder ein.

Er ergoss sich tief in Vale, packte dessen Hüften, zuckte, pulsierte und stieß einen Schrei aus. Als es vorüber war, fiel er auf seine Seite. Er streckte eine Hand zu Vales Loch aus und schob seine Finger hinein, wie immer. Seine andere Hand griff in Vales Haar. Er zog Vales Kopf für einen Kuss heran, der eine lange Zeit andauerte. Speichel und Zungen und geflüsterte Worte halfen ihnen, von ihren Highs herunterzukommen.

„Befriedigt?", fragte Jason. Seine Stimme war wie Sandpapier. „Denkst du, du kannst jetzt schlafen?"

Vale wimmerte eine Antwort und schloss die Augen. Jason lachte.

„Glaubst du, wir überleben diese Schwangerschaft, so notgeil, wie du jetzt bist?", fragte er. „Ich kann meine Hände nicht von dir lassen."

„Mmm", murmelte Vale. „Geht mir genauso."

„Das glaube ich dir sofort, so wie ich dich beim Aufwachen vorgefunden habe – mit den Finger in deinem süßen Loch und mit deinen Nippeln spielend …"

„Schuldig im Sinne der Anklage."

„Von schuldig kann keine Rede sein. Ich bin noch nie von etwas wach geworden, dass so sexy ist. Um ehrlich zu sein, nur daran zu denken, verschafft mir schon wieder einen Harten."

Vale schnaubte. „Oh nein, Liebling. Nicht schon wieder. Ich bin erledigt."

Jason beugte sich schmunzelnd über Vale und leckte an dessen Nippeln. „Bist du sicher? Nur noch eine weitere Runde. Wir haben seit unserem ersten Jahr keine Nacht mehr bis zum Morgengrauen durchgefickt." Seine Zunge kitzelte erneut Vales Nippel, dessen Arschloch bereits gierig zu zucken begann.

„Oh Wolfgott, du bist ein schlimmer Finger."

Jason widmete sich hingebungsvoll Vales Nippeln, und schon nach kurzer Zeit bettelte Vale Jason an, seinen Schwanz in ihn zu stecken. Es gab keine tiefere Befriedigung, als Jasons Körper in seinem eigenen zu fühlen. Keine tiefere Freude. Außer vielleicht das Wissen, dass in seinem Körper der Beweis für ihre Liebe heranwuchs.

KAPITEL 10

Zwei Wochen später

VALE WUSSTE NICHT, wie er Jason sagen sollte, dass er mit ziemlicher Sicherheit Jasons Eltern ermorden würde, bevor die Schwangerschaft endete. Eigentlich liebte er Miner und Yule, auch wenn sie regelmäßig vergaßen, dass er nicht so viel jünger war als sie selbst, und ihn behandelten, als wäre er in Jasons Alter. Aber seit er schwanger war, fand er sie mehr und mehr unerträglich – sie luden sich praktisch täglich selbst ein, um „zu helfen". Was in Wirklichkeit bedeutete, dass sie Vale über seine gesundheitliche Verfassung verhörten, seine Ernährung oder die Fortschritte im Kinderzimmer. Letzteres interessierte besonders Miner, dabei hatten sie nicht einmal angefangen es zu planen, geschweige denn einzurichten. Manchmal wurde es so schlimm mit Miner, der ständig Vales Bauch berühren oder seinen Puls fühlen musste, das Vale der Überzeugung war, er brauchte nur einer Untersuchung seines Analkanals und Gebärpaters zuzustimmen, und der Mann würde es tun.

Es war wirklich frustrierend, denn vor der Schwangerschaft hatte Vale Miner als einen seiner engsten Omegafreunde betrachtet. Aber inzwischen graute ihm vor Miners Besuchen und er war kurz davor gewesen, darauf zu bestehen, dass Jason seinen Eltern den Zutritt zum Haus verweigerte, als sie mit warmem Essen und zwei Flaschen Wein zum Abendessen aufgetaucht waren. Wein, den Vale nicht trinken konnte. Aber es war schön zu sehen, dass er Jason entspannt und locker machte. Und Yule, was das betraf.

Als er nun also beobachtete, wie sein Schwiegervater immer beschwipster wurde, war er widerwillig doch irgendwie froh, nichts gesagt zu haben. Es war eine Seite von Yule, die er bisher noch nicht zu sehen bekommen hatte.

„Wie geht es Xan in Virona?", fragte Miner. Er hatte ebenfalls nichts getrunken. Vale wusste nicht, ob aus Solidarität mit ihm, oder ob Miner einfach nicht gern betrunken war. Er hatte Vale prophezeit, er würde zu Beginn der Schwangerschaft feststellen, dass nüchterne Menschen Betrunkene unglaublich nervtötend fänden. Als er selbst schwanger und abstinent gewesen war, hatte er die Ergebnisse von Alkoholgenuss umso weniger gemocht, je mehr Zeit er in der Gegenwart von Trinkern verbracht hatte.

Vale hingegen fand es mehr belustigend als nervtötend, aber wahrscheinlich konnte das in Wirklichkeit in beide Richtungen gehen, je nachdem, welche Person betrunken war.

„Xan geht es sehr gut", sagte Jason. „Er sagt, Caleb fühlt sich dort auch recht wohl."

„Das ist immer wichtig", sagte Miner. „Ein glücklicher Omega bedeutet ein glückliches Zuhause." Er lächelte Vale an. „Stimmt's, Liebes?"

Vale hob sein Wasserglas. „Darauf trinke ich."

Nachdem alle angestoßen und einen Schluck genommen hatten, ging die Unterhaltung weiter. „Aber warum sind sie eigentlich umgezogen?", fragte Miner. „Ich hatte nie den Eindruck, als wollte er die Stadt verlassen. Genauso wenig wie Caleb. Sie beide gingen gern auf Partys und liebten Kunst. Also was war der Anlass zum Umzug?"

Yule, dessen Wangen vom Wein gerötet waren, hatte offenbar Lust auf ein wenig Klatsch und sagte: „Mein Eindruck, Liebster, ist, dass Doxan ihn wegen irgendeines Skandals fortgeschickt hat. Weißt du mehr darüber, Vale? Natürlich weigert sich Jason, uns etwas zu erzählen." Er nahm einen weiteren, großen Schluck von seinem Wein, dann fügte er bedauernd hinzu: „Er will Xan immer viel zu sehr beschützen."

„Nur so sehr, wie es angemessen ist", entgegnete Vale mit erhobenen Brauen.

Miner warf Yule einen finsteren Blick zu, dann fügte er hinzu: „Ich will doch hoffen, dass Jason diskret war, was Xan angeht. Aus verschiedenen Gründen."

Yule verdrehte die Augen. „Pfft. Die alten Geschichten aus der Zeit, als sie noch Jungs waren? Die üblichen jugendlichen Torheiten. Mehr war das nicht bei Jason, das weiß ich. Aber dieser Xan? Bei ihm war schon immer klar, dass er entmannt sein würde."

„Vater", warnte Jason leise. „Es gibt alle möglichen Gründe, warum wir nicht darüber reden sollten."

„Dein Omega weiß Bescheid, oder? Er muss es wissen." Yule hob sein Weinglas und deutete damit in Vales Richtung, bevor er noch einen großen Schluck nahm. „Er sieht nicht überrascht oder besorgt aus. Er weiß, was unreife Jungen manchmal miteinander treiben."

Vales Neugier war geweckt. Er musste ein Grinsen unterdrücken, als er Yule fragte: „Hast du es je mit einem Alpha getrieben?"

Miner verdrehte die Augen, verschränkte die Arme vor der Brust und rollte seinen Zahnstocher in den anderen Mundwinkel. „Yule, antwortete nicht darauf."

„Na, klar!", rief Yule aus, und Jason wurde rot. Miner seufzte und schüttelte ärgerlich den Kopf. Yule fuhr fort: „Ich war Mitglied in einem exklusiven Club. Wir machten Ringkämpfe, brachten das Blut zum pumpen, und wenn die Alphamanifestation einsetzte ..." Yule grinste, offensichtlich erheitert über die Erinnerung. „Sagen wir einfach, an den meisten Abenden wurde ein bisschen gute, altmodische Dominanz über die Verlierer ausgeübt." Er warf sich in die Brust. „*Ich* habe nie verloren."

„Vater", murmelte Jason mit hochroten Wangen. Vale hätte

beinahe über ihn gelacht. Alphas rechneten nie damit, dass andere Alphas sich ebenso schlecht benahmen wie sie selbst. Nur Omegas verstanden diese Wahrheit. „Willst du damit sagen …? Das ist nicht legal!"

„Wir waren Jungs", sagte Yule schnaubend und wedelte mit der Hand. „Omegas machen das andauernd."

„Wir machen keine *Ringkämpfe*", murmelte Miner und drehte seinen Zahnstocher zwischen den Fingern. „Wenn wir uns hinreißen lassen, geht es bedeutend zivilisierter zu. Jason war ebenfalls zivilisiert, nicht wahr, Liebes?"

Jason sah aus, als würde ihm gleich der Kopf explodieren, und Vale musste den Mund mit seiner Serviette verdecken, um sein Grinsen zu verbergen. Dann wandte er sich an Miner. „Dann hattest du also einen Liebhaber auf Mont Juror?"

Vale selbst hatte sich in seiner Unizeit nie sexuellen Freuden mit einem anderen Omega ergeben. Er hatte schon immer den starken Geruch eines Alphas gebraucht, um erregt zu werden. Nach seinem Abschluss hatte er natürlich manchmal Sex mit Betas gehabt. Aber die vorvertraglichen Neigungen seines Schwiegerpaters interessierten ihn sehr.

Miner schüttelte den Kopf. „Natürlich nicht. Yule möchte gern denken, ich hätte einen gehabt. Aber ich hatte keinen Liebhaber. Ich war lediglich befreundet mit Zander."

„Er war ein hinreißender Mann", sagte Yule. Mittlerweile lallte er ein wenig. „Wunderschön."

„Er war mein Freund", wiederholte Miner mit einem strengen Blick zu seinem Alpha. „Aber es gab Jungen auf Mont Juror, die Liebhaber wurden. Ich erinnere mich an ein Paar … sie waren einander so treu ergeben, dass es unheimlich schwer für sie war, als ihre Eltern sie zu Verträgen mit Alphas zwangen. Wie ich hörte, verbringen sie immer noch gemeinsame Urlaube."

„Wer weiß, was hinter verschlossenen Türen so alles passiert", sagte Yule und wackelte mit den Augenbrauen. „Dekadente Urlaube. So etwas ist möglich, wenn man keinen *Érosgápe* hat."

„Das ist peinlich", sagte Jason. „Bitte hört auf."

„Es ist interessant", sagte Vale.

Es war sogar mehr als interessant. Es war der beste Besuch von Yule und Miner seit einer Woche oder mehr. Keine drängenden Fragen wie: „Was hast du gegessen?", oder: „Brauchst du Hilfe im Haus?", oder: „Kann ich dir morgen Gesellschaft leisten und frisches Obst mitbringen?" Er würde noch verrückt werden, wenn sie ihn weiterhin so bepaterten. Etwas über die jugendlichen Sünden seiner Schwiegereltern herauszufinden, war eine willkommene Abwechslung von all dem.

Zumindest für Vale. Jason sah aus, als wollte er im Erdboden versinken.

„Es gab da diesen einen Alpha", sagte Yule. „Iri Pomeroy. Ein riesiger, echt brutaler Kerl. Aber er verlor *jeden* Ringkampf. Ich schwöre, er machte das absichtlich. Quiekte, wenn wir ihn fickten, aber er kam in seine Shorts, als wenn–"

„Also gut. Wir gehen jetzt", unterbrach Miner und warf seine Serviette auf den Tisch.

„Oh nein! Jetzt wurde es doch gerade richtig gut", rief Vale. Jason erhob sich ebenfalls, offensichtlich froh, dass die Folter ein Ende haben würde.

„Ich denke nicht, dass irgendwer von uns das hören will", murmelte Miner.

„Ich schon!", sagte Vale.

Yule lachte. „Siehst du, Miner? Er will es wissen."

„Ich nicht!", rief Jason aus. „Ich werden den Rest aus unserem Barschrank brauchen, um die Bilder aus meinem Kopf zu kriegen."

„Er ist so prüde", sagte Yule kopfschüttelnd zu Vale. „Ich hoffe, er ist nicht so als dein Alpha."

„Er ist versaut genug", sagte Vale und zwinkerte.

„Und ich will jetzt wirklich gehen. Sofort", sagte Miner schaudernd. „Ihr seid beide viel zu … zu …" Er warf die Hände hoch, als wollte er die gesamte Unterhaltung und Vales und Yules Benehmen aus der Welt fegen.

„Genau", stimmte Jason zu und deutete zur Tür. „Danke für das Essen, das ihr mitgebracht habt, aber es ist Zeit, dass ihr nach Hause geht."

Yule seufzte, küsste Vale im Vorbeigehen auf die Wange und flüsterte: „ Ruf mich morgen an, dann erzähle ich dir den Rest. Es gibt mächtige Männer, die gern den Arsch hinhalten. Ich könnte die Stadt regieren, wollte ich Namen nennen."

„Dann ist es ja gut, dass du dich mit der Herstellung von Autos zufrieden gibst", sagte Miner, nahm Yules Arm und zerrte ihn zur Tür.

„Ich habe nichts zu verbergen", lachte Yule. „Ich habe nie verloren."

Miner schüttelte nur den Kopf und zog Yule zur Tür hinaus – mit Jasons Hilfe. „Keine Sorge, ich werde fahren", sagte Miner und tätschelte verlegen Jasons Schulter. Dann wandte er sich an Vale und verdrehte die Augen. „Und was dich betrifft … ich weiß nicht, wieso ich dachte, du würdest ihn nicht auch noch ermutigen."

Vale lächelte und rieb sich mit einer Hand den Bauch, der in den vergangenen Tagen ein gutes Stücke gewachsen war. „Ich sitze hier zu Hause fest, bin gelangweilt und schwanger. Natürlich ermutige ich ihn."

Miner gab Vale einen Kuss auf die Wange. „Ich komme morgen wieder und bringe frisches Obst für dich und das Baby."

„Das ist wirklich nicht nö–"

Und dann war er weg, zog Yule hinter sich her und schüttelte den Kopf, als der den ganzen Weg zum Auto lautstark erzählte, wie viel Spaß es ihm gemacht hatte, sich andere Alphas im Ringkampf zu unterwerfen.

„Ich brauche einen Drink", sagte Jason und marschierte mit einer wegwerfenden Handbewegung am Esszimmer vorbei. „Ich kümmere mich später um die Teller."

„Hast du jemals Ringkämpfe gemacht, um Gelegenheit zu bekommen, einen anderen–", begann Vale, als er sich in seinen Ledersessel setzte, während Jason sich ein Glas Whisky einschenkte.

„Nein!" Jason seufzte. „Ich habe Sex nie auf diese Weise betrachtet. Das einzige Mal, als ich eine Alphamanifestation hatte, hat es mich gestört. Ich wollte nie wieder so etwas empfinden."

„Ist dir das bei Xan passiert?"

„Am Ende, ja. Beim letzten Mal." Er schüttelte den Kopf und sah plötzlich traurig aus. „Zwischen uns ist es davor nie so gewesen, und ich war nicht froh über das, was ich getan habe. Oder wie es sich angefühlt hat. Ich verstehe Alphas nicht, denen das gefällt."

Vale lächelte, als Jason seinen Whisky nahm und anfing, Feuer im Kamin zu machen. Es war kühl im Zimmer, jetzt im Spätherbst. Bald würden sie die Herbstnachtfeste planen. Normalerweise gab Vale vor den offiziellen Festmahltagen eines für seine Freunde, dann gingen sie zu den eigentlichen Terminen zu Jasons Eltern, aber dieses Jahr war er sich nicht sicher.

„Ich liebe es, dass du Sex als etwas Wertvolles betrachtest, selbst den, den du mit deinem Freund hattest."

Jason, der die Scheite im Kamin stapelte, schaute über seine Schulter. „Ich hatte auch reichlich Sex mit Betas, weißt du? Und ich gebe zu, dass ich sie gewissermaßen benutzt habe, im Gegensatz zu Xan. Ich bin kein Engel, Vale."

„Nein, das bist du wohl nicht."

„Obwohl ich es mit den Betas nicht sehr genossen habe. Es war eindeutig, dass mein Schwanz ihnen wehgetan hat." Jason zuckte die Achseln. „Mit dir ist es besser."

„Natürlich ist es das. Wir sind *Érosgápe*. Damit lässt sich nichts vergleichen."

„Selbst wenn wir das nicht wären. Ich würde es mit dir immer mehr genießen."

„Oh, mein süßer Baby-Alpha. Du bist zu gut. Komm her."

„Ich bin noch nicht mit dem Feuer fertig", protestierte Jason.

„Aber mein Schwanz muss gelutscht werden, und mein Arschloch gerimmt. Und ich will kommen."

Jason stöhnte und nahm einen Schluck Whisky. „Du verführerisches, kleines Miststück", murmelte er.

Vale knöpfte seine Hose auf und zog sie aus. Er schlüpfte aus seinem T-Shirt, und als Jason das Feuer in Gang gebracht hatte und sich umdrehte, saß Vale nackt und mit einem Ständer in seinem Sessel.

„Ach, verdammt", sagte Jason. Er stand mit einer Beule in seiner Hose da und nippte an seinem Drink. „Sieh dich nur an. Alles meins."

Vale fuhr mit den Händen über seinen gerundeten Bauch, berührte seine geschwollenen Nippel und warf stöhnend den Kopf zurück. Jason kniete sich zwischen Vales Schenkel, und die feuchte Wärme seine Mundes um Vales beschnittene Eichel war genug, um das süße Verlangen nach seinem Alpha zu stillen. Der Druck von Jasons Fingerspitzen an Vales Arschloch war die einzige Warnung, die er bekam, bevor Jason begann, ihn für das allnächtliche Fisting zu öffnen.

Ganz so, wie Urho es verordnet hatte.

KAPITEL 11

Ein Monat später

„ICH WERDE DEINEN Pater umbringen", sagte Vale plötzlich mitten in der Nacht und riss Jason aus seinem tiefen Schlaf.

„Mmm, was?" Sicher hatte Jason sich verhört.

„Ich werde ihn umbringen. Mit meinen bloßen Händen."

„Baby, wovon redest du?", fragte Jason. Er schaltete die Nachttischlampe an und stützte sich auf einen Ellenbogen, sodass er in Vales schönes, wenn auch leicht verquollenes Gesicht hinuntersehen konnte.

„Er kommt jeden Abend her, Jason. Jeden. Einzelnen. Abend."

„Sie freuen sich einfach, dass sie Großeltern werden. Pater will nur nach dir sehen."

„Und deinen Vater auch. Ihn werde ich ebenfalls umbringen. Doppelmord."

Jason blinzelte und rieb sich erschöpft das Gesicht. „Wieso schläfst du nicht?"

„Weil ich von dieser scharfen Quinoa, die ein Vater mitgebracht und dein Pater mich zu essen gezwungen hat, totales Sodbrennen habe. Meine Speiseröhre und mein Mund stehen in Flammen."

„Ich hole dir ein Glas Milch", sagte Jason und rollte sich aus dem Bett. „Das wird dir helfen."

„Was mir helfen wird, ist, wenn deine Eltern mich nur mal einen einzigen Tag lang in Ruhe ließen."

Jason ignorierte das und ging nach unten, um Milch zu holen, wobei er unterwegs beinahe über Zephyr stolperte. Als er in der

Küche kurz aus dem Fenster schaute, stellte er fest, das bei den Nachbarn noch Licht brannte. Er runzelte die Stirn, als er Schatten hin und her laufen sah, so als würde jemand unruhig auf und ab gehen und husten.

Nachdem er Milch in ein Glas gegossen hatte, hob Jason Zephyr auf seinen Arm und trug sie mitsamt der Milch hinauf ins Schlafzimmer. Mit dem Fuß schloss er die Tür hinter sich und ließ Zephyr neben Vale aufs Bett plumpsen. Vale sprach die Katze sofort liebevoll an und streckte die Hand aus, damit Zephyr ihren Kopf daran reiben konnte. Jason stellte die Milch auf den Nachttisch.

„Ich glaube, Mr. Ragnaks Beta-Partner hat die Grippe", sagte Jason. Er setzte sich neben Vale und legte ihm eine Hand auf die Stirn, um seine Temperatur zu fühlen. Seine andere Hand legte er auf Vales runden Bauch und wartete auf eine Bewegung des Babys. In den letzten paar Wochen hatte Vales Körper sich stark verändert, um sich an das rapide wachsende Leben in seinem Inneren anzupassen. Während die Zeit verging, hatte Vale sich mehr und mehr beklagt, hauptsächlich über Gelenk- und Knochenschmerzen. Wenn Jason jetzt seine Faust einführte, konnte er das Gewicht des Babys spüren. Er arbeitete seine Knöchel jede Nacht fester in das Narbengewebe, um es so geschmeidig und nachgiebig wie möglich zu machen, während Vales Körper immer mehr Gewicht darauf legte.

„Oh nein", murmelte Vale. Er streichelte Zephyrs Fell, und wie immer beruhigte ihn die warme Gegenwart seiner Katze. „Er ist so ein netter Mann. Wir sollten einen Obstkorb oder so etwas hinüberschicken. Und vielleicht Urho."

„Urho kommt morgen her, um nach dir zu schauen, nicht nach unseren Nachbarn", entgegnete Jason fest. Das Letzte, was er wollte, war, dass Urho ihnen das Virus ins Haus trug. „Wie geht es deinem Magen?"

„Ach."

„Setz dich auf. Trink die Milch."

Er half Vale in eine sitzende Position, dann drückte er ihm das Glas Milch in die Hand. Zephyr versuchte, sich gegen das Glas zu pressen, um etwas von der Milch zu schnorren, aber Vale leerte es in wenigen, herzhaften Schlucken, bevor er einen lauten Rülpser von sich gab.

Zephyr maunzte, bevor sie sich mit einem entrüsteten Schnaufen wieder an Vales Seite legte. Ihr Schwanz zuckte bedrohlich, aber eine Sekunde später begann sie zu schnurren. So ein widersprüchliches Ding. Ein bisschen wie Vale selbst.

„Besser?"

„Ein bisschen."

„Wir fragen Urho morgen wegen des Sodbrennens."

„Oder du kannst einfach deinen Eltern sagen, sie sollen nicht mehr herkommen."

Jason verzog das Gesicht. Das könnte er, und vielleicht sollte er, so sehr wie sie Vale mit ihrem Geglucke aufregten. Aber er hasste es, sie auszuschließen, wo es ihnen eindeutig so viel bedeutete mitzuerleben, wie ihr Enkelkind in Vale wuchs.

„Mir ist zu warm", sagte Vale und trat die Bettdecke weg. Das wiederum störte Zephyr, die heruntersprang und unters Bett huschte, während Vale sein Schlafanzugoberteil auszog. „Und meine Nippel kribbeln. Sie fühlen sich seltsam an. Und feucht."

Jason leckte sich die Lippen, als der süße Duft ihm in die Nase drang. Milch. Vales Milch. Er stöhnte leise. „Das ist neu", murmelte er. „Soll das zu diesem Zeitpunkt passieren?" Er berührte Vales feuchte Nippel mit dem Daumen. Ein Tropfen Milch trat hervor. „Ich dachte, das würde erst sehr viel später kommen. Nach der Geburt des Babys."

„Es kann passieren, wann immer der Körper es will", sagte Vale. Er wand sich ein wenig, als Jason zart seinen Nippel kniff und fasziniert beobachtete, wie mehr Milch herauslief. „Nach der

Geburt – so wie andere Omegas mir erzählt haben – dringt die Milch mit so viel größerem Druck heraus, dass die Babys sich manchmal verschlucken und husten."

Jason starrte Vales gerötete Brustwarzen an und spielte mit ihnen, während Milch in einem dünnen Rinnsal an Vales nackten Oberkörper hinablief, über die Rundung seines Bauches und ins Laken. Vale wimmerte und ließ Jason machen. Er wiegte die Hüften, offensichtlich erregt.

Jason steckte seinen Daumen in den Mund und kostete die Süße der neuen Flüssigkeit, die Vales Körper produzierte. Jason bekam einen Harten. Die Milch diente dazu, ihr Kind zu ernähren, das wusste er, aber im Augenblick steckte das Kind immer noch sicher in Vales Bauch. Diese Süße könnte stattdessen also ihm gehören.

Er nahm Vales rechten Nippel in den Mund und saugte. Süße, cremige Flüssigkeit glitt über seine Zunge. Jason stöhnte. Genau wie Vale, der seine Finger in Jasons Haar schob und ihn fest an seine Brust gedrückt hielt. „Oh, Baby-Alpha, das ist so gut."

Die Nippel waren eindeutig empfindlich. Jason spielte mit dem linken, während er an dem rechten leckte und sanft knabberte. Vale stöhnte und seufzte; seine Beine zuckten, und sein Herz klopfte laut. Der Duft von Schlick erfüllte den Raum.

Jason löste sich von Vale und zog seinen eigenen Schlafanzug aus. Dann schob er Vales Schlafhose herunter und warf sie zur Seite. Er drückte die Bettdecke ganz weg und enthüllte den schlanken Körper seines Omegas, dessen zuckenden Bauch. Das Baby war wach. Manchmal war es nicht ganz einfach und auch ein wenig seltsam, Vale zu ficken, während sich das Baby bewegte, aber es war auch faszinierend. Manchmal, wenn er besonders tief in Vale war, konnte er die Bewegungen des Lebens, das sie erschaffen hatten, auch dort spüren. Und es war immer ein kleiner Schock, immer eine wundervolle Überraschung.

„Leg dich auf die Seite", sagte er und half Vale, sich in die einzige Stellung zu begeben, in der sie dieser Tage noch bequem ficken konnten. Vales wachsender Bauch machte gewisse Stellungen schwierig und manche auch völlig unmöglich zu halten.

„Ich habe das Gefühl, ich sterbe, wenn du nicht bald in mir bist", stöhnte Vale. Er zwickte sich selbst in die Nippel und drückte sein Becken zurück, um Jason in sich aufzunehmen. „Mach, dass ich komme, Liebling. Ich will kommen."

Jason schmiegte sich an Vales Rücken und legte sein Kinn über Vales Schulter. Dann packte er Vales Hüfte und hielt ihn fest, als er in ihn eindrang. Schlüpfrige Wärme hüllte seinen pulsierenden Schwanz ein, und er stöhnte. „Genau hier gehöre ich hin."

„Ja", stimmte Vale zu. „Der Anfang und das Ende."

„Alpha und Omega."

Die Erinnerung an ihre Schwüre erfüllte Jason mit beinahe schmerzhafter Zuneigung. Er stieß langsam und tief in seinen Omega. Wie Vales Körper ihn umfing und festzuhalten versuchte, als er seinen Schwanz wieder zurückzog, war so lustvoll, dass er es tief in seiner Seele fühlte. Und das warme Zusammenziehen, als er wieder hineinglitt und Vales Omegadrüsen und Prostata melkte, war pure Perfektion.

„Baby, heb' ein wenig dein Bein an", sagte er. Er wollte so tief in Vale sein, wie es nur ging. „Ich will dich tiefer spüren."

Vale gehorchte, und Jason konnte ihn fester ficken, konnte im Rhythmus ihrer Körper und dem Klatschen von Haut auf Haut atmen, härter und schneller, bis er schnaubte wie ein Pferd und Vale sich mit einem Aufschrei auf seinem Schwanz wand.

So viel herrliche, schlüpfrige Nässe. Überall. Jason war berauscht davon. Er verteilte die Milch über Vales Brust und Bauch, dann beugte er sich über ihn, nahm den linken Nippel in den Mund und saugte daran, während sie fickten.

„Oh, Liebling", keuchte Vale. Sein Körper spannte sich auf die vertraute Weise an, die ihm sagte, dass er sich gleich in einem Höhepunkt verlieren würde. „Oh, Jason, ich … ich komme." Und das tat er. Sein Schwanz pulsierte und spritzte ab, sein Arschloch produzierte einen wahren Schwall von Schlick, und seine Nippel ergossen eine süße Flut über seine Brust.

Jason stöhnte, zog sich zurück und drehte Vale hastig auf den Rücken. „Mach den Mund auf."

Vale, der immer noch kam und zuckte, öffnete die Lippen, und Jason spritzte direkt in seinen offenen Mund. Zu seiner größten Befriedigung schluckte Vale begierig sein Alphasperma, das auf Vales Zähnen und Zunge landete.

Danach hielt er erschöpft und schwer atmend Vales Körper fest an sich gedrückt und hörte zu, wie Vales Atem nach und nach ruhiger wurde. Schließlich sank sein Omega wieder in den Schlaf. Sie konnten sich auch noch morgen waschen. Die Bettwäsche wechseln. Aber jetzt gefiel es ihm, in all dem Chaos einzuschlafen. Es roch so herrlich.

„Ich glaube, du bist jetzt geiler als je zuvor", sagte Vale leise. „Und schwangere Omegas haben den Ruf, notgeile Schlampen zu sein. Ich denke, du bist nicht weniger schuld daran, dass wir so viel Sex haben."

„Es gibt keine Schuldfrage beim Sex", sagte Jason. „Es ist wundervoll."

„Natürlich ist Sex wundervoll, Liebling. Ich finde es einfach nur amüsant, dass ich kaum dazu komme, dich zu verführen, bevor du dich schon auf mich stürzt."

„Du bist eben einfach wolfgottverdammt lecker."

Vale lächelte schläfrig, und Jason gab ihm einen kleinen Kuss. „Ich liebe dich."

„Ich liebe dich auch." Jason legte eine Hand auf Vales Bauch. „Und ihn."

„Ja, er ist unser Kind."

Jason musste immer noch manchmal eisige Anfälle von Furcht abschütteln, die ihn überfielen – besonders da in diesem Jahr die Grippesaison von Tag zu Tag schlimmer zu werden schien. Aber im Laufe der Wochen war er immer optimistischer geworden, was Vales Chancen betraf. Er konnte sehen, wie der Körper seines Omegas seine Arbeit verrichtete und Platz für ihren gemeinsamen Sohn schaffte.

Und Vales Narben fühlten sich flexibler an als je zuvor. Urho hatte postuliert, dass die Schwangerschaftshormone, die Vales Körper verwandelten, auch Einfluss auf das Narbengewebe haben würden. Das regelmäßige Fisting und Ficken trug ebenfalls dazu bei, es geschmeidig und gut gedehnt zu erhalten. In der Dunkelheit ihres Schlafzimmers, direkt nach dem Orgasmus, konnte Jason beinahe glauben, dass es für ihn keinen Grund gab, Angst zu haben.

Sein Kind … *ihr* Kind, und sein *Érosgápe* waren sicher und gesund. Alles war wundervoll. Ihr Leben war perfekt. Und mit Vale würde alles gut werden.

KAPITEL 12

V ALE ZUCKTE ZUSAMMEN, als Urho das kalte Stethoskop gegen seine Brust drückte. Urho machte „Schh", dann runzelte er die Stirn.

„Alles in Ordnung?", fragte Jason. Er hatte einen Arm um Vales Schultern gelegt; sein Blick hing an der Stelle, wo Urhos Stethoskop gegen Vales Haut drückte. Sie saßen auf dem Sofa in Vales Arbeitszimmer, und Urho kniete davor. Vale trug ein weiches Hemd – das nun gänzlich aufgeknöpft war – und eine Schwangerschaftshose mit Tunneldurchzug. Jason, der erst vor wenigen Minuten von der Arbeit im Büro seines Vaters heimgekehrt war, hatte immer noch seinen Anzug an.

„Schh, ich kann sonst nichts hören", sagte Urho erneut. Er bewegte das Stethoskop abwärts und drückte es auf Vales Bauch.

Jasons Ungeduld war nicht zu übersehen.

Urho hatte in letzter Zeit beunruhigt gewirkt, wie Vale bemerkt hatte. Vale glaubte nicht, dass es dabei um ihn selbst oder das Baby ging. Vielmehr schien es wegen Xans Umzug nach Virona zu sein. Das, zusammen mit Jasons gelegentlichen Andeutungen, machte Vale ziemlich sicher, dass Urho und Xan eine Beziehung miteinander eingegangen waren, die im höchsten Maße tabu war.

Jason schnaubte. „Du hörst jetzt aber schon ganz schön lange. Gibt es ein Problem?"

Urho warf ihm einen finsteren Blick zu, dann schloss er die Augen und zählte leise vor sich hin. Schließlich setzte er sich zurück auf seine Fersen. „Das Baby entwickelt sich bestens, aber Vales

Blutdruck und Herzschlag sind erhöht. Er ist gestresst.“

„*Er* ist genau hier!“, keifte Vale und rutschte unbehaglich auf dem Sofa hin und her. Sein Bauch war in den letzten Wochen beträchtlich gewachsen, und er spürte ständig, wie sich das Baby in ihm bewegte. „Ich hasse es, wenn man über mich redet, als wäre ich nicht im Raum. Ich bin ein erwachsener Mann, wolfgottverdammt nochmal!“

Jason lachte leise und streichelte beruhigend Vales Arm. „Reg dich nicht auf. Das ist nicht gut für das Baby.“

Vale starrte Jason genervt an.

Jason schluckte, senkte den Blick und flüsterte: „Aber wir hören natürlich damit auf. Jetzt sofort. Versprochen.“

Vale stöhnte und rieb sich den gewölbten, zuckenden Bauch. „Ist das normal, dass er das macht?“, fragte er. Er meinte damit das Baby. Dass Jason einen übertriebenen Beschützerinstinkt hatte, wusste er. Alle Alphas waren so. „Er stößt mit dem Kopf gegen meine Rippen, und dann tritt er mit den Füßen gegen meinen Patermund.“

„Vollkommen normal.“

„Tja, ich wünschte, er würde das lassen!“

Jason rieb Vales Schultern und küsste seine Schläfe.

„Er bereitet sich darauf vor, auf die Welt zu kommen“, sagte Urho. „Kinder tun nur selten, was wir uns wünschen, dass sie tun. Und soweit ich beobachten konnte, geht ihr Heranwachsen nie ohne Kummer für die Eltern ab.“

Vale schniefte und schloss die Augen. „Das ist ja alles schön und gut, aber ich bin müde.“

„Ich kann dir etwas Sanftes verschreiben, damit du besser schlafen kannst.“

„Bitte tu das“, sagte Jason. Er massierte Vale sanft die Schultern. „Er war die ganze letzte Nacht wach und ist hin- und hergelaufen. Nichts konnte ihn beruhigen. Nicht einmal sein üblicher Abendtee – der mit den Kräutern, die ihn schläfrig machen.“

„Wo wir gerade davon reden“, sagte Vale, entzog sich Jasons massierenden Fingern und begann, sein Hemd zuzuknöpfen. „Ich hätte jetzt gern etwas Tee. Tagestee. Irgendetwas Starkes, und gut durchgezogen. Machst du mir bitte einen, Jason?“

Jason stand auf. Ganz offensichtlich widerstrebte es ihm, Vales Seite zu verlassen, aber wie jeder Alpha war er auch bereit, alles zu tun, was sein schwangerer Omega von ihm verlangte. Genau darauf baute Vale jetzt, denn er wollte ein paar Minuten allein mit Urho.

Es klingelte an der Tür.

Vale stöhnte genervt; beinahe hätte er vor Ärger den letzten Knopf von seinem Hemd gerissen. „Falls das dein Pater oder dein Vater ist, werde ich sie beide umbringen. Hörst du? Mord! Alle beide!“

Jason beugte sich hinab und fuhr mit den Fingerspitzen zärtlich durch Vales dunklen Bart. „Wenn sie es sind, werde ich ihnen sagen, sie sollen wieder gehen“, flüsterte er. „Versprochen.“ Dann eilte er zur Tür, als es ein zweites Mal klingelte.

Urho begann, sein Zeug einzupacken. „Ich werde dich jetzt auch in Ruhe lassen.“

„Du kommst gar nicht mehr zu Besuch, außer um mich zu untersuchen“, beklagte sich Vale. Er hätte nie gedacht, dass er das einmal sagen würde, aber den ganzen Tag auf dem Sofa zu liegen, Bücher zu lesen und die Mahlzeiten zu essen, die Jason für ihn bereitstellte, langweilte ihn inzwischen. Er war daran gewöhnt, mindestens zwei Vorlesungen täglich an der Universität zu halten und an ein oder zwei Abenden in der Woche seine Freunde zu treffen. Jetzt sah er nur noch seine nervenden Schwiegereltern.

„Ich komme doch jeden Tag.“ Urho schloss die Schnalle an seiner Arzttasche, dann setzte er sich neben Vale aufs Sofa. Mit einem wissenden Lächeln sagte er: „Ich kann aber gern noch ein wenig bleiben, wenn du magst.“

Unruhe ergriff Vale. Erstand auf und ging auf und ab. Das Baby drehte sich und trat so heftig, dass es selbst unter Vales losem Hemd sichtbar war. „Er bewegt sich so viel", sagte Vale und rieb sich den Bauch. „Ist das normal?"

„Besser als normal. Es ist ein sehr gutes Zeichen."

„Und ich kann nicht aufhören zu essen. Manchmal esse ich so viel, dass nichts mehr hineingeht, aber ich habe immer noch Hunger."

„Ein weiteres hervorragendes Zeichen."

„Und alles und jeder geht mir wolfgottverdammt auf die Nerven."

„Vollkommen normal", sagte Urho mit einem mitfühlenden Lächeln. „Du fühlst dich unbehaglich, und das Gewicht des Babys drückt auf das Narbengewebe. Da würde jeder genervt und reizbar sein."

Vale warf einen Blick zur Tür, die in den Korridor führte, und seufzte. „Jason ist so hinreißend."

„Das hast du schon öfter gesagt, ja", antwortete Urho.

„Aber er macht mich wahnsinnig!" Vale ruderte mit den Armen, während er sprach. „Iss das, trink dies, schlaf mehr, lass mich deine Füße massieren, überanstrenge dich nicht, lass uns zusammen lesen …" Er schnaubte. „Zusammen lesen. *Lesen!*"

Urho hob eine Augenbraue. „Hat Jason denn früher nicht gelesen?"

„Nein! Er hat ein fotografisches Gedächtnis, also überfliegt er Bücher normalerweise nur." Vale war wegen dieser Fähigkeit eigentlich ziemlich stolz auf seinen Baby-Alpha, aber trotzdem … „Nein, er liest nicht. Außer wenn ich ihm vorlese."

„Ich verstehe."

Der leicht herablassende Ton in Urhos Stimme gefiel Vale gar nicht. Jason mochte kein großer Leser sein, aber er war ein sehr guter Alpha. Sehr klug. Der Allerbeste. Vale schien so etwas wie ein

Urteil in Urhos Worte hineinzudeuten, denn er fügte abwehrend hinzu: „Er beschäftigt sich sonst mit anderen Dingen. Arbeitet im Garten. Oder mit seinem Mikroskop." Er stöhnte. „Aber jetzt weicht er mir keinen Augenblick von der Seite. Außerdem riecht er für mich so irre gut. Wie mein Alpha, ja, aber jetzt kann ich ihn sogar noch intensiver riechen."

„Das ist normal."

„Und es erregt mich die ganze Zeit. Die ganze Zeit, Urho!"

„Ich weiß, aber–"

„Kein Aber! Die ganze Zeit erregt zu sein, ist anstrengend. Das kann ich dir sagen. Hörst du mir überhaupt richtig zu?"

„Ja."

„Und ich bin das tägliche Fisting wolfgottverdammt leid."

Urhos Lippen zuckten. „Ich habe Jason gesagt, dass er das tun soll."

„Ich weiß." Vale verschränkte die Arme vor der Brust, dann fauchte er Urho an: „Sag ihm, dass er jetzt damit aufhören soll."

Urho seufzte. „Liebes, es ist wichtig, dass ihr das Narbengewebe weiterhin dehnt, Es werden noch ein paar harte Monatesein, aber am Ende wirst du ein wundervolles Baby haben, und dann war es das alles mehr als wert."

„Das weiß ich alles!", rief Vale aus. Dann erstarrte er. Der Kosename, den Urho gerade benutzt hatte … mit einem fragenden Blick wandte er sich Urho zu. „Moment. Solltest du mich immer noch so nennen?"

„Was?"

„Liebes? Solltest du mir solche Kosenamen geben?" Vale neigte den Kopf zur Seite und wartete neugierig. Er war sicher, dass die Fragestellung interessante Ergebnisse produzieren würde.

„Wenn es dich stört, kann ich auch damit aufh–"

„Nein, nein, mir macht es nichts aus. Aber vielleicht stört es Xan, oder was denkst du?" Er hob eine Braue und musterte Urhos

Gesicht.

Urho runzelte die Stirn. „Ich nenne dich seit Jahren Liebes."

„Aber nicht, wenn Jason dabei ist."

Urho schnaubte. „Ja, weil ich keinen Todeswunsch hege."

„Dann ist das zwischen dir und Xan also nicht …" Vale machte eine vage Handbewegung und studierte Urhos Reaktion sorgfältig.

„Der Stoff für Kosenamen?", bot Urho an.

„Nein!" Vale fuhr sich frustriert und aufgebracht mit der Hand durch sein Haar. Wie konnte Urho nur so begriffsstutzig sein? „Ich meine, ob es nichts Ernstes ist, du Blödmann. Ist es nichts Ernstes zwischen euch?"

„Ich habe nicht geringste Ahnung, *was* es ist." Urho rieb sich das Gesicht. „Ich habe ihn nicht mehr gesehen, seit er nach Virona gefahren ist. Mit den Zwillingen, dir und dieser schrecklichen Grippesaison hatte ich kaum eine freie Minute, geschweige denn einen freien Tag, um von der Klinik oder meiner Arbeit wegzukommen. Er kann nicht hierher kommen. Er sagt, er wäre aus der Stadt ‚verbannt'. Wenigstens scheint ihm die Arbeit an dem neuen Büro Spaß zu machen, sonst wäre ich ernsthaft besorgt."

„Jason telefoniert ab und zu mit ihm."

„Das tue ich auch", verteidigte sich Urho.

Ja! Das war, was Vale wissen wollte. Endlich etwas Unterhaltsames! Er senkte verschwörerisch seine Stimme. „Wie oft?"

„Täglich", gestand Urho. Seine Wangen glühten.

„Alles klar. Es ist also nichts Ernstes, aber ihr telefoniert jeden Tag. Und du vermisst ihn, das merke ich." Urho war ein solcher Narr. Aber das wusste Vale bereits. Er musste sich zusammenreißen, um sich nicht eifrig die Hände zu reiben.

„Ich sagte nicht, dass es nichts Ernstes ist. Ich sagte es ist kompliziert."

„Du sagtest, du weißt nicht, was es ist."

„Du bist heute wirklich eine Nervensäge!" Urho machte Anstalten, sich zu erheben, aber Vale packte seine Schultern und drückte ihn wieder aufs Sofa.

„Du musst mir alles erzählen. Jetzt sofort."

„Es ist eine lange Geschichte. Und es war ein langer Tag."

Vale verdrehte die Augen. „Ich bin ein leidender, schwangerer Omega, der wegen der Grippeepidemie praktisch in diesem Haus gefangen ist und täglich von seinen liebenden Schwiegereltern gefoltert wird. *Bitte* rede mit mir."

Urho brachte ein halbes Lächeln zustande, dann schweifte sein Blick zu dem Barschrank auf der anderen Seite des Raums. Das war eine exzellente Idee. Mit ein wenig Bourbon würde die Wahrheit leichter aus ihm herauskommen.

„Ich schenke dir etwas ein, wenn du mir erzählst, wie alles angefangen hat." Vale ging zum Barschrank und hob verlockend die Flasche.

„Ich fand heraus, dass er mit jemandem …" Urho zögerte einen Moment. „Er befand sich in einer gefährlichen Lage. Also bot ich ihm an, ihn zu ficken, so wie ein Surrogat-Alpha einem Omega hilft."

Vale hätte beinahe laut aufgelacht. Das war … mehr als er erwartet hatte. Fast hätte er einen kleinen Jubelschrei ausgestoßen. Stattdessen schenkte er Urho ein großzügiges Glas ein, ließ sich neben ihm aufs Sofa fallen und reichte ihm grinsend den Bourbon. „Ich verstehe."

Verdammt, er war gut.

Urho nippte an seinem Bourbon, dann fuhr er fort: „Ich konnte nicht vorhersehen, wie das ausgehen würde."

„Oh, ich bin sicher, das konntest du nicht." Vale war völlig begeistert. Das war das Aufregendste, was er seit Wochen gehört hatte. Die Dramen anderer Leute waren immer so viel unterhaltsamer als seine eigenen.

Urho rollte mit den Schultern und nahm noch einen Schluck.

„Mir war nicht klar, dass daraus etwas so …“

„Anderes?“, schlug Vale vor.

„Dass daraus so viel mehr werden würde.“

Vale lehnte sich zurück, grinste und streichelte seinen Baby-bauch. „Ah … dann bist du immer noch der Idiot, den ich gekannt und geliebt habe.“

„Ich wollte glauben, dass mein Angebot nichts anderes war, als würde ich einem Omega in Hitze helfen, aber in Wirklichkeit war es nicht im Geringsten so.“

„Es war verboten“, sagte Vale. Die Tabu-Geschichte erregte ihn angenehm. „Und das ist auf jeden Fall etwas anderes.“

„Ja, aber …“ Urho wand sich auf dem Sofa wie ein verlegenes Kind. Was seltsam aussah bei einem Mann seiner Größe und mit seiner Muskelmasse.

„Aber?“, drängte Vale.

„Er erinnert mich an Riki.“

Das war das Letzte, was Vale zu hören erwartet hatte. „Ich dach-te, Riki war der Inbegriff von Sanftheit und Gefügigkeit. Was Xan definitiv nicht ist.“

„Das stimmt. Und Xan ist überhaupt nicht so wie Riki, was das betrifft.“ Urho kratzte sich am Kopf. „Was ich meine, ist … die Art und Weise, wie ich für ihn empfinde, erinnert mich an Riki. Wie ich auf seinen Geruch reagiere, und wie ich will, dass …“

Vale setzte sich auf. „Ja?“

„Wie ich ihn besitzen will.“

„Oh, mein teurer Freund“, flüsterte Vale und legte Urho eine Hand auf die Schulter. „Das muss deine altmodische, traditionelle Seele zu Tod erschreckt haben.“

„Ich sage dir immer wieder, ich bin nicht altmodisch. Falls dafür irgendein Beweis nötig ist, dann sollte diese Situation ja wohl ausreichen, um das Thema ein für allemal zu beenden.“ Urho lächelte schief. „Ich gebe zu, dass ich anfangs ganz schön durchgedreht bin.“

„Nachdem du ihn …“ Vale machte eine obszöne Geste, die allgemein als „Ficken“ verstanden wurde.

Urho verzog das Gesicht. „Nein. Bevor ich ihm das Angebot machte. Ich war völlig durcheinander – überspannt, ängstlich, wütend. Ich wollte ihn gleichzeitig beschützen und schütteln. Ich wollte …“ Er verstummte. „Aber als ich erst einmal mit dem Gedanken im Reinen war, als sein Surrogat-Alpha zu dienen, schien sich alles sinnvoll zusammenzufügen. Und ich konnte meinen Frieden damit machen.“

„Na ja, du hattest schon immer einen Heldenkomplex“, sagte Vale. „Ich glaube, das hat viel dazu beigetragen, dass du dich überhaupt von mir angezogen gefühlt hast.“

„Nein“, widersprach Urho und schüttelte den Kopf.

Vale wollte sich nicht weiter mit ihm darüber streiten. Nun, nicht allzu sehr jedenfalls. „Oh, vielleicht hat sich unsere Beziehung schließlich darüber hinaus entwickelt, aber zuerst warst du mein Surrogat-Alpha während meiner Hitzen. Weil du mich davor bewahren wolltest, je wieder in eine so gefährliche Lage zu kommen. Und dann wurden wir ein Paar auch außerhalb der Hitzen … und ja, ich stimme zu, dass das mehr auf Freundschaft und Vergnügen gründete als auf irregeleiteten Heroismus. Aber das war es, womit es begonnen hatte.“

Er wusste, Urho würde sich auf dieses Thema nicht weiter einlassen. Entweder, weil es zu schmerzhaft für ihn war, oder einfach nur, weil es eine fruchtlose Diskussion war. „Aber es ist falsch. Zwei Alphas. Es verstößt sowohl gegen das Heilige Buch als auch gegen das Gesetz. Wie soll ich das mit meinen Gefühlen in Einklang bringen? Damit, wie richtig es sich anfühlt?“

„Ich denke, du bist klug genug, um die Antwort darauf zu kennen.“ Vale warf ihm einen scharfen Blick zu. „Bei den Gesetzen und dem Heiligen Buch dreht sich alles um Kontrolle. Aber das Herz ist ein wildes Ding. Das lässt sich nicht kontrollieren, so sehr diejenigen, die an der Macht sind, es auch wollen mögen."

Das Kind, das in seinem Leib heranwuchs, war der Beweis dafür. Keine Macht der Welt, kein Maß an Kontrolle hätte verhindern können, dass Jasons Liebe in ihm Wurzeln fassen würde. Irgendwo, tief in seinem Inneren, hatte er angefangen zu glauben, dass das, was geschehen war, vom Schicksal vorherbestimmt war. Ganz so wie der Bund zwischen ihnen.

„Aber es ist ein Hindernis", murmelte Urho, dessen Gedanken eindeutig noch bei Xan waren. „Wir können nie wahrhaftig zusammen sein."

„Außerdem ist da auch noch Caleb."

Urho lachte leise. „Ja, Caleb. Der seltsamerweise mit allem mehr als einverstanden ist."

Vale nickte. „Reine Vertragsbeziehungen sind nicht so wie *Éros-gápe*. Ich bin sicher, er hat seine Gründe dafür, mit diesem Arrangement einverstanden zu sein."

Urho neigte nachdenklich den Kopf. „Du weißt darüber Bescheid."

„Über was?" Vale riss betont unschuldig die Augen auf. Er mochte die Gerüchte und den Tratsch zwar hören, aber er verbreitete ihn nicht selbst. Jedenfalls nicht oft.

„Caleb ist anders."

„Ich finde, er ist ein wunderbarer Mann, und Xan kann sich glücklich schätzen, ihn zu haben." Mit einem leisen Stöhnen ließ Vale sich gegen die Rückenlehne sinken und rieb seinen Bauch. „Wolfgott im Himmel, dieses Kind! Es gibt nicht einen Augenblick Ruhe."

„Wenn er erst größer ist, wird er nicht mehr so viel Platz haben, um sich zu drehen. Dann wird es ruhiger werden."

Vale runzelte die Stirn und starrte finster auf seinen Bauch und stellte sich den Terror vor, der kommen würde, wenn es so weit war. „Wahrscheinlich werde ich dann in Panik verfallen und jedes Mal jubeln, wenn er sich wieder rührt. Miner hat mir erzählt, dass es bei ihm so war.“

Dankbar für den Themenwechsel fragte Urho: „Miner treibt dich die Wände hoch, oder?“

„Sie beide! Wenn sie könnten, würden sie mich unter eine Glaskuppel setzen und mich nur mit dem frischesten Obst und Gemüse füttern. Mit einem goldenen Löffel.“

„Interessantes Bild.“

Vale seufzte und rieb sich erneut den Bauch. „Also, da jetzt die Karten auf dem Tisch liegen, erfreue mich mit Einzelheiten. Was ist jetzt der Plan? Wie wird es mit eurer Beziehung weitergehen – ist das überhaupt der richtige Begriff für das, was ihr habt? Und wie kommst du damit zurecht, schon so lange von ihm getrennt zu sein?“

„Ich bin nicht sicher. Pläne zu machen ist jetzt schwierig, wegen seines Cousins Janus, einem Alpha, der dafür berüchtigt ist, gebundene Omegas zu verführen. Er wurde nach Virona geschickt, um Xan auszuspionieren. Jedenfalls glaubt Xan das.“

„Oh, das glaube ich sofort!“ Vale verdrehte die Augen. „Xans Vater ist ein herrschsüchtiger Mann, so weit ich gesehen und gehört habe.“ Erinnerungen an hässliches Verhalten bei diversen gesellschaftlichen Ereignissen gingen ihm durch den Kopf.

„Ja. Jedenfalls … Xan wünscht sich, er könnte sich in Virona abkömmlich machen und mich auf halbem Wege in Montrew treffen, aber er steckt so tief in seiner Arbeit. Und ich bin hier natürlich auch beschäftigt. Außerdem hat Xans Vater strengstens angeordnet, dass Xan während der Grippewelle nicht herkommt oder sich der Stadt auch nur nähert. Und sein Cousin ist dort, um das sicherzustellen.“

„Das hat Jason mir gar nicht erzählt. Kannst du nicht für ein paar Tage hinfahren, um ihn zu sehen?“

„Er sagt, selbst wenn ich das hinkriegen würde, hätten wir keine Zeit für uns allein. Nicht mit seinem Cousin, der ihn im Auge behält."

„Ihr könntet aufpassen und euch unauffällig benehmen."

„Kann sein." Urho rieb sich die Stirn und dachte nach.

„Sei nicht so ein Feigling", sagte Vale scharf.

„Was?"

Falls Urho nicht etwas unternahm, dann würde er Xan verlieren oder sich einreden, keine Tabu-Beziehung mit ihm zu wollen. Aus irgendeinem Grund, den Vale selbst nur vage als Zuneigung für beide Freunde begriff, wollte er nicht, dass das passierte. „Sicher kannst du doch jemand anderen finden, der sich um den mit Zwillingen schwangeren Omega kümmert, oder? Und Jason und ich könnten einen anderen Arzt engagieren – nur für einen Tag oder so. Was hält dich wirklich zurück?"

Urho zog die Schultern hoch. „Die Ansteckungsgefahr bei dieser Grippewelle steigert sich in einem Maße, das mir Angst macht. Der Omega mit den Zwillingen und sein Alpha haben beschlossen, dass es zu riskant ist, in der Stadt zu bleiben. Sie sind für den Rest der Schwangerschaft raus nach Elinton gefahren."

„Perfekt." Vale schnippte mit den Fingern. „Wenn sie nicht mehr hier sind, solltest du fahren und bei Xan bleiben."

„Das könnte ich, aber–"

In diesem Moment kam Jason zur Tür herein, mit einem Stapel Post und einem Tablett mit dem Tee. Er wirkte auf hinreißende Weise verstört, und Vales Herz wurde ganz weich bei seinem Anblick. Wirklich, es war albern, aber er würde es um nichts in der Welt ändern wollen.

„Es war nur der Briefträger, der geklingelt hat. Mann, hat der gehustet; ein richtiger Anfall. Er hat kaum Luft gekriegt. Ich bin nicht sicher, ob er nicht besser zuhause bleiben sollte." Jason nickte zu den Briefen. „Bei dem kalten Wetter draußen und mit so einem

Husten holt er sich noch den Tod, wie mein Vater sagen würde. Und alles nur für ein Haufen Briefwerbung und Wurfzettel."

„Geh dir die Hände waschen", sagte Urho und sprang auf. „Und verbrenne die Post."

Jason erbleichte und starrte besagte Post an, als würde er eine Mordwaffe in den Händen halten. „Die Grippe", flüsterte er heiser.

„Tu, was ich gesagt habe", befahl Urho.

Jason floh aus dem Zimmer, und Vale nagte an seiner Unterlippe. „Denkst du, er hat sich angesteckt?"

„Ich hoffe nicht. Um deinetwillen. Aber die wirkliche Gefahr ist, dass *du* dich anstecken könntest."

Vale nickte. „Ich hörte Gerüchte, dass die diesjährige Grippe so schlimm ist, dass sogar einige junge Leute daran sterben. Letzte Woche erst ein Junge – jünger als Jason, vollkommen gesund, und dann war er tot."

„Ich glaube, der Omega mit den Zwillingen hatte die richtige Idee." Urho seufzte. Falls er zusammen mit Vale und Jason die Stadt verließ, würde er seine Pflichten gegenüber den Bürgern der Stadt vernachlässigen. Aber er würde sein Versprechen halten, Vale bis zur Geburt des Kindes zu betreuen. „Ich könnte euch auf meinen Landsitz einladen."

Weitere zwei Stunden in südlicher Richtung. Noch weiter entfernt von Xan. Urhos Herz zog sich schmerzhaft zusammen.

Vale riss die Augen auf und schüttelte den Kopf. „Nein. Nein."

Urho verstand sofort und nickte zustimmend. „Was ist mit dem Haus in Seshwan-am-Meer? Das von Jasons Eltern?"

„Sie fahren in ein paar Wochen zu ihrem Jahrestag dahin, und um ein bisschen dramatisch zu werden – im Moment würde ich lieber sterben, als mit ihnen zusammen in einem Haus eingesperrt zu sein. Sie sind genauso schlimm wie Jason, nur dass ich die beiden nicht vergöttere", stöhnte Vale, dann erläuterte er noch ein bisschen mehr über Miners und Jules ständige Anwesenheit.

Als er schließlich fertig war, lachte Urho unbehaglich. „Ich weiß nicht, was ich dazu sagen soll."

„Ich weiß!" Vale riss erneut die Hände hoch. „Ich freue mich schon darauf, dass sie die Stadt verlassen, nur um mal meine Ruhe zu haben."

„Virona ist nur drei Stunden mit dem Zug in nördlicher Richtung."

Vale hob die Brauen und rieb seinen Bauch. „Und?"

„Xan sagt immer, das Haus sei zu leer, und dass Caleb einsam ist."

Vale überlegte. „Ich weiß nicht, ob Jason damit einverstanden wäre. Er lässt mich ja kaum das Haus verlassen, um zum Markt zu gehen oder -"

„Mit dieser Grippe, die umgeht, solltest du das ab sofort unterlassen."

Vale winkte ab. Er wurde schon wieder genervt. „Ich war seit einer Woche nicht mehr draußen. Ich werde hier drin noch verrückt. Der Garten welkt, alle Blumen sind weg und ich habe kein einziges, anständiges Gedicht mehr geschrieben, seit ich schwanger bin. Saugen Babys einem die ganze Inspiration aus? Gibt es dafür wissenschaftliche Beweise? Weil ich nämlich etwas zu den Studien beitragen könnte."

Als Jason zurückkehrte, wirkte er aufgelöst. „Ich habe die Post im Kamin im Salon verbrannt und mir mit heißem Wasser die Hände gewaschen. Denkst du, das reicht? Oder sollte ich lieber duschen?" Er machte auf dem Absatz kehrt. „Ich gehe lieber noch duschen."

„Nein, das reicht", sagte Urho und deutete auf den Ledersessel. „Setz dich. Wir müssen über diese Grippeepidemie und das Risiko für Vale und das Baby reden."

Jason setzte sich sofort, die Augen groß wie Untertassen und offenbar bereit zu tun, was immer Urho zu Vales Sicherheit vorschlagen würde. Es hatte eine Zeit gegeben, da hatte Jason Urho viel zu sehr abgelehnt, um ihn je so anzusehen. Vale fand, dass sie alle drei weit gekommen waren.

„Ich habe vergessen, neuen Tee für Vale zu machen", sagte Jason leise. „Kann das Gespräch warten, bis ich das gemacht habe?"

„Lass es gut sein, Liebling", sagte Vale sanft. „Ich will jetzt gar keinen mehr."

„Er ist so empfindlich in letzter Zeit. Ist das normal?", fragte Jason und wandte sich hilfesuchend Urho zu.

„Völlig normal. Und jetzt hör bitte zu. Ich habe Vale gerade von der Grippe in diesem Winter erzählt. Sie wird immer schlimmer und entwickelt sich zu einer echten Epidemie, und zwar ziemlich schnell. Normalerweise würde ich hier sein wollen, mittendrin, um denen zu helfen, die sich anstecken. Aber ich bin Vales Gesundheit verpflichtet und habe versprochen, diese Schwangerschaft zu betreuen, komme was wolle. Ich werde diese Aufgabe nicht in die Hände eines fremden Arztes legen. Was mich zu meinem Vorschlag bringt: Ich denke, wir sollten die Stadt verlassen."

„Und wohin?", fragte Jason.

„Wohin die Grippe es noch nicht geschafft hat. An die Küste vielleicht", sagte Urho. Vale musste beinahe über seinen eifrigen Tonfall lachen.

„Meine Eltern fahren bereits zu unserem Strandhaus", sagte Jason und wiederholte damit Vales Einwand. „Vale erträgt kaum ihre abendlichen Besuche. Ich glaube nicht, dass er es aushält mit ihnen in–"

„Wir können Xan in seinem Haus in Virona besuchen", unterbrach ihn Vale. „Er hat uns ohnehin eingeladen, oder nicht?"

„Nun, ja, zu den Herbstnacht-Festmahlen. Aber wir hatten natürlich abgelehnt."

„Denkst du nicht, dass das Angebot noch steht?", drängte Vale. „Auch wenn die Herbstnächte vorbei sind?" Er stellte sich bereits vor, wie schön es wäre, das Kind am Meer zur Welt zu bringen, und wie wunderbar, einen anderen Omega an seiner Seite zu haben. Jemanden, der nicht sein Schwiegerpater war.

„Ich bin sicher, dass die Einladung noch gilt", stimmte Jason zu. „Xan beschwert sich andauernd darüber, wie groß das Haus ist und dass er dennoch überall seinem Cousin über den Weg läuft."

Vale befragte Jason nach diesem Cousin. Er war neugierig, wieso Jason ihn eigentlich nie erwähnt hatte, Jason war Teil von Xans Leben, seit sie kleine Jungen gewesen waren.

„Er ist älter als wir. Aber ich mochte ihn noch nie." Jason zuckte die Achseln. „Und abgesehen davon hatte ich andere Dinge im Kopf." Er zog die Brauen zusammen. „Dass Janus dort ist, wäre ein Grund, nicht zu Xan zu fahren. Aber sollte es zum Schlimmsten kommen, könnten wir jederzeit selbst etwas in Virona mieten, um Xan nicht zur Last zu fallen."

„Ich wäre gern bei Caleb", sagte Vale plötzlich und ergriff Jasons Hand. „Wenn es so weit ist, wäre es schön, ihn bei mir zu haben."

„Ich wusste gar nicht, dass du Caleb so nahe stehst", sagte Jason und küsste Vales Hand.

„Omega-Brutinstinkt", sagte Urho leise in seinem Der-Doktor-weiß-Bescheid-Ton. „Die Gegenwart anderer Omegas während Schwangerschaft und Geburt ist beruhigend für sie und gibt ihnen Kraft. Das ist instinktiv."

Vale warf Urho einen scharfen Blick zu. „Vielleicht ist es auch einfach nur der Wunsch nach Gesellschaft. Und hör auf über mich zu reden, als wäre ich nicht im Raum. Wie auch immer, falls Xan und Caleb uns bei sich willkommen heißen, dann ja, würde ich gern fahren."

„Kommst du auch mit?", fragte Jason Urho.

„Ich habe euch beiden versprochen, dieses Baby auf die Welt zu holen, und das werde ich auch tun. Wenn Xan einverstanden ist, dass ich euch begleite, dann–"

Jason lachte. „Oh, er ist einverstanden. So oder so."

Urho bekam heiße Wangen, und seine Ohren glühten. „Nun ja, dann komme ich natürlich mit."

„Ich glaube, wir haben soeben unsere Einladung gesichert", flüsterte Jason mit funkelnden Augen in Vales Ohr.

Vale lachte, und seine ruhelose, reizbare Laune verflüchtigte sich, zumindest für den Augenblick. Er würde das Baby am Meer zur Welt bringen, mit Wind und Wellen im Hintergrund und mit einem Omegafreund an der Seite. Jason würde sich dort sicher entspannen, abseits von der täglichen Arbeit. Und Vale würde Ruhe vor seinen Schwiegereltern haben. Urho würde mit Xan zusammen sein, und diese Sache zwischen ihnen – was immer es war – würde eine Chance haben.

Ja, das war auf jeden Fall eine herrliche Idee.

KAPITEL 13

„DAS IST EINE schreckliche Idee!", rief Vater, und seine Fingerknöchel wurden weiß um die Gabel und das Messer.

Pater hingegen starrte einfach nur auf seinen Teller.

Jason hasste, wie traurig er aussah mit seinen hängenden Schultern, aber er wusste auch, dass er Vale beschützen musste, mehr als die Gefühle seiner Eltern. „Es ist beschlossene Sache", sagte er fest.

„Aber dein Pater wollte dabei sein, wenn–"

Jason schüttelte den Kopf. „Das ist mir klar, aber Vale und ich haben uns entschieden, Xan und Caleb zu besuchen."

„Wir haben Platz im Haus in Seshwan …", begann Vater, aber Pater legte ihm eine Hand auf den Arm und brachte ihn zum Schweigen.

„Wir verstehen das", sagte Pater sanft. „Wenn Vale in Virona sein will, dann sollte er in Virona sein."

„Wir können ebenfalls nach Virona kommen", sagte Vater.

„Nein", unterbrach Jason. „Das ist … wir brauchen … hört zu, Pater, Vater, die Sache ist–"

„Ihr bleibt besser in Seshwan-am-Meer, bis das Schlimmste der Grippewelle vorüber ist", mischte Vale sich ein. „Zwischen den Städten hin und her zu reisen, und hin und her zwischen Xans Haus und der Stadt, wird das Risiko, euch anzustecken, nur erhöhen."

Pater warf Vater einen strengen Blick zu, und Jason war nicht überrascht, als sein Vater angesichts dessen schwieg. „Wenn du wolltet, dass wir dich in Ruhe lassen", sagte Pater, „dann hättet ihr bloß etwas sagen müssen."

Vale erstarrte mit seiner Gabel mitten in der Luft. „Ich wollte euch nicht kränken."

Pater zuckte mit den Schultern. „Liebes, als wüsste ich nicht Bescheid über zu aufdringliche Schwiegereltern. Von meinen eigenen, Wolfgott hab sie selig, will ich gar nicht erst anfangen. Ich bin sicher, wir haben ein wenig übertrieben."

Vaters Mund zuckte, als wollte er protestieren, aber er schwieg weiter und leerte stattdessen halb sein Weinglas.

„Wir haben uns einfach so gefreut. Wahrscheinlich waren wir etwas zu aufgeregt. Oder?"

„Nein", sagte Vale, und nach seinen blassen Wangen zu urteilen, hatte er in diesem Moment echte Schuldgefühle. „Nicht zu aufgeregt."

Jason schritt ein. „Vater, Pater, wir lieben euch beide, und wir sind glücklich darüber, dass ihr euch so freut. Wir wollen, dass ihr euch freut. Aber im Augenblick brauchen Vale und ich etwas Zeit für uns allein."

„In einem Haus voller Leute in Virona", murmelte Vater.

„Allein auf eine Weise und an einem Ort, die wir gewählt haben. Vale braucht einen Ort, wo er sich entspannen kann und wo er in guten Händen ist, weit weg von dem Virus. Ich glaube, Xans Haus in Virona ist der perfekte Ort dafür. Es gibt dort Beta-Diener, die Vale jeden Wunsch erfüllen, und Urho wird uns begleiten."

„Als ich mit dir schwanger war", sagte Miner, hob sein Weinglas und nahm einen Schluck der rubinroten Flüssigkeit, „träumte ich davon, dich in Seshwan-am-Meer zur Welt zu bringen, aber Yules Pater wollte nichts davon hören. Und die medizinische Versorgung dort war nicht besonders gut, und es war natürlich eine Risiko-Schwangerschaft ..." Er lächelte, und obwohl seine Augen weiter traurig blickten, glaubte Jason, dass er ehrlich meinte, was er als

Nächstes sagte. „Ich wünsche dir die Geburt deiner Träume, an dem Ort, wo du dich am wohlsten fühlst, und mit Jason an deiner Seite." Dann hob er sein Glas, um darauf zu trinken, und selbst Yule hob seines ebenfalls.

Nach dem Abendessen stand Jason mit einem Glas Bourbon vor dem großen Fenster im Arbeitszimmer und sah hinaus in die dunklen Schatten des vom Mondlicht beleuchteten Gartens. Im Kopf machte er Pläne, welches Team von Beta-Arbeitern er engagieren und was für Anweisungen er ihnen geben würde, um seinen geliebten Garten in guten Händen zu wissen.

Pater saß mit Vale auf dem Sofa und hatte seine Hände auf Vales Bauch. Hin und wieder gab er so etwas wie einen unterdrückten Ausruf von sich. Offenbar trat das Baby gerade besonders kräftig. Ein gutes Zeichen, hatte Urho gesagt. Unangenehm, behauptete Vale für gewöhnlich. Warme Zuneigung erfüllte Jasons Brust, als er sich wieder der Szene im Zimmer zuwandte.

Sein Vater stand am Feuer. Er hatte seinen Drink auf dem Kaminsims abgestellt und beobachtete mit einem verzückten Lächeln Pater und Vale zusammen. Vale war heute Abend besonders duldsam, beinahe lieblich gegenüber Pater, nachdem sie mit ihrer Verkündung dessen Herz gebrochen hatten. Jasons süßer Omega mochte in letzter Zeit ja gereizt gewesen sein, aber er war liebevoll, und Jason war ihm dankbar dafür, dass er Pater gestattete, seinen Bauch anzufassen, das Baby zu fühlen und Laute der Freude und Liebe von sich zu geben.

Denn Pater liebte sie beide – sie alle – von Herzen. Genau wie Vater.

Jason gesellte sich zu seinem Vater an den Kamin. „Du verstehst es doch, oder?", fragte er leise in der Hoffnung, dass nur sein Vater ihn hören konnte.

„Natürlich tue ich das."

„Es ist, was er braucht."

Vater nickte, nahm sein Glas vom Sims und nippte daran. „Keine Bange. Wir sind nicht böse deswegen. Über die Enttäuschung kommen wir hinweg. Es ist nur natürlich. Du gründest deine eigene Familie, und das musst du zu deinen Bedingungen tun. Auf deine Weise."

„Ich liebe euch. Wir beide lieben euch", versicherte Jason ihm.

„Natürlich tut ihr das." Er seufzte und legte den Kopf zurück, um einen Moment lang an die Decke zu starren, bevor er das Kinn wieder senkte und die beiden Omegas auf dem Sofa betrachtete. „Ich wünschte, ich hätte deine Eier gehabt, als ich in deinem Alter war. Ich wünschte, ich hätte meinen Eltern gesagt, dass sie sich aus meinem Leben heraushalten sollten. Es schmerzt zu denken, dass er nicht die Geburt bekam, die er sich mit dir wünschte. Ich hatte immer gehofft, wir würden noch eins bekommen, aber ..." Er schüttelte den Kopf. „Davon hätte ich niemals einfach ausgehen dürfen. Das hier ist eure kostbare, einzige Chance, Jason. Wir wissen das. Tu, was immer nötig ist. Was immer er braucht. Gib ihm die Geburt seiner Träume."

Jason schnaubte. „Nach allem, was ich weiß, ist die Geburt selbst unfassbar schmerzhaft. Ich bezweifele, dass daran irgendetwas Traumhaftes sein wird."

„Nein. Aber das Ende seiner Schwangerschaft wird etwas Besonderes sein. Genießt die Erfahrung."

„Ich werde mein Bestes tun."

„Lass dir nicht durch Furcht die Freude verderben."

Bevor Jason darauf etwas antworten konnte, ließ sein Vater ihn stehen und ging zum Sofa. „Rück ein Stück", sagte er zu Pater. „Ich würde ihn gern noch ein letztes Mal fühlen. Falls es dir nichts ausmacht, Vale?"

„Nur zu", sagte Vale, und Vater nahm den Platz neben ihm ein, wo bis gerade noch Pater gesessen hatte. Pater drückte Vaters Schulter und streichelte sein Haar. Vale nahm Vaters Hand und legte sie seitlich an seinen Bauch. „Warte ein bisschen. Manchmal dauert es ein wenig, bis– oh, nicht dieses Mal."

Vater grinste. „Das war ein kräftiger Tritt."

„Er ist gesund und stark. Urho sagt, er entwickelt sich gut."

Leise murmelte Vater: „Wir freuen uns so darauf, ihn kennenzulernen. Bleibt nicht zu lange in Virona, wenn er auf der Welt ist."

„Aber kehrt nicht zurück, bevor die Grippewelle vorüber ist", warnte Pater.

„Werden wir nicht", antwortete Jason ihnen beiden. „Wir werden bleiben, bis es hier sicher ist, aber wir können es ebenso wenig erwarten, ihn euch vorzustellen."

„Wir lieben euch", sagte Vale. Seine Wangen röteten sich über seinem dunklen Bart. „Ihr werdet wundervolle Großeltern sein."

Der Abend ging früher als sonst zu Ende, und Pater umarmte Vale extra fest und extra lang, bevor er seinen Mantel anzog und Vater hinaus in die Nacht folgte.

„Das lief besser als erwartet", sagte Jason und legte seinen Arm um Vale, als sie beide von der Veranda aus zusahen, wie seine Eltern in ihr Auto stiegen.

„Ja, aber ich komme mir trotzdem wie ein absolutes Arschloch vor", sagte Vale. „Ihnen das vorzuenthalten."

„Nein", entgegnete Jason. „Es ist, was wir tun müssen. Na, komm. Lass uns Zephyr füttern und dann ins Bett gehen. Ich muss dir die Füße massieren. Deine Knöchel sehen geschwollen aus."

TEIL DREI

GEBURT AM MEER

KAPITEL 14

Vale war dem Taxifahrer äußerst dankbar für dessen Bemühen, die Schlaglöcher auf dem Weg vom Bahnhof zu Xans Haus am Meer zu umfahren. Trotzdem dauerte die Fahrt so lange, dass er befürchtete, ihm würde übel werden, bevor sie ihr Ziel erreichten.

Zephyr fauchte ungehalten in ihrem Tragekorb, und Jason platzte fast vor Ungeduld, seinen besten Freund wiederzusehen. Urho … nun ja, Urho war ebenfalls angespannt und ungeduldig. Vale hoffte nur, dass das, was sich endlich zwischen seinem und Jasons besten Freund entzündet hatte, zu einer beständig brennenden Flamme entwickeln würde, und nicht in einer katastrophalen Explosion endete.

Das Baby hatte gymnastische Übungen aufgenommen und benutzte Vales innere Organ als Trampolin. Vale war es mehr leid, als er in Worte fassen konnte. Aber Urho fuhr fort, ihm zu versichern, das Baby würde, sobald es auf der Welt war, so niedlich sein, dass alles Unbehagen auf der Stelle vergessen sein würde. Vale glaubte ihm, aber das machte einen Tritt in die Nieren jetzt auch nicht besser.

„Es ist nicht mehr weit", sagte Jason, legte eine Hand auf Vales Bauch und küsste ihn auf die Wange. „Soll ich ein Fenster öffnen?"

„Ja."

Die Seeluft wehte mit einer salzigen Wildheit in den Wagen, bei der Vale erschauerte. Er nahm einige tiefe, kräftigende Atemzüge. Sein Magen beruhigte sich, und seine Haut wurde angenehm gekühlt. „Das ist besser“, murmelte er und rieb sich den Bart. „Wie weit ist es noch?“

„Nur noch wenige Meilen“, antwortete der Beta-Fahrer und deutete voraus zu den Klippen. „Das Lofton-Anwesen ist gleich da vorn. Was führt Sie zu dem großen Haus, wenn ich fragen darf?“

Urho erklärte bereitwillig, dass die Grippeepidemie in der Stadt solche Ausmaße angenommen hatte, dass sie das Risiko der Ansteckung nicht länger tragen wollten und daher beschlossen hatten, ein paar Monate bei ihren Freunden in Virona zu verbringen.

„Ah, ja. Wir sind zum Glück bisher von der verfluchten Krankheit verschont geblieben“, sagte der Fahrer. „Dann werden Sie also die ganze Zeit hier Urlaub machen? Das muss schön sein.“

„Nein“, erklärte Urho. „Ich bin Arzt, und Jason hier ist Wissenschaftler.“

Jason schnaubte und erklärte, dass er für die Dauer ihres Aufenthalts hier seine Laborarbeit aufgeben musste. Aber die Aufgaben für die Firma seines Vaters konnte er auch von hier aus erledigen – leider – sodass er immer noch mehrere Stunden am Tag arbeiten würde.

„Müßiggang ist Wolfgottes Feind“, sagte der Fahrer und rollte sein Fenster herunter, um auszuspucken. „Es ist gut, beschäftigt zu sein.“

Vale war nicht sicher, dass er dem zustimmte. Er wollte nicht, dass Jason zu viel arbeitete. Das hielt ihn davon ab, Vale jeden Wunsch von den Augen abzulesen. Vale wollte natürlich nicht grundsätzlich, dass Jason gar nicht arbeitete – das würde lediglich zu allzu häufigem und ungebremsten Sex führen, und so geil die Schwangerschaft Vale auch machte, so machte sie ihn auch mürrisch und reizbar. Und er war das Fisting wirklich absolut leid! Blowjobs? Gern. Nippel-Play? Wunderbar. Rimming? Super. Aber Jasons Hand wollte er in nächster Zukunft nicht einmal mehr in der

Nähe seines Arschlochs haben.

Ja, Urho weigerte sich, seine Verordnung der täglichen Faust zurückzunehmen, und ja, in der Hitze des Augenblicks konnte Vale dem wunderbaren Gefühl, so gefüllt zu sein, nie widerstehen. Meistens bettelte er sogar darum. Aber aus irgendeinem Grund fühlte er sich danach stets genervt. Es war irgendwie zu viel und doch nie wirklich genug.

Vielleicht war es also am besten, wenn Jason wenigstens für einen Teil des Tages arbeitete.

Vale konnte sich selbst nicht mehr ausstehen, so ungnädig und zickig wie er war. In einer Minute wollte er nichts mehr als ein Nickerchen, in der nächsten musste er dringend aufstehen und umherlaufen. In einem Moment wollte er Tee, im nächsten schon nicht mehr. Er bekam Heißhunger auf Fisch, und dann bekam er ihn nicht hinunter. Er war nervös und aufgedreht, wollte aber nicht, dass Jason auch nur den Hauch seiner Sorge teilte. Vale wünschte, er könnte seinem eigenen Kopf entkommen. Er verstand nicht, wie Jason seine Gesellschaft überhaupt noch ertragen konnte.

„Das da muss es sein", sagte Jason und zeigte auf ein riesiges Haus mit rotem Dach, gerade als sie durch ein großes Schlagloch holperten.

Der Beta-Fahrer fluchte und entschuldigte sich. „Bei dem vielen Regen im Frühling werden die Straßen immer schlimmer, und niemand wird bezahlt, um sie zu reparieren."

Das Holpern verursachte einen scharfen Schmerz in Vales Hüften, und das Narbengewebe spannte wie ein Gummiband. Er sog scharf den Atem ein. Jasons und Urhos beflissene Aufmerksamkeit war nervtötend, und Vale witzelte kurz mit ihnen darüber, wie die Aussichten standen, dass das Baby hinreißend sein würde. Ausgesprochen gut, versicherte ihm Urho. Jason rieb einfach nur seine Nase an Vales Hals, und Vale schmolz leicht verärgert dahin wie Butter in der Sonne.

Ihr Ziel, das Lofton-Haus, thronte über ihrer Ankunft, die zum Glück nicht so chaotisch war, wie sie hätte sein können, aber immer noch chaotisch genug. Xan und Jason begrüßten einander wie ausgelassene Welpen, rangen miteinander und tobten über den Hof, als wären sie wieder Studenten auf Mont Nessadare. Und die elektrische, lustgeladene Spannung zwischen Urho und Xan nach Monaten der Trennung reichte aus, um Vales Omegadrüsen mit Schlick anschwellen zu lassen.

Caleb war eine Augenweide. Herzlich und wissend begrüßte er Vale ganz genau so, wie Vale es brauchte – voller Zuneigung und mit dem Angebot von gutem Essen. Xans Omega war wie ein lindernder Balsam in Blond und Weiß, und er schien ein weiches Leuchten auszustrahlen, das Vales Nerven schon bei seinem bloßen Anblick beruhigte. Urho behauptete, ihre unmittelbare Verbundenheit ginge auf einen Fortpflanzungsinstinkt zurück, und dass Omegas sich in der Schwangerschaft immer voneinander angezogen fühlten und gegenseitige Unterstützung suchten, Aber Vale wusste, es war sehr viel mehr als das.

Nur ein anderer Omega konnte je verstehen, was er gerade durchmachte. Ganz gleich, wie sehr ein Alpha es auch versuchte, er konnte nicht nachvollziehen, wie es war, so vollkommen den Veränderungen und Forderungen des eigenen Körpers unterworfen zu sein. Ein Bewusstsein, das Omegas teilten. Während Hitze und Schwangerschaft lernten sie, wie wenig sie die Natur wirklich kontrollieren konnten, und wie wenig ihre Egos bedeuteten, wenn es um Wolfgottes Drang zur Reproduktion ging. Das war etwas, das kein Alpha je begreifen würde, nicht einmal nach dem unkontrollierbaren Rausch einer *Erosgápe*-Verbindung.

Und darum begrüßte Caleb ihn wie ein guten, alten Freund, und Vale ließ sich von dem Mann mit Suppe und Sandwiches versorgen, bevor er darum bat, auf sein Zimmer zu gehen und sich ausruhen zu können. Jason folgte ihm auf den Fersen, als Caleb sie eine herrliche Treppe hinaufführte, die sich am oberen Ende teilte und in getrennte Flügel des Hauses führte.

„Dieses Haus ist gigantisch", sagte Caleb seufzend. „Reichlich Platz, um es mit Babys zu füllen, wie ich finde." Das Letzte fügte er mit einem fröhlichen Ton voller Hoffnung hinzu, den Vale als Calebs übliche, äußere Fassade erkannte. Aber er fragte sich, wie aufrichtig die Fröhlichkeit tatsächlich war, denn er spürte darunter so etwas wie Traurigkeit, auch wenn er nicht genau den Finger darauf legen konnte.

„Xans Familie hat schon immer gern geprotzt", sagte Jason. Er legte seine Hand an Vales unteren Rücken, als sie die letzte Stufe der Treppe erreichten und rechts in einen Korridor einbogen, der mit üppigen Rokoko-Ornamenten verziert war – so ganz und gar nicht Calebs persönlicher Stil.

„Kann man wohl sagen", stimmte Caleb zu.

Es gab mehrere Zimmer an der einen Seite des Korridors und Fenster an der anderen. Sie führten auf den Garten hinaus. Eine frische Brise wehte herein, kühlte die Luft und hinterließ den Geschmack von Meersalz auf Vales Zunge. Das gefiel ihm gut, und als die Brise leicht sein Haar bewegte, erfasste ihn eine tiefe Entspannung.

„Dieses hier ist eures." Caleb öffnete eine der Türen. „Es hat ein eigenes Bad und ein großes Bett. Urho bekommt ein ähnliches Zimmer, nur ein Stück den Flur hinunter. Falls ihr irgendetwas braucht – Handtücher, frisches Bettzeug, eine Mahlzeit zwischendurch – bitte zögert nicht, einen der Diener zu fragen oder direkt nach unserem Mann Ren zu klingeln. Er ist ein wahres Geschenk Wolfgottes und immer für mich da."

Vale umarmte Caleb, der sich zunächst verabschiedete, dann ließ er sich auf das Bett fallen. Sein Bauch bewegte sich unter seinem Hemd. Jason stand am Fenster und schaute hinaus. Seine Schultern wirkten angespannt. „Schöne Aussicht?"

„Ein Garten", antwortete Jason. „Die Diener scheinen dabei zu sein, ihn wieder in Form zu bringen."

„Vielleicht kannst du dabei helfen, Liebling."

„Vielleicht werde ich das."

„Dann muss das Meer in der anderen Richtung liegen." Vale kuschelte sich in die Kissen. Das Bett war wirklich göttlich. Die Matratze hatte genau die richtige Mischung von fest und weich für Vales strapazierten Körper. Ein Baby auszutragen war lächerlich harte Arbeit, wie es schien, und Vale fand, dass Omegas nicht annähernd genug Anerkennung für diese Leistung bekamen. Es wurde viel zu viel über das Wunder geredet, und viel zu wenig über den harten Kampf, der damit verbunden war. Er stöhnte, als das Kind ihm gegen die Rippen trat und sich dann drehte.

„Ist alles in Ordnung?", fragte Jason, der sofort an seine Seite eilte und ihm eine Hand auf den Bauch legte, um die Bewegung des Babys zu fühlen. „Soll ich Urho holen?"

„Du weißt, dass alles in bester Ordnung ist", grummelte Vale. „Nur das übliche Drücken und Ziehen."

„Die Reise war doch anstrengender, als du erwartet hast", sagte Jason. Er streichelte Vales Bauch und lächelte, als das Baby gegen seine Handfläche trat. „Du musst dich ausruhen."

Vale zuckte die Achseln. Er war nicht sicher, jetzt schlafen zu können, selbst wenn er es versuchen würde. Er hatte diesen furchtbaren Zustand von Erschöpfung erreicht, in dem er wirklich gern ein Nickerchen machen würde, aber einfach keine Ruhe fand. „Ich glaube nicht, dass ich das kann." Vale machte Anstalten aufzustehen. „Vielleicht hilft mir ein Spaziergang im Garten."

„Nein", widersprach Jason mit Bestimmtheit. „Du wirst dich ausruhen." Er drückte Vale zurück in die Kissen und setzte sich neben ihn. Die Minuten vergingen.

Vale seufzte und murmelte: „Dann gib mir wenigstens mein Notizbuch."

Jason sah aus, als wollte er protestieren, aber dann zog er Stift und Notizbuch aus einer der Taschen, die die Diener aufs Zimmer gebracht hatten, während Vale und Jason unten gegessen hatten. Er gab beides Vale.

Vale tippte mit dem Stift an seine Lippen und wartete auf Inspiration, auf einen Fluss von Worten. Er hatte seit Monaten kein Gedicht mehr geschrieben. Seine Quelle war wie ausgetrocknet. All seine kreative Kraft war auf das Kind in seinem Leib gerichtet. Aber er weigerte sich aufzugeben. Es gab so vieles, das er mit der Welt teilen wollte – unter anderem die Erfahrung der Schwangerschaft – und doch wollten die Worte nicht kommen.

Jason unterbrach sein Nicht-Schreiben mit einer Frage. „Was glaubst du, was Xan und Urho gerade tun?"

Vale hob eine Braue. „Du weißt genau, was sie gerade tun, Liebling."

Jason neigte den Kopf zur Seite und überlegte, dann stand er auf und schaute wieder hinaus in den Garten. „Findest du, wir sollten eifersüchtig sein?"

Vale schnaubte. Er steckte den Stift in sein Notizbuch, dann legte er beides auf den Nachttisch. „Auf Xan? Und Urho?"

„Na ja. Sie waren zuerst *unsere* Liebhaber. Bevor sie zusammen kamen, meine ich."

Vale lachte, und dann lachte er noch mehr. Er lachte, bis ihm Tränen übers Gesicht liefen. Und dann musste auch Jason lachen. Er kam zum Bett und wischte mit seinem Ärmel über Vales nasse Augen. „Oh Wolfgott, hör auf", keuchte Vale und schob halbherzig Jasons Arm weg. „Ich kriege noch Schluckauf, wenn ich so lachen muss."

„Ich meinte das ernst", sagte Jason, immer noch kichernd.

„Eifersüchtig auf die beiden? Weil wir sie zuerst hatten?" Ein neuer Lachanfall kam über Vale, aber schließlich stieß er einen langen Atemzug aus und versuchte, sich wieder einzukriegen.

„Nein, Liebling. Ich denke nicht, dass wir eifersüchtig sein sollten.“

Jason nickte nachdenklich. Seine Lippen zuckten amüsiert. „Ich weiß. Es ist nur ... es ist irgendwie komisch, oder? Daran zu denken, was wir zusammen mit ihnen getan haben, und sich dann vorzustellen, dass sie das nun miteinander tun. In diesem Moment höchstwahrscheinlich.“

„Nicht wirklich“, sagte Vale. „Und ich hoffe, sie genießen es. Sie haben sich beide lang genug danach verzehrt. Sollte der tatsächliche Akt den Erwartungen nicht gerecht werden, können wir uns auf einen langen, angespannten Aufenthalt vorbereiten, bis der hier zur Welt kommt.“ Vale tätschelte seinen Bauch. Das Lachen schien das Baby so überrascht zu haben, dass es ganz still geworden war. Offenbar hatte es mitten in seiner Gymnastikübung innegehalten, um zu lauschen.

„Sie werden es genießen“, sagte Jason leise. „Sex mit Xan ist ...“

Vale verengte die Augen. „Vorsicht, Baby-Alpha. Sonst bringe ich noch deinen besten Freund im Schlaf um.“

Jason lachte erneut. „Aha! Dann bist du also doch eifersüchtig.“

„Nicht auf Urho, und nicht darauf, dass Urho ihn hat. Darauf, dass Xan dich einst hatte ...“ Vale zuckte die Achseln. Er hatte Jasons und Xans frühere Beziehung leichter hingenommen, als viele *Érosgápe* es getan hätten, aber er stellte sich nicht gern Einzelheiten vor.

Jason zuckte mit den Schultern. „Er ist leicht zu befriedigen, mehr wollte ich nicht sagen. Ehrlich.“

„Leicht zu befriedigen“, schnaubte Vale verärgert. „Ich erinnere mich auch nicht, es dir besonders schwer gemacht zu haben, mich zu befriedigen.“

Jason lachte und setzte sich aufs Bett. Er beugte sich zu Vale und rieb sein Gesicht an dessen Hals. „Das könnte aber ein spaßiges Spiel sein. Willst du spielen?“

Vale versuchte, desinteressiert zu erscheinen, aber er schaffte es nur wenige Sekunden lang, bevor sein Schwanz ihn verriet – die Vorderseite seiner weichen Schwangerschaftshose bildete ein deutliches Zelt. „Wie lauten die Regeln?", fragte er stattdessen.

„Ich muss dich befriedigen, und du musst es mir schwer machen."

Vale grinste „Oh, ich verstehe. Steht dir der Sinn auf ein wenig … Züchtigung?"

Jason zog die Schultern hoch. „Vielleicht. Es ist nur etwas, das wir noch nie gemacht haben. Jedenfalls nicht, seit wir zusammen sind. Davor wollte ich dich so wahnsinnig gern befriedigen, aber du hast immer so getan, als wärst du dir nicht sicher …" Er leckte sich die Lippen. Der Blick seiner Augen war schüchtern und sexy gleichzeitig. „So als wärst du dir nicht sicher, ob ich es bringen würde."

„Oh, Baby-Alpha. Habe ich dich sehr leiden lassen?"

„Ja."

Vale schmunzelte. „Was, wenn ich immer noch nicht weiß, ob du es drauf hast, ein ganzer Mann zu sein?" Dann fügte er mit einem überzeugenden Hauch von Kummer in der Stimme hinzu: „Was wirst du tun, um das zu ändern?"

Jason gab ein leises Grollen von sich, dann schubste er Vale zurück auf die Matratze, warf ein Bein über Vales und schlang die Arme um seine Schultern. Vale wusste, wäre da nicht das Baby, dann hätte Jason sich auf ihn geworfen und ihm die Kleider vom Leib gerissen. Aber sein Babybauch erforderte ein gewisses Maß an Vorsicht.

„Nun dann, beweise dich", befahl Vale beiläufig und tat so, als würde er gähnen. „Ich lasse dich wissen, wenn ich beeindruckt bin. Vielleicht kannst du dir das Recht verdienen, mein Alpha zu sein."

Jason machte kurzen Prozess mit Vales und seinen eigenen Kleidern, und schon bald hatte er Vale so weit, dass er schwitzte und zitterte, während Jason ihn zum Orgasmus lutschte, leckte, küsste und fickte. Und dann machte er es noch einmal, und noch einmal. Trotz des unbestreitbaren Vergnügens und nachweislicher Lust tat Vale weiterhin desinteressiert und unsicher, worauf Jason seine Bemühungen wieder und wieder verdoppelte.

Jason war sicher, dass die Beta-Arbeiter, die er im Garten vor dem Fenster gesehen hatte, Vales Lustschreie hören konnten, aber es war ihm gleich. Seinen Platz als Vales Alpha zu „verdienen", war der Himmel, und er sah keinen Grund zu verbergen, wie viel Glück Vale hatte, sein Omega zu sein.

Als Vale erneut kam – dieses Mal mit Jasons dickem Ständer in sich – warf er den Kopf zurück und gab Jason schließlich, was er verdiente. „Du bist mein", keuchte Vale. „Mein Alpha. Meiner allein."

Jason kam mit einem Aufschrei. Er klammerte sich an Vales Schultern, während er ihn von hinten nahm. Vale lächelte, als er langsam zurück zur Erde schwebte. Zweifellos hatten irgendwo in dem großen Haus auch Xan und Urho gerade ihren Spaß. Aber auf keinen Fall konnte das, was sie hatten, sich mit der puren Freude vergleichen lassen, die Vale mit Jason empfand.

KAPITEL 15

Drei Wochen später

DAS MEER WAR lebendig. Jason fiel kein anderes Wort ein, um zu beschreiben, was er empfand, wenn er auf das wilde Wasser starrte. Es war wunderschön, ja, aber auf eine ungezähmte Art. Hier in Virona war der Ozean weit weniger friedlich als das Wasser beim Strandhaus seiner Eltern in Seshwan-am-Meer. Es schäumte und tobte. Es sollte ihm eigentlich Angst machen.

Und doch wollte er an keinem anderen Ort sein.

Auch Vale gefiel es. Die Stunden, die er am Strand verbrachte, waren – abgesehen vom Sex – die einzige Zeit, in der er nicht über seine verschiedenen Schmerzen und Beschwerden klagte. Je mehr das Kind wuchs, um so unerträglicher wurde der Druck auf seine inneren Narben. Und Jasons Fähigkeit, Vales Unbehagen zu lindern, wurde von Stunde zu Stunde weniger. Aber er riss sich zusammen, denn er war der Alpha. Er hatte sich nicht gestattet zu weinen, seit Urho ihm gesagt hatte, dass er stark sein musste. Stattdessen verdrängte er seine Ängste so weit, wie es ging und demonstrierte gegenüber seinem Liebsten nichts als Zuversicht und Kraft. Aber das forderte einen ganz eigenen Tribut.

Zumindest hatte er Urho, mit dem er darüber reden konnte. Manchmal.

Urho hatte seine eigenen Probleme. Xan war schwierig, und Urho kämpfte darum, ihn zu halten.

„Sieh dir die Möwen an", sagte Vale leise und deutete zum Himmel. „Sie drehen Loopings, als wollten sie Worte an den

Himmel schreiben." Er runzelte die Stirn. „Fast schon gut genug für ein Gedicht. Aber nicht ganz."

Jason streichelte Vales Bart und sein Haar, sagte aber nichts. Vales Schreibblockade war nur ein Punkt auf der langen Liste seiner regelmäßigen Beschwerden. Jason hatte es aufgegeben, ihn zu beschwichtigen, und hörte einfach nur noch zu.

„Ich wünschte, ich könnte schwimmen gehen. Im Wasser hätte mein Bauch praktisch kein Gewicht."

Jason schwieg immer noch. Es würde kein Schwimmen geben. Die Luft des späten Herbstes war zu kühl. Und das Wasser war zu eisig, um auch nur daran zu denken. Aber dick eingewickelt in Pullover konnten sie jeden Tag die blasse Sonne genießen. Die salzige Brise und das Rauschen der Wellen schienen Vale und dem Baby eine Art Frieden zu geben, die sie sonst nirgends fanden. Und Jason liebte es, mit Vale hier zu sitzen, Vales Kopf auf seinem Knie, beide in kuschelige Decken gehüllt, um nicht zu frieren.

„Es ist wie ein Krieg hier drin", hatte Vale an diesem Morgen gesagt, bevor sie zum Strand hinunter gegangen waren. „Er scheint entschlossen zu sein, mich von innen zu verprügeln."

Jason hoffte, dass an dem alten Omegamärchen nichts dran war, die Beziehung zwischen Baby und Omega während der Schwangerschaft würde die Art ihrer Beziehung für den Rest ihres Lebens bestimmen. Denn Vale schien das Kind abwechselnd anzubeten und abzulehnen – weil es ihm die Worte gestohlen hatte und weil es ihm fortwährend Schmerzen bereitete, während es wuchs und sich bewegte. Was, wenn Vale und das Kind am Ende nicht miteinander auskamen? Man brauchte sich nur Xan und dessen Eltern ansehen. Es gab keine Garantie, dass sie einander mögen würden.

Sicher würden sie einander lieben. Aber das war eine ganz andere Geschichte. Jeder wusste das.

„Ich vermisse meinen Pater", sagte Vale plötzlich und setzte sich auf. Eine besonders große Welle schlug an den Strand und spülte ein Büschel Seegras und einen abgebrochenen Zweig auf den Sand. „Ich wünschte, er wäre hier und würde mir sagen, dass alles gut werden wird.“

Jason rieb Vales Rücken, konnte aber nicht mehr Trost spenden. Er hatte Vales Eltern nie kennengelernt, und obwohl er neugierig war, hatte Vale nie viel über sie geredet. Nicht einmal in ihren Gesprächen über die Blockhütte in den Bergen, bevor sie sie renoviert hatten. Nicht einmal während ihrer Wanderung am Tag vor dem Schneesturm.

„Mein Pater war klug.“

„Ich bin sicher, das war er.“

Vale zuckte die Achseln. „Mein Vater war ebenfalls klug, aber er war ein Witzbold. Hat immerzu gescherzt und gelacht. Pater war so ernst wie ein Herzanfall. Deshalb hätte ich ihn jetzt gern hier, damit er mir sagt, dass alles gut wird. Ihm würde ich glauben.“

„Wenn er so ernst war, dann würde er das wahrscheinlich gar nicht sagen.“

Vale schnaubte. „Nein, wahrscheinlich nicht.“

„Aber ich wünschte auch, er wäre hier“, sagte Jason schließlich. „Ich wünschte, ich hätte sie beide gekannt.“

Vale lächelte. „Sie haben sich sehr geliebt.“

„Und dich.“

„Ja, sie liebten mich auch.“ Vale berührte seinen Bauch. „Wir werden ihn lieben, Jason. Mach dir keine Sorgen.“

„Darüber mache ich mir keine Sorgen.“

Vale seufzte. „Oh doch. Das weiß ich. Dieses alte Omegamärchen ist dir unter die Haut gegangen. Aber es gibt nichts, was dieser Kleine tun kann, damit ich ihn nicht lieben könnte. Selbst, wenn er mir die Milz aus dem Leib tritt, solange er noch hier drin ist.“

Jason nickte nur und behielt seine Gedanken für sich. Er konnte sich durchaus eine Sache vorstellen, die das Baby tun könnte und die ihn dazu bringen würde, es möglicherweise nicht zu lieben. Falls

Vale die Geburt nicht überleben sollte, wusste Jason nicht, wie er sich das je verzeihen könnte … oder dem Baby.

Die Sonne begann zu sinken, und es wurde Zeit, Vale zurück ins Haus zu schaffen. „Das Abendessen wird bald fertig sein."

Vale seufzte und ließ sich von Jason auf die Füße helfen. „Wie war es heute im Garten?"

Jason lächelte, als er eine Hand an Vales Rücken legte und seinen Arm nahm, um ihn die Treppe hinauf zum Haus zu führen. „Es war gut. Der Gärtner hat endlich verstanden, dass ich mich nicht einmischen will, sondern nur helfen."

„Er sollte froh sein, dich zu haben."

„Ich bin froh, dass er nicht gekündigt hat, als ich plötzlich aufkreuzte. Das hätte Caleb Probleme verschafft."

„Caleb wäre schon zurechtgekommen. Ich habe den Eindruck, dass ihn nichts aus der Bahn werfen kann." Vale hielt sich mit einer Hand den Bauch, während er ging, die andere fest in Jasons Griff.

Jeden Tag wurde sein Gang ein wenig watscheliger, und Jason blieb dicht an seiner Seite. Besonders auf dem Weg zum Strand und wieder zurück. Die Dünen, die Stufen und der Sand – Vale konnte hier überall leicht stolpern und fallen.

„Hast du mit deinem Vater telefoniert?", fragte Vale, als sie den sicheren Pfad beim Garten erreichten.

„Ja."

„Und er ist nicht sauer?"

„Er versteht es."

Vale nickte wissend. „Natürlich. Sie sind *Érosgápe*."

Jasons Arbeit für Sabel Enterprises war einem anderen Angestellten übertragen worden, als sein Vater erkannte, dass Jason zu abgelenkt damit war, sich angemessen um Vales Bedürfnisse zu kümmern. Er hatte Schuldgefühle deswegen und war sicher, ein besserer Alpha wäre mit beidem fertig geworden. Aber er war auch nicht gewillt, einen einzigen Moment mit Vale für etwas so

Profanes wie Autobauteile zu riskieren. Nicht, wenn er nicht einmal sicher sein konnte, dass Vale die Schwangerschaft überstehen würde, von der Geburt ganz zu schweigen.

Ganz gleich, wie gut Urhos Prognose war, wie robust offensichtlich Vales Gesundheit – nichts konnte den scharfen Dolch der Furcht entfernen, der tief in Jasons Herz steckte. Und genauso wenig konnte Jason seinen Verstand davon abhalten, jedes noch so leise Wimmern oder Stöhnen als Zeichen dafür zu deuten, dass Vales Körper diesem Sturm nicht gewachsen war.

Er verdrängte das mit aller Kraft.

Seine wahre Angst durfte auf keinen Fall durchscheinen. Vale brauchte Jasons festen Glauben so sehr wie Nahrung und Wasser. Also würde er so tun, als ob. Bis sie ein schreiendes, gesundes Baby in den Armen halten würden und eindeutig fest stand, dass auch Vale sicher und unbeschadet war. Dann endlich würde er sich vielleicht erlauben, erleichtert zusammenzubrechen.

„Das alles dauert viel länger, als ich mir vorstellen konnte", sagte Vale, als Jason um ihn herum und voraus lief, um für ihn die Tür zu öffnen. „Mir war nie klar, dass schwanger zu sein, abgesehen von den Schmerzen, auch so langweilig sein kann."

Jason wünschte, er könnte ebenfalls Langeweile empfinden. Leider machte ihm die Schwangerschaft noch immer eine Heidenangst.

KAPITEL 16

Ein Monat später

DIE ERLEICHTERUNG WAR im ganzen Haus spürbar. Sie war geradezu ansteckend in ihrer erfreulichen Kraft.

Die Beziehung zwischen Xan und Urho erblühte zur Freude aller. Calebs Druckerpresse mit den dazu gehörenden Materialien war angekommen, und er war tagsüber emsig und kreativ, und an den Abenden sprudelte er über vor Fröhlichkeit. Und Janus – Xans Cousin, der als Spion von Xans Vater im Haus gewohnt hatte – war zu einer anderen Aufgabe abgerufen worden, und alle freuten sich über seine Abwesenheit.

Vale erkannte auch in Jason Erleichterung. Sein Gang war leichter und entspannter, und sein Lächeln wurde strahlender, als die Tage vergingen. Vale hatte den Verdacht, es hatte weniger mit der Abwesenheit von Xans nervtötendem Cousin zu tun, und mehr mit dem Fortschritt seiner Schwangerschaft.

„Sein Puls ist langsamer, und auch der Blutdruck ist niedriger geworden", sagte Urho. Er legte sein Stethoskop und die Blutdruckmanschette in seine Arzttasche und setzte sich zurück auf seine Fersen.

Vale saß auf der Couch in der Bibliothek, auf mehrere Kissen gestützt. Ein halbes Dutzend halb gelesener Bücher war über die ganze Breite der Polster verstreut. Urho hatte sich für die Untersuchung zu Vales Füßen niedergelassen, und Jason stand hinter der Couch mit den Händen auf Vales Schultern.

Urho legte seine Handflächen auf Vales beständig wachsenden

Bauch, drückte sanft darauf und gab leise, summende Laute von sich.

„Und?", fragte Jason.

Vale schmunzelte. Oh, sein hinreißender Baby-Alpha – immer so ungeduldig.

„Das Baby scheint die richtige Größe zu haben."

„Wieso tun wir das hier?", fragte Jason. „Du kannst seine Narben nicht so in der Öffentlichkeit untersuchen."

„Ach ja? Ich glaube, du hast ihn in letzter Zeit so ziemlich in jedem Raum des Hauses ‚untersucht'. Und sogar im Garten, wenn man den Gerüchten glauben darf", sagte Urho und verdrehte die Augen.

Vale lachte. Er und Jason würden den vergangenen Monat noch lange aufs Butterbrot geschmiert bekommen. Sie waren mehrere Male beim Liebesspiel erwischt worden, an verschiedenen Orten und von viel zu vielen Leuten. Aber Vale schämte sich nicht deswegen. Er war das einzige Mal in seinem Leben schwanger, und er würde den Teil davon, der nicht schmerzhaft oder langweilig war, in vollen Zügen genießen – jede Menge herrlichen Sex.

Jason jedoch packte Vales Schultern fester und knurrte leise. „Du wirst ihn nicht hier drin untersuchen."

„Nein, das hatte ich auch nicht vor", sagte Urho und ließ sich wieder auf seine Fersen sinken. „Es ist alles in Ordnung mit ihm."

„Wie kannst du dir da sicher sein?"

„Ich habe ihn gestern erst untersucht. Es ist alles gut gedehnt und locker, so wie es für eine gesunde Geburt sein soll. Das wird sich über Nacht nicht geändert haben. Besonders, da ich gestern Nacht hören konnte, dass du ihn weit gedehnt hast."

„Hör auf, ihn in Verlegenheit zu bringen", sagte Vale und unterdrückte mühsam ein Lachen.

„Ich bin gar nicht verlegen", sagte Jason schroff. „Ich bin stolz auf das, was ich mit dir tue. Und wie gut ich es tue."

Vale hob eine Braue und lächelte belustigt zu Urho hinab. „In der Tat. Du bist sehr gut darin.“

„Ach …“ Urho erhob sich. „Das Baby ist gesund, Vale ist gesund, und so weit ist diese Schwangerschaft ein Wunder. Lasst uns hoffen, dass es so bleibt.“ Er klatschte in die Hände. „Wenn ihr mich dann jetzt entschuldigen würdet … Xan und ich haben Pläne in der Stadt.“

„Ein Date?“

Urho grinste, sagte aber nichts weiter.

Vale sah, wie sich Jasons Schultern entspannten, als Urho die Bibliothek verließ und sie nur noch zu zweit waren. „Hast du ihn gehört?“, sagte Jason erleichtert. „Es ist alles so, wie es für eine gesunde Geburt sein soll. Ich sollte meine Eltern anrufen und ihnen die guten Nachrichten übermitteln.“

Vale nahm Jasons Hand und zog ihn neben sich auf die Couch, dabei schob er hastig die Bücher beiseite, damit sie nicht von seinem hübschen, festen Alphahintern zerdrückt wurden. Beinahe musste Vale wieder lachen, weil er nur bei dem Gedanken an Jasons Arsch schon wieder geil wurde. Das passierte ihm dieser Tage viel zu leicht. Stets war er bereit, sich seiner Lust zu ergeben. Aber bevor sie sich erneut einen Orgasmus gönnen konnten, mussten sie erst über einige Dinge reden.

„Liebling“, begann Vale und strich Jason das blonde Haar aus der Stirn. „Ich liebe es, wie beherzt und wie alpha du im Laufe der Schwangerschaft geworden bist, aber es gibt ein paar Dinge, die wir diskutieren müssen.“

„Wie zum Beispiel?“

„Nun, das gestern Abend am Esstisch, zum Beispiel.“

Jason hob das Kinn.

Ah, also wusste er nur zu genau, was Vale meinte. Umso besser.

„Musstest du Xan wirklich anknurren, als er das Fleisch aufgeschnitten hat? Es gibt immer gutes Fleisch am Heelies-Riggs-Tisch.

Und mehr als genug für alle.“

„Aber du verdienst das beste Stück“, widersprach Jason. „In dir wächst ein Baby. Du brauchst die Nährstoffe mehr als die anderen.“

„Das ist lieb von dir, aber die übrigen Fleischstücke waren vollkommen in Ordnung. Es gab keinen Grund für Drohgebärden, bis das Fleisch von Xans Teller auf meinem landete.“

Jason zuckte uneinsichtig die Schultern.

Zum Glück hatten ihre Freunde Jasons Verhalten eher lustig gefunden, aber es war dennoch unhöflich gewesen.

Jason sagte: „Es ist meine Pflicht, dafür zu sorgen, dass du gut versorgt wirst.“

„Aber das tust du doch schon! Du bringst mir frisches Obst, von dem ich nicht einmal weiß, woher du es um die Jahreszeit bekommst, und du achtest darauf, dass ich genug Wasser trinke. Es ist also unnötig, unsere Freunde dazu zu zwingen, mich auch noch zu versorgen.“ Vale konnte sich eine Neckerei nicht verkneifen. „Soll Xan mir vielleicht auch noch nächtliche Massagen geben?“

Jason verzog das Gesicht und grollte. „Ich denke nicht.“

„Genau. Lass uns unseren Freunden nicht mehr zur Last fallen, als wir es ohnehin schon tun, indem wir monatelang in ihrem Haus wohnen. Wenn Xan in seinem eigenen Zuhause das beste Stück Fleisch haben möchte, dann lass es ihn haben.“

„Ich werde es in Erwägung ziehen“, sagte Jason leicht schmollend, und Vale hätte beinahe laut gelacht. Sein Alpha war so wild entschlossen, ihm in jeder Hinsicht zu Gefallen zu sein.

Jason versuchte, Vale vor allem zu beschützen, das ihn stören könnte, wie etwa vor ernüchternden Nachrichten aus der Stadt, vor Anrufen von Miner und Yule, ja, sogar vor Zephyr, die mehr Probleme verursachte, als Vale erwartet hatte, als er darauf bestanden hatte, sie mitzunehmen.

„Und Liebling, wegen Zephyr ...“, sagte Vale mit einem Hauch Frustration.

Jason beeilte sich, ihm zu versichern: „Ich bin sicher, das wird nicht wieder vorkommen."

„Es ist bereits zweimal passiert."

„Sie wollte nur helfen."

Vale lächelte sanft. Offensichtlich hatte Jason ein wenig zu viel Verständnis für Zephyrs Bedürfnis, etwas Gutes beizutragen. „Trotzdem, das Chaos war jedes Mal grauenhaft."

„Ich hab's ja sauber gemacht."

Vale hob erneut eine Augenbraue.

„Also, ich habe den Dienern geholfen, es sauber zu machen", lenkte Jason ein. „Sie bringt dir halt Geschenke. Etwas zu essen für den werdenden Pater."

„Aber ich will solche Geschenke wirklich nicht", sagte Vale schaudernd in Erinnerung an die tote Maus auf seinem Kopfkissen und den toten Vogel in der darauffolgenden Nacht. Beide Male hatte Jason Diener gerufen und ihnen ohne Murren geholfen, die kleinen Leichen zu entsorgen, während Vale daneben auf einem Stuhl gesessen und versuchte hatte, nicht Tränen zu lachen.

„Was schlägst du vor, sollen wir mit ihr machen?", fragte Jason.

„Ich denke, wir müssen sie vorerst aus dem Schlafzimmer verbannen. Urho sagt, die Bakterien, die sie mit ihrer Beute hereinbringt, könnten schädlich für meine–"

Weiter kam Vale gar nicht, da war Jason bereits aufgesprungen und rief nach Ren, dem Butler, dem er erklärte, dass die Tür zu ihrem Schlafzimmer ab sofort stets verschlossen gehalten werden müsse, nachdem die Diener ihre Arbeit darin verrichtet hatten. Dann bestand er darauf, dass Barrieren errichtet werden müssten, um Zephyr so weit wie möglich im unteren Teil des Hauses zu halten.

„Aber wird sie nicht einfach über die Barrieren springen, Sir?"

„Wahrscheinlich. Aber wir sollten es ihr nicht so leicht machen, tote Tiere auf unserem Bett abzulegen."

„Wohl war."

Es war entzückend, Jason so knapp und bestimmt Anweisungen geben zu hören, die keinen Raum für Missverständnisse ließen.

Vale erschauerte wohlig, und Schlick bildete sich an seinem Arschloch. Er nagte an seiner Unterlippe, während er ungeduldig darauf wartete, dass Ren sich wieder entfernte, damit er Jason davon überzeugen konnte, dass die Bibliothek vielleicht kein guter Ort für eine medizinische Untersuchung war, es sich hier auf dem Sofa mit den Büchern jedoch herrlich ficken ließ.

Ren ging, um seine Anweisungen auszuführen, und Jason drehte sich mit glühendem Blick zu Vale um. „Ich kann riechen, wie du dich für mich öffnest."

„Immer", sagte Vale mit rauchiger Stimme. „Ich brauche dich, Liebling. Bitte."

Jason ließ sich nicht zweimal bitten. Sobald sich die Tür hinter Ren geschlossen hatte, drehte er Vale herum, sodass der auf dem Sofa kniete und mit den Händen die Rückenlehne packte. Dann zog er ihm die Hose herunter. Es gab keine Vorbereitung. Das war dieser Tage nicht nötig. Jason öffnete seine Hose und drang sofort ein. Sein Schwanz rieb über Vales geschwollene Omegadrüsen und brachte ihn sofort von Null auf Hundert.

Der erste Orgasmus raubte ihm den Atem.

Aber der dritte war so umwerfend, dass Vale sicher war, mit seinen Schreien die Diener zu erschrecken.

Beim sechsten war sie beide in einer anderen Welt, versunken in einander und der Lust. Zwei *Érosgápe*, gesegnet in ihrem Bund, voller Liebe, in Erwartung eines gemeinsamen Kindes.

KAPITEL 17

J ASON HATTE SCHON immer gern mit den Händen in der Erde gewühlt und Dinge zum Wachsen gebracht. Was er daheim mit Vales Garten gemacht hatte, war in den Sommern zum Neidobjekt der Nachbarschaft geworden. Und im Winter sah ebenfalls alles wunderbar aus. Vale wusste, dass es Jason schwer gefallen war, den Garten zurückzulassen, als sie für die Dauer der Schwangerschaft nach Virona gefahren waren. Er hatte ein Stück von sich selbst zurückgelassen. Deshalb war es schön, Jason draußen auf seinen Knien zu sehen, während er Unkraut zupfte und mit einer kleinen Handschaufel Löcher für die Setzlinge grub, die einer der Diener ihm anreichte.

Während der Herbst langsam in einen milden Winter überging, saß Vale dick eingemummelt und mit einem Buch draußen auf einer der Gartenbänke und schaute zu, wie Jason half, winterfeste Blumen zu pflanzen – um ihn moralisch zu unterstützen. Er mochte die Lieder, die die Gärtner und Jason während der Arbeit sangen, und lächelte glücklich, als sie eine Weise aus der Alten Welt anstimmten, die er als eines der Lieblingslieder seines verstorbenen Paters erkannte.

Alles in allem waren die letzten paar Wochen gut gewesen. Da das Baby jetzt nicht mehr so schnell wuchs, hatten sogar die Schmerzen nachgelassen. Urho zufolge war das Baby jetzt mit letzten Vorbereitungen beschäftigt, was Vales Körper Zeit ließ, sich anzupassen und sich für die Geburt bereit zu machen.

Ein Schatten fiel auf die Seite von Vales Buch und verdunkelte die Poesie, die er angefangen hatte zu lesen – als Ausgleich dafür, selbst keine schreiben zu können.

„Bitte sehr, für Sie, werter Herr“, sagte Jason und verbeugte sich. In seiner ausgestreckten Hand hielt er ein Sträußchen Heidekraut, das auch im Winter kleine Blüten trug. Es duftete erdig und ein wenig blumig. „Ihr Lieblingsbouquet.“

Vale nahm es entgegen und lächelte, als Jason vor ihm auf dem Erdboden auf die Knie ging und schmunzelte. „Was ist in dich gefahren?“

„Der Postwagen ist gekommen.“

„Und?“

Jason nahm Vales freie Hand und küsste die Fingerknöchel. „Du hast ganz kalt Hände.“

„Es geht mir gut, Liebling. Was wolltest du wegen des Postwagens sagen?“

Jason zuckte die Achseln und deutete zum Haus. „Hinein. Jetzt gleich.“

„Aber …“

Jason hob eine Braue. „Muss ich erst meine Alpha-Stimme benutzen?“

Vale erschauerte. „Das kann nie schaden.“

Jason rückte näher und hob sich auf seine Fußballen, dann grollte er leise: „Geh ins Haus. Ich habe etwas mit dir vor.“

Vale genoss stets, was Jason so alles mit ihm vorhatte, besonders da seine Pläne für gewöhnlich Sex beinhalteten, aber sie hatten an diesem Morgen bereits gefickt, inklusive Fisting. Es erschien ihm seltsam, es so bald schon wieder zu tun. „Was denn?“

„Zweifele nicht an der Weisheit deines Alphas.“

Vale kannte diesen Ton, dieses Spiel. Wärme flutete seine Lenden. Falls ihm vorher kalt gewesen war, so war jetzt damit Schluss. Dennoch sträubte er sich. „Ich bin gerade mitten in diesem Gedicht, Liebling. Es handelt von Apfelbäumen im Sommer. Ich würde es gern noch zu Ende lesen, bevor–"

Jason schüttelte den Kopf, zog Vale von der Bank hoch und deutete erneut zum Haus. „Hinauf auf unser Zimmer mit dir. Sachen aus, Bademantel an. Ich komme in Kürze nach. Ich muss nur schnell ein paar Dinge holen."

Vale runzelte die Stirn. Er war nicht sicher, ob er so herumkommandiert werden wollte. Aber als Jason sich zu ihm beugte und flüsterte: „Du wirst tun, was ich dir sage", erschauerte Vale und nickte scharf. Ja, das würde er.

Als Jason schließlich das Zimmer betrat, trug er ein Gefäß unter einem Arm, einen Karton unter dem anderen, eine Tasche über der Schulter und ein freches Grinsen im Gesicht. „Gut. Du bist bereit. Perfekt."

Unter seinem Bademantel war Vale nackt. Und natürlich hart. Aber er war verwirrt, als Jason sich auf die Bettkante setzte, den Karton öffnete und einen kleinen Schokoladenkuchen enthüllte.

„Was geht hier vor?"

„Es ist dein Lieblingskuchen."

„Schokoladencreme, ja, das sehe ich."

„Von Ellio's."

„Aus der Stadt? Du hast ihn aus meiner Lieblingsbäckerei in der Stadt hierher schicken lassen?"

Jason nickte. „Koste ihn."

Vale nahm Jason die Gabel aus der Hand, die er aus der Tasche geholt hatte, die er über der Schulter getragen hatte, zusammen mit einer nach Kaffee duftenden Thermoskanne und zwei Tassen. „Wollen wir den Kuchen nicht aufschneiden?"

„Ach was. Sei ein wenig dekadent."

Mit einem kleinen Schaudern erwartungsvoller Freude stach Vale mit der Gabel in den cremigen Kuchen, hob ein Stück von oben ab und steckte sich den mit Zuckerguss bedeckten Bissen mit einem genüsslichen Seufzen in den Mund.

„Iss nicht so viel, dass dir schlecht wird", warnte Jason, während Vale sich über den Leckerbissen hermachte. „Ich habe noch weitere Pläne."

Sobald Vale sich mit einem satten Grinsen zurücklehnte, brachte Jason des Rest des Kuchens zum Fenster und stellte ihn auf einem kleinen Tisch dort ab. Mit dem Rücken zu Vale öffnete er den Deckel des Glases, das auf dem Bett gestanden hatte, seit er hereingekommen war. Sofort füllte die Luft im Raum sich mit dem Duft von Minze.

„Zieh den Bademantel aus."

Vale gehorchte und machte es sich auf dem Rücken bequem. „Und was jetzt?"

„Jetzt werde ich dich verwöhnen."

Die Massage begann bei seinen Zehen, und Vale genoss die kühlende, nach Minze duftende Lotion, während Jason sich langsam an seinem Körper aufwärts arbeitete. Er spreizte Vales Beine, um dazwischen knien zu können, während er ihn massierte. Er verrieb die Lotion auf Vales Hüften und Schenkeln, vermied aber jeden Kontakt mit Vales Genitalien. Vale war erleichtert darüber, denn die Minze würde an der empfindlichen Haut dort unangenehm sein.

Als Jason Vales Bauch erreichte hielt er einen Moment lang inne und beobachtete die Bewegungen des Babys. Er lächelte sanft. Vale war davon so hingerissen, dass ihm warm um die Brust wurde. Dann nahm Jason eine Extra-Portion Lotion aus dem Glas auf seine Finger und verrieb sie auf der warmen, gedehnten Haut von Vales gewölbtem Bauch. Vale stöhnte über das angenehm kühle, beruhigende Gefühl.

„Du bist wunderschön so", murmelte Jason. „Mit unserem Kind in dir." Seine Finger glitten über Vales Bauch und massierten die Lotion ein, sodass die gedehnte Haut vor Wohlbehagen sang.

Vales Herz flatterte. „Ich bin gigantisch."

„So schön wie nie zuvor.“

Vale schnaubte. „Das denkst du jeden Morgen, ungeachtet der Umstände, *Erosgápe.* Ich weiß das, weil ich dir gegenüber genauso empfinde.“

Jason küsste Vales Bauch und lachte, als er sich wieder aufrichtete. „Meine Lippen kribbeln jetzt.“

„Pass auf, dass du nichts in die Augen bekommst.“

Jason hob eine Braue und ließ seine Hände über Vales Babybauch aufwärts zu Vales Brust gleiten. „Ich frage mich, wie sich die Lotion an deinen Brustwarzen anfühlen würde.“

Vale biss sich auf die Unterlippe; sein Schwanz erwachte zum Leben.

„Soll ich es ausprobieren?“

Vale stöhnte.

„Ich werte das als ein Ja.“ Jason fuhr betont langsam mit den Händen über Vales Rippen, hinauf über sein Tattoo und zu seinen Nippeln, um Vale genug Zeit zu lassen, es sich anders zu überlegen.

Vales Zehen krümmten sich, als Jason begann, die empfindsamen, milchigen Knospen zu reiben und mit ihnen zu spielen, und wie üblich lief ein dünnes Rinnsal Patermilch an den Seiten von Vales Brust hinunter aufs Bett. Das Gefühl, gleichzeitig kalt und heiß, war göttlich, als die Minzlotion zu wirken begann. Es brannte lustvoll. Vale stöhnte, warf den Kopf zurück und spreizte die Beine weiter.

„Oh, Baby, so lüstern für mich“, lachte Jason und fuhr fort, mit Vales Nippeln zu spielen, machte aber keinerlei Anstalten, seine Hose auszuziehen, die einen Fick verhinderte.

Vale hob die Beine und packte seine Kniekehlen, um sich so sehr zu entblößen, wie es nur ging. Sein Schwanz pochte, und sein Loch war nass von Schlick. Jason lachte nur und quälte ihn noch ein bisschen mehr. Er massierte Vales Nippel, rieb seinen Bauch und flüsterte ihm all die Dinge ins Ohr, die er mit ihm machen, all die Arten, wie er Vale zum Orgasmus bringen würde …

„So ist es gut. Genau so …", murmelte Jason. „Sieh dich nur an."

Vale sog scharf den Atem ein. Sein ganzer Körper verspannte sich, und seine empfindsamen Nippel brachten ihn zu seinem ersten Höhepunkt. „Nicht fair", stieß er hervor, immer noch schaudernd und nach mehr verlangend. „Du weißt, dass ich davon leicht komme."

„Du kommst immer leicht", entgegnete Jason, immer noch lachend. „Ich könnte dir einfach nur in den Mund wichsen, und du würdest davon ebenfalls kommen."

Vale wusste, dass Jason damit recht hatte. Omegas waren mit der Fähigkeit zu multiplen Orgasmen und mannigfaltigen Auslösern gesegnet (oder verflucht, je nachdem, wie man es betrachtete). Und Vale war nicht dafür bekannt, seine Befriedigung zurückzuhalten oder hinauszuzögern. „Aber ich will dich in mir haben", flüsterte Vale. „Ich brauche das. Hilf mir, mein Alpha. Fick deinen Omega. Bitte."

„Mm, du bist süß, wenn du bettelst", sagte Jason.

Aber er richtete sich auf und setzte sich auf seine Fersen. Seine Hose beulte sich vorn aus, aber wie es schien, hatte Jason nicht die Absicht, Vales Forderungen zu erfüllen. Ein Leuchten trat in seine Augen, bei dem Vale grollte und frustriert seine Beine losließ.

„Ich habe noch etwas in meiner Tasche. Noch etwas aus der Stadt, das Spaß macht."

Vale verengte schwer atmend die Augen.

Jason brachte einen dicken, fetten Analplug zum Vorschein und zeigte ihn Vale. Es war eine Pumpe daran befestigt, und als Jason sie vorführte, blinzelte Vale überrascht. Der Plug schwoll zu dreifacher Größe an, und am unteren Ende bildete sich ein dicker Knoten.

„Das Neueste Spielzeug zur Unterstützung während der Hitze", sagte Jason. „Aber es ist auch gut geeignet, um die Passage eines schwangeren Omegas zu dehnen."

„Ist das … sicher? Kann das Baby dabei nicht verletzt werden?"

„Es ist mehr als sicher. Es wird sogar empfohlen." Jason stand vom Bett auf und nahm den Plug mit ins Bad, um ihn zu reinigen und sich die Minzlotion von den Händen zu waschen. Mit einem Handtuch und ihrer Flasche Gleitmittel kehrte er ins Zimmer zurück. Das Gleitmittel war normalerweise nicht notwendig, weil Vale so große Mengen Schlick produzierte, besonders mit fortschreitender Schwangerschaft. Aber offenbar wollte Jason kein Risiko eingehen.

„Heb deine Beine wieder an", befahl er und benutzte seine Alpha-Stimme. „So ist es gut."

Vales Nippel fingen mittlerweile wirklich an zu brennen, und der Rest seines Körpers fühlte sich so kühl an, dass er erschauerte. Alles kribbelte, und er war voller Verlangen, aber er war nicht sicher, was er von dem dicken, schwarzen Ding halten sollte, das Jason ihm noch einmal zeigte, bevor er es mit Gleitgel übergoss.

„Tief Luft holen."

Falls Vale nein sagen wollte, dann war jetzt der Moment dafür. Aber er schwieg. Er war neugierig, sehr sogar. Wie groß würde sich der Plug in ihm anfühlen? So groß wie Jasons Knoten während der Hitzen? Und wie würde ihm das Gefühl gefallen jetzt, da er so groß und rund mit dem Baby war, und ohne die Hitzepheromone, die das Bedürfnis nach jener fast schmerzhaften Dehnung in ihm auslösten?

„Und ausatmen", sagte Jason, und als Vale die Luft herausließ, drückte Jason den dicken Plug hinein. Das weite Ende blieb außerhalb von Vales Körper, und der Rest schien ihn bereits vollkommen auszufüllen, zumal das Baby nicht mehr so viel Raum ließ. „Gut?"

Vale nickte.

„Wunderbar. Warte ein wenig." Jason streichelte die Innenseiten von Vales Oberschenkeln. Dann kniff er sanft in seine brennenden Nippel- „Fühlt sich das schön an?“

Vale wand sich, und sein Schwanz drückte gegen seinen Babybauch. „Ja.“

„Mm, sieht auch schön aus.“ Jason rieb erneut Vales Nippel. „So rot und milchig.“

Die fließende Milch linderte das Brennen ein wenig, aber nicht völlig. Vale spreizte seine Beine weiter. Erregung brannte in seinen Lenden, und er flüsterte: „Ich brauche dich. Bitte.“

Jason nahm die Pumpe in die Hand, dann legte er sich neben Vale auf die Seite, auf einen Ellenbogen gestützt. Er streichelte Vales Bart und küsste ihn auf den Mund, bevor er fragte: „Bereit?“

Vale warf ihm einen finsteren Blick zu. Er war schon die ganze Zeit bereit.

Jason lachte, dann fing er an, auf den Gummiball zu drücken, um den Plug in Vale aufzupumpen. Zunächst spürte Vale nichts, aber dann füllte der Knoten sich mit Luft, und Vale stöhnte, als der Druck gegen seine Prostata und seine Omegadrüsen wuchs. „Oh“, wimmerte er. „Das ist … oh, Jason, Liebling, das bringt mich zum Orgasmus.“

Jason pumpte schneller, und Vale spritzte seine erste Ladung über seinen eigenen Bauch ab und wand sich vor Lust.

„Wunderschön“, sagte Jason. „Mehr.“

Vale blieb kaum Zeit zu begreifen, was Jason sagte, bevor er noch weiter gedehnt wurde, so sehr, dass seine inneren Narben sich strammzogen. „Ah, genug. Genug, Liebling.“

„Tut es weh?“

„Ja.“

„Zu viel?“

Vale war hin- und hergerissen. Einerseits wollte er ja sagen und wusste, dass Jason dann aufhören würde. Aber andererseits genoss er das Gefühl trotz des Unbehagens. Zusammen mit seinen brennenden Nippeln war es gerade ausreichend, um mit dem Kopf bei der Sache zu bleiben. Nur noch ein bisschen mehr Stimulation, und er wusste, er würde in Kürze an den Ort transportiert werden, an den er mit Jason am liebsten ging. „Es ist gut, aber nicht noch mehr."

„Fühlt es sich wie ein Knoten an?"

„Fast." Es war nicht dasselbe, und das überwältigende Gefühl von Richtigkeit fehlte, aber es war ein gutes Gefühl. Ein starkes Gefühl. Vale konnte sich vorstellen, dass es während einer Hitze nützlich sein konnte, wenn ein erschöpfter Alpha eine Pause brauchte. Aber es würde nie reichen, um für mehr als eine Welle oder zwei einen echten Knoten zu ersetzen.

Jason ließ die Pumpe fallen und richtete seine ganze Aufmerksamkeit auf Vale. Er kniete sich neben ihn und ließ seine Hände über Vales ganzen Körper gleiten. Er streichelte seine Schultern und Arme, seine Brust und seine Seiten, und er nahm sich besonders viel Zeit für Vales Bauch – streichelte ihn zärtlich und fest zugleich, und liebte es. Er verrieb Vales Sperma und Vorsperma auf der Haut, dann hob er die Hand und leckte es von seinen Fingern. „Mmh, schmeckt ein bisschen minzig", urteilte er.

Dann wanderten seine Hände erneut hinab zu Vales Schenkeln, und er kniete sich wieder zwischen Vales Beine. „Und jetzt wird es richtig gut, Baby", sagte er.

Dann nahm er Vales harten Schwanz in den Mund und griff gleichzeitig nach dem Buttplug, um ihn im selben Rhythmus zu bewegen wie seinen Kopf auf Vales Ständer. Es dauerte nicht lange, bis Vale erneut den Zustand erreichte, in dem er einen Orgasmus nach dem anderen erlebte, penil und anal, und er nur noch ein zitterndes, ekstatisches Häufchen von Gliedmaßen auf dem Bett war.

„Tut es immer noch weh?", fragte Jason und stupste das Ende des Plugs an.

Vale schüttelte den Kopf. Seine Augen waren geschlossen, und ein wenig Sabber hing in seinem Mundwinkel. Er hatte jedes Zeitgefühl verloren, aber er vermutete, dass Stunden vergangen waren, während er sich lustvoll auf dem Bett gewunden hatte.

„Ich ziehe ihn jetzt wieder heraus", sagte Jason. Es fühlte sich seltsam an, als er die Luft aus dem Plug ließ. Es ging so viel schneller als das Abschwellen von Jasons natürlichem Knoten. Als der Buttplug heraus war, fühlte Vale sich leer, aber das dauerte nur eine Minute lang.

Irgendwann hatte Jason seine Hose bis an seine Hüften herunter geschoben, und jetzt drang er rasch in Vale ein. Während er Vales Beine unter den Knien festhielt, konnte er tief eindringen. Über die Wölbung seines Bauches hinweg, beobachtete Vale, wie Jason in ihn hineinpumpte. Er war so wunderschön mit seinem blonden Haar und den blauen Augen, deren Blick über den geröteten Wangen glühte. Noch mehrere Male kam Vale auf Jasons hartem, fordernden Schwanz zum Höhepunkt, bis Jason laut stöhnte, den Kopf zurückwarf und heftig kam.

„Ja", flüsterte Vale. „Gib es mir. Ich will es."

Jason zitterte und bebte. Sein Hüften zuckten, sodass sein Ständer gegen Vales Drüsen stieß, und dann kamen sie beide schließlich langsam von diesem letzten Orgasmus herunter. Jason ließ sich neben Vale auf die Matratze fallen. Er nahm Vales Gesicht in beide Hände, streichelte zärtlich seinen Bart und küsste ihn auf den Mund. „Ich liebe dich", flüsterte er.

„Ich liebe Schokoladenkuchen", antwortete Vale lachend. „Und dich. Und ihn." Er legte eine Hand auf seinen Bauch, in dem das Baby nun ganz still war. Ficken schien ihn stets in den Schlaf zu wiegen.

„Ich kann es nicht erwarten, ihn kennenzulernen", sagte Jason liebevoll und tätschelte ebenfalls Vales Bauch. „Er wird sicher wie du aussehen."

„Nein, wie du."

„Ich bestehe darauf, dass er wie du aussieht."

Vale lachte und rieb seine Nase an Jasons Wange. „Baby-Alpha, wenn du über diese Macht verfügst, werde ich nie wieder ein einziges Wort anzweifeln, das du sagst."

„Dann zweifele nicht an diesen Worten", sagte Jason und stützte sich auf den Ellenbogen, um Vale in die Augen zu schauen. „Du wirst alles bestens überstehen. Unser Kind wird gesund sein. Wir werden eine gesunde, glückliche Familie sein."

„Ja", sagte Vale. „Ich glaube dir."

Jason seufzte, dann setzte er sich auf, die Wangen noch immer erhitzt und schweißbedeckt. „Tja, ich muss das jetzt saubermachen", sagte er. Er ließ den Blick über das Glas mit der Lotion und den Plug gleiten, den Samen und den Schlick überall und die Kuchenkrümel im Bett.

„Oder wir könnten noch mehr Kuchen essen", schlug Vale vor und nickte zu dem Karton auf dem Tisch am Fenster. „Ich würde dir dieses Mal sogar etwas davon abgeben."

Jason lachte und kletterte aus dem Bett, um den Kuchen und die Gabel zu holen. „Du setzt immer die richtigen Prioritäten."

„Ganz recht", stimmte Vale zu.

Du und das Baby und ein glückliches Leben. Nicht mehr und nicht weniger.

Und das, so wusste Vale, war einfach alles.

KAPITEL 18

Zwei Wochen später

DAS GANZE HAUS war dem Wahnsinn verfallen.

So kam es Jason zumindest vor.

Xans Cousin Janus war aus der Stadt zurückgekehrt und hatte die Grippe mitgebracht. Er war in einem Flügel vom Rest des Hauses isoliert, aber wie Jason gehört hatte, war Janus so krank, dass er an der Schwelle des Todes stand. Und ausgerechnet jetzt hatte Xan sie hier allein gelassen, um seinen kranken Pater in der Stadt zu sehen, was Urho in einen Trauerkloß verwandelt hatte, und Caleb in ein Nervenbündel.

Und als hätte Wolfgott ihr bis dahin so friedliches Dasein am Meer nicht schon interessant genug gemacht, war Jason seit heute endgültig sicher, den Verstand zu verlieren. Schon den ganzen Nachmittag lang roch er etwas absolut Köstliches im Haus. Etwas sinnlich Köstliches. Und es verschaffte ihm einen Harten. Sollte Vale – mit prallem Babybauch, voller Unruhe, erschöpft und reizbar – ihn mit einem unerklärlichen Ständer herumlaufen sehen, würde Jason ernsthafte Schwierigkeiten bekommen.

Anfangs dachte Jason, es würde einfach nach etwas riechen, das der Koch zum Abendessen zubereitete.

Dann kam ihm der Gedanke, irgendein Omega aus Virona hätte sich auf das Anwesen geschlichen. Ein Omega im Anfangsstadium seiner Hitze, der vielleicht nach einem wohlhabenden Alpha suchte, um diesen zu verführen und ein Kind von ihm zu empfangen.

Und dann traf ihn die Erkenntnis. Und nicht nur die …

Der Duft, der in sein und Vales Zimmer wehte, als Caleb an der offenen Tür vorbeilief, wo Vale versuchte, etwas zu schlafen, war unverkennbar. Und die seltsame Nervosität, die Caleb befallen hatte, seit Xan fort war? Sie verschmolz mit diesem sehr spezifischen, erregenden Duft und bedeutete nur eines. Etwas sehr, sehr Unheilvolles.

Vale gab vom Bett aus ein leises Grollen von sich und öffnete die Augen. „Hast du gerade für einen anderen Omega eine Erektion bekommen?"

Jason schluckte verzweifelt. „Bleib hier. Rühr dich nicht vom Fleck. Ich gehe Urho holen."

„Es geht mir *bestens*."

Es ging Vale keineswegs bestens, und alle wussten es. In den vergangenen paar Tagen hatte er eine neue Sorte intensiver Schmerzen verspürt, und das Baby hatte sich in die Beckenlage gedreht. Urho versorgte Vale mit den stärksten Muskelrelaxanzien, die er verabreichen konnte, ohne dem Baby zu schaden. Und dennoch wuchsen die Schmerzen. Vale konnte nachts kaum noch schlafen und war tagsüber erschöpft und schläfrig. Jason ging es nicht besser. Sie wussten beide, dass das Baby bald kommen würde. Die Frage war nur, wie bald, und ob es überleben würde.

Aber Jason beruhigte Vale und sagte: „Es geht nicht um dich. Nicht dieses Mal."

„Wenn du diesen stinkenden Omega auch nur anfasst, bringe ich euch beide um", murmelte Vale düster. Er lag gegen mehrere Kissen gelehnt und konnte sich unter seinem gigantischen Leib kaum bewegen. Jason hätte beinahe gefragt, wie Vale glaubte, überhaupt einen Doppelmord zustande zu bringen, aber er brachte es nicht über sich, seinen Omega noch mehr zu verärgern, als der bereits war. Was gerade geschah und Jasons körperliche Reaktion darauf war niemandes Schuld. Aber es war ein großes Problem. Und er konnte sehen, dass Vale darüber stinksauer war. Vor dein Augen seines hochschwangeren *Érosgápe* von einem anderen Omega erregt zu werden, war jedenfalls eine ausgesprochen schlechte Idee, und Jason brauchte jemanden, irgendjemanden, der das Problem löste.

„Das darf nicht wahr sein", murmelte Jason, als er Vale verließ, der vor kaum unterdrückter Wut geradezu knisterte, und auf der Suche nach Urho durch den Korridor rannte. „Nicht jetzt. Nicht ausgerechnet jetzt."

Aber es ließ sich nicht leugnen, dass sein Schwanz steinhart war, und das hatte nichts mit Vale zu tun, sondern alles mit dem überwältigenden Duft, den Caleb verströmte. Jason erreichte Urhos Zimmertür und schob sie auf. Urho lag auf seinem Bett und schlief. Jason nahm an, er durfte seinem Freund draus keinen Vorwurf machen. Immerhin schliefen er und Vale selbst fast den ganzen Tag, während das Baby größer und größer wurde. Dennoch frustrierte es ihn über die Maßen, Urho zu einem so kritischen Zeitpunkt schlafend vorzufinden.

„Urho, wir haben ein Problem."

Jason konnte nicht fassen, dass er Urho die Lage tatsächlich noch erklären musste. Selbst nachdem Urho die Veränderung in Jasons Pheromonen in Reaktion auf einen nahen Omega in Hitze bemerkte, schien er es nicht recht zu begreifen. Aber als die Erkenntnis schließlich einsetzte, sprang Urho in Aktion. Er mochte ja ein rechter Spießer sein, aber in einer Notlage war auf ihn hundertprozentig Verlass. Und das hier zählte ohne Zweifel als Notfall.

Besonders, da weniger als zehn Minuten später Vale begann, vor Schmerzen zu schreien.

VALE KONNTE DEN reifen Omega im Haus riechen, und es machte

ihn wahnsinnig. Logisch betrachtet wusste er, dass es Caleb war, sein Freund. Und irgendwo tief in seinem Inneren tat ihm leid, was Caleb durchmachte. Er kannte ihn gut genug, um zu verstehen, warum das Arrangement zwischen Xan und Urho auch für Caleb so gut funktionierte. Aber ein anderer, ursprünglicher Teil von ihm betrachtete Calebs Hitze und die Reaktion, die diese unweigerlich bei allen Alphas im Haus auslöste, als Bedrohung für seinen Bund mit Jason.

Wie ein gestrandeter Wal rollte er im Bett auf die Seite und hielt sich am Bettlaken fest, während er versuchte, auf die Füße zu kommen, um Jason zu folgen, wohin auch immer er verschwunden war. Jason hatte behauptet, Urho holen zu wollen, aber Vales erschöpfter, unter Schlafentzug leidender Verstand versorgte ihn fröhlich mit allen möglichen Visionen, wie zum Beispiel das Bild von Jason, der Caleb gegen eine Wand fickte, während Caleb nach mehr schrie und um Jason Knoten bettelte.

Vale knirschte mit den Zähnen. Erneut versuchte er sich aus dem Bett zu rollen, aber in diesem Augenblick verkrampfte sich sein Leib schmerzhaft. Er schrie auf. Der Krampf wollte nicht nachlassen. Er wurde schlimmer und schlimmer und versetzte Vale in Angst. Als der Schmerz endlich nachließ, lag Vale stöhnend und hechelnd da und versuchte, wieder zu Atem zu kommen. Schweiß brach auf seiner Stirn und unter seinen Achseln aus. Vale schrie laut um Hilfe. Es waren immer Beta-Diener in der Nähe. Und Jason … er brauchte Jason!

Als der Schmerz endlich aufhörte, war Jason im Zimmer. „Baby? Was ist los? Ist alles in Ordnung?"

Vale sank aufs Bett zurück und ließ Jasons wilde Besorgnis über sich hinwegrauschen. „Wo warst du?", fragte er ihn und lehnte sich zurück in die Kissen. Immer noch atmete er schwer von der Anstrengung, und er fühlte sich am ganzen Körper angespannt. „Bist du zu ihm gegangen?"

„Ich war bei Urho. Er wird sich um Calebs–"

Vale stöhnte auf und warf sich auf die Seite. Sein Rücken und sein Hals verspannten sich, als eine neue Wehe ihn erfasste. Die Kontraktionen kamen schnell, viel zu schnell nach allem, was er wusste. In seinem Becken baute sich ein unerträglicher Druck auf, als das Baby sich in ihm zu drehen schien. „Wenn du diesen Omega angerührt hast …"

„Du weißt, dass ich das nicht getan habe. Sei nicht albern", sagte Jason mit rauer Stimme, die keinen Widerspruch duldete. „Sieh mich an."

Vale schaute über seine Schulter. Er atmete heftig.

„Urho wird sich darum kümmern." Dann verlor seine Stimme den Alpha-Klang und verriet wieder nur Sorge und Angst. „Sind die Schmerzen schlimmer geworden? Sie scheinen schlimmer zu sein."

Vale seufzte, als die Wehe wieder nachließ. Sie ließ ihn erschöpft, aber schmerzfrei zurück. „Ich glaube … ich weiß nicht."

Jason ging zum Fenster, um es zu öffnen. Die Luft aus dem Garten war kühl und feucht. Vale atmete sie tief ein. Eine seltsame Vorahnung erfasste ihn. Er schloss die Augen und schickte ein stummes Gebet zu Wolfgott, zunächst für sein Baby, dann für sich selbst. Als er schließlich wieder in Jasons Augen blickte, sah er seine eigene Sorge darin gespiegelt.

„Ich glaube, das Baby kommt", sagte Vale langsam. „Die Schmerzen sind schlimmer. Stärker als je zuvor. Und …" Er keuchte, als ein neuer, alles umfassender Krampf durch seinen Leib tobte. Dann schrie er gequält auf.

Jason rannte los, bevor Vale ihn aufhalten konnte. Hilflos streckte er die Hand nach der Tür aus, bis plötzlich einer der Diener seinen Kopf ins Zimmer steckte. „Mr. Sabel holt den Doktor. Er trug mir auf, Ihnen zu sagen, dass alles gut wird."

Vale starrte ihn an.

Der Mann plapperte weiter. „Und ich sollte das wissen. Mein

Bruder hat erst letzten Monat sein Kleines bekommen, und es sah aus, als würde es ganz schön weh tun. Und es hörte sich auch so an, so wie er geschrien hat, aber es geht beiden gut. Und bei Ihnen wird auch alles gut gehen."

Vale hievte sich aus dem Bett, und der Diener eilte hinzu, um ihm aufzuhelfen. „Das Fenster", ächzte Vale. „Ich brauche Luft."

Vale packte die Fensterbank und starrte in den Garten hinaus, als der Schmerz zurückkehrte. Die Wehe war auf ihrem Höhepunkt, als Jason zurückkehrte und den Arm um Vale legte, um ihn zu stützen. Jason rieb sein Gesicht an Vales Hals und flüsterte ihm beruhigende Worte zu, die jedoch kaum durch das weiße Rauschen aus Schmerz und Angst drangen, das in Vales Kopf herrschte.

„Du schaffst das, es wird alles gut, Baby", sagte Jason mit festerer Stimme. „Hörst du? Verstehst du mich?"

Vale nickte. Er hörte Jason. Und er verstand ihn, aber was, wenn …

Dann kam Urho herein. Er roch nach Calebs Duft. Sorge und Frustration strahlten geradezu in Wellen von ihm ab. Urho schickte den Diener fort, und Jason half Vale, den Bademantel hochzuheben, sodass er von der Taille abwärts nackt war und Urho ihn untersuchen konnte. Vale klammerte sich ans Fensterbrett, während Urho hinter ihm kniete und Vales Hinterbacken spreizte, um einen Blick zu werfen. Eine neue Wehe kam. Als sie wieder abklang, hatte Urho genug gesehen, und seine Beurteilung war eindeutig. Es war so weit.

Das Baby war unterwegs.

All die Monate des Wachsens und Bangens und Hoffens kamen nun zusammen in klammen Händen und nervenaufreibenden Schmerzen, aber Jason war da, solide und sicher, und er sagte all die Dinge, die Vale am meisten hören wollte, die zu glauben ihm jedoch plötzlich schwer fiel.

„Du kannst das, Vale. Es wird alle bestens verlaufen. Dem Baby wird es gut gehen, und dir auch. Ich bin bei dir. Ich lasse dich nicht allein."

Vale wimmerte und schüttelte den Kopf, bis Jason sein Kinn ergriff und beharrte: „Du schaffst das. Und es wird alles gut gehen. Sag es."

„Es wird alles gut gehen."

„Das Baby ist gesund."

„Ja, das Baby ist gesund", stimmte Vale zu. Schweiß lief ihm über den Rücken, und er schauderte, als eine kühle Brise durch das Fenster ins Zimmer wehte.

„Bald werden wir eine Familie sein. Du und ich und der Kleine."

„Eine Familie …" Vale stöhnte als neuer Schmerz den Rest des Satzes abschnitt.

Calebs Schreie seiner von der Hitze verursachten Qualen verschmolzen mit Vales Schmerzensschrei. Während er am Fenster die Wehe über sich ergehen ließ und sich weigerte, ins Bett zu gehen, löste sich der ganze Haushalt in Chaos und Panik auf. Vale konnte es in den Rufen aus dem Korridor hören, konnte es in der Anspannung spüren, die Urho zur Schau trug. Zwischen den Wehen versuchte Vale, sich zu sammeln, aber es war alles zu viel. Vale konnte kaum die eigene Panik unterdrücken.

Jason aber war sein Fels. Ruhig und gefasst lag all seine Aufmerksamkeit bei Vale, und er ließ sich von nichts ablenken. Er rieb Vale beruhigend den Rücken, sang zu ihm und hielt ihn in entschlossenem Schweigen, wenn die Schmerzen unerträglich wurden. Seine Ernsthaftigkeit war so liebenswert, dass Vale beinahe darüber lachen musste. Aber er war abwechselnd in zu großen Schmerzen oder zu erschöpft, um zu lachen. Und er hatte furchtbare Angst trotz Jasons Versicherungen. Er hatte wirklich sehr große Angst.

„Ich bin bei dir", sagte Jason erneut. „Und du musste keine

Angst haben. Ich passe auf dich auf."

Vale schaute in seine blauen Augen und holte tief Luft. Er versuchte ihm zu glauben, wollte ihm unbedingt glauben, und als Jason erneut Vales Kinn nahm und mit tiefer Alpha-Stimme zu ihm sprach, sank es endlich ein.

„Du bist mein Omega. Mein. Du bist stark genug, um das zu schaffen. Und du wirst es schaffen."

Die Zuversicht drang zunächst nur wie durch ein Nadelöhr in Vales Zweifel, aber während Jason ihn weiter ermutigte, wurde daraus ein starker, gleichmäßiger Strom. Ja, er konnte das tun, sein Sohn würde auf die Welt kommen, und sie würden eine Familie sein. Nur ein kleines bisschen länger. Nur noch eine Weile durchhalten.

Nach weiteren Diskussionen darüber, zum Bett umzuziehen – bei denen Vale sich erneut durchsetzte … half Jason Vale, ein Bein auf einen Stuhl zu heben, damit Urho besseren Zugang zum Geburtskanal hatte. Vale wollte aufrecht stehen. Es fühlte sich irgendwie richtig an, auf den Füßen zu sein. Sich aufs Bett zu legen, kam ihm vollkommen falsch vor.

Jason war blass im Gesicht, blieb aber ganz ruhig, als Blut und Schlick an Vales Beinen hinablief und in die untergelegten Handtücher sickerte. „Du schaffst das", wiederholte er. „Ich glaube an dich, Vale."

Vale nickte. Als die nächste Wehe einsetzte, presste er heftig.

„So ist es gut!", rief Urho, der hinter ihm auf dem Boden kniete. „Noch ein wenig mehr, ich kann schon fast–"

„Hilfe!", kreischte Caleb aus dem gegenüberliegenden Flügel. Das Wort hallte durchs ganze Haus. Vales Erinnerungen an die Qualen einer unbehandelten Hitze mischten sich mit seinem derzeitigen Leiden, und die missliche Lage seines Freundes rief Zorn und Mitgefühl in ihm hervor.

„Um Wolfgottes willen, geh und hilf ihm!", rief Vale. Fast trat er dabei Urho, der mit den Fingern in Vales Arsch hinter ihm kniete, ins Gesicht. Urho zog rasch seine Finger heraus, als Vale zu ihm herumwirbelte und ihn anfunkelte. "Er leidet. Er leidet *Höllenqualen*. Geh zu ihm und hilf ihm."

„Nein!", rief Jason entsetzt aus und packte Vales Schultern. Sein Gesicht war erhitzt und rot – seine Stimme rau und bestimmt. „Wir brauchen Urho hier. Falls etwas schiefge–" Er verbiss sich die Worte und fügte stattdessen hinzu: „Vale, ich kann das Baby nicht auf die Welt holen. Es ist zu riskant. Urho bleibt hier bei uns, bis entweder ein anderer Arzt eintrifft oder das Baby da ist."

„Ein Arzt ist unterwegs", sagte Urho. Er stand auf und versuchte offensichtlich, so selbstsicher wie eben möglich zu klingen. „Er sollte bald hier sein."

Vale wollte widersprechen und sie daran erinnern, dass Omegas jeden Tag Kinder gebaren, und das er es hinbekommen würde. Jason hatte das gesagt, und Vale glaubte ihm! Aber dann konnte er nur stöhnen und sich den Leib halten. Er erstarrte und seine Augen traten hervor, als eine neue Wehe seinen Körper erfasste. Er packte die Rückenlehne des Stuhls, um aufrecht zu bleiben, und umklammerte sie so fest, dass seine Knöchel weiß wurden.

„So ist es richtig", sagte Urho. „Schön weiteratmen."

Vale holte Luft, und sein gesamter Körper krampfte sich zusammen. Er schrie schrill auf.

Ein vergleichbarer, markerschütternder Schrei hallte durch die Korridore und die immer noch offene Zimmertür. Calebs Schreie wurden lauter und lauter, während Vales Wehen an Kraft zunahmen.

Die Welt bestand nur noch aus Qual, und Vale und Caleb waren darin verloren.

KAPITEL 19

J ASONS GEDANKEN RASTEN.

Falls Urho jetzt ging, um Caleb zu helfen, und irgendetwas ging schief bei der Geburt, oder falls der andere Arzt es vermasselte – vorausgesetzt, der andere Arzt tauchte überhaupt auf – würde Jason seinen *Érosgápe* verlieren.

Aber würden sie Caleb allein leiden lassen, dann würde Vale keinem von ihnen je vergeben. Und Xan genauso wenig, von Caleb selbst ganz zu schweigen.

„Dr. Chase", sagte Ren, der plötzlich mit entsetztem Gesichtsausdruck in der Tür stand. Natürlich – es konnte jetzt einfach keine guten Neuigkeiten geben. Jason begann zu fürchten, dass dieser Tag einfach verflucht war. Ren hob eine Hand, um angesichts Vales Nacktheit seine Augen zu bedecken.

Jason entfuhr unwillkürlich ein beschützerisches Grollen, aber er riss sich zusammen, als Urho ihm eine Hand auf die Brust legte. Er drehte Ren den Rücken zu und konzentrierte sich stattdessen auf Vale, der gerade mit einer neuen Wehe kämpfte.

Rens Stimme zitterte, während er hastig erklärte, dass niemand zur Hilfe kommen würde. „Ich habe Dr. Bainson im Dorf erreicht, aber er kann nicht kommen. Er ist gerade jetzt bei einer anderen Geburt. Er schlug vor, dass ich Dr. Snid anrufen soll, einen Alpha-Arzt, der ein Stück weiter draußen auf dem Land lebt, aber dessen Omega zufolge ist er in der Stadt, um dort bei der Grippeepidemie zu helfen."

„Scheiße", murmelte Urho. Jasons Herz galoppierte. Falls Urho die Kontrolle entglitt, hatte Jason jedes Recht, Angst zu haben. Der Optimismus der vergangenen Wochen schien wie durch einen Abfluss gesaugt zu werden. An seine Stelle trat eiskalte Furcht.

„Und Sir", fuhr Ren fort und klang, als würde er wirklich lieber schweigen. „Mr. Janus hat nun Krampfanfälle. Sein Fieber ist zu hoch, und sein Körper versagt. Der Koch versucht, ihn mit kaltem Wasser abzukühlen, aber es scheint nicht zu wirken."

Jason drehte sich nicht um und behielt Augen und Hände bei Vale, aber ihm wurde fast schwindelig. Das hörte sich gar nicht gut an. Überhaupt nicht gut.

Urho wühlte in seiner Arzttasche und brachte eine Medizinflasche zum Vorschein, dazu eine Spritze und eine sterile Nadel. „Eine Spritze jetzt. Und falls sich keine Wirkung zeigen sollte, eine zweite in acht Minuten." Dann kehrte er zu Jason und Vale zurück. „Es tut mir leid, Ren. Ich weiß, das gehört nicht zu deinen Aufgaben, aber–"

Ein weiterer Schrei aus Calebs Zimmer erschütterte sie alle. Ren keuchte entsetzt, und Jasons Herz zog sich schmerzhaft zusammen. Er suchte Urhos Blick, und der Anblick der grimmig zusammengepresste Lippen des Mannes traf ihn bis ins Mark. Vale schrie ebenfalls auf. Sein Körper krampfte sich zusammen, und er klammerte sich verzweifelt an die Rückenlehne des Stuhls, auf dem er ein Bein abgestellt hatte. Jason flüsterte tröstende Worte, aber Vale war nicht erreichbar für ihn, zu versunken in seine Schmerzen. Die Augen fest zugekniffen, biss Vale die Zähne zusammen und begann zu pressen. Jason riss die Augen auf, als Vales Arschloch sich nach außen stülpte.

„Wolfgott!", rief Ren aus. Er packte die Medizin und die Spritze und eilte davon, um Janus zu versorgen.

Adrenalin rauschte durch Jasons Adern. Er blinzelte schockiert und überwältigt, als Urho sich auf den Boden kniete, Vales Hinterbacken noch mehr spreizte und das gedehnte Loch weit öffnete, aus dem augenscheinlich etwas Dunkles, Haariges hervortrat.

„Ist das das Baby?", fragte Jason, während er Vales verkrampften Rücken rubbelte und sich tief bückte, um es sehen zu können. „Oh, Wolfgott, ist das sein Kopf?"

Urho schob Jason zur Seite. „Geh mir aus dem Weg."

Wut erfüllte Jason. Ohne zu denken, schubste er Urho weg und knurrte ihn an. Der instinktive Drang, seinen Omega zu beschützen, löschte jeden rationalen Gedanken aus.

Vale wimmerte. „Ich bringe euch beide um, wenn ihr jetzt anfangt zu streiten. Da kommt ein Baby aus mir heraus und – aaahhh!" Vale heulte auf wie ein verwundetes Tier, beugte sich vornüber und presste stärker. Sein Gesicht wurde puterrot.

„Ja, das ist der Kopf", sagte Urho ernst, als eine große Menge Schlick aus Vales Arschloch lief.

Aus Calebs Flügel ertönte ein weiterer Schrei, zusammen mit dem Geräusch von berstendem Holz. Dann ein lauter Knall. Und noch einer. Jason war übel. Kalt und heiß zugleich. Schweiß lief ihm den Rücken hinunter, aber das war nichts im Vergleich mit dem Schweiß, der Vales Körper bedeckte. Jasons Hände zitterten, als er fortfuhr, Vales Rücken zu reiben. Er starrte auf Vales hervortretenden Eingang, hielt den Atem an und wartete.

„Was *zum Henker* geht hier vor?", fauchte eine neue Stimme von der Tür her.

Jasons und Urhos Köpfe fuhren herum, und da stand Xan vor Vales offener Zimmertür, die blauen Augen zornig verengt, sein lockiges Haar zerzaust, einen großen Bluterguss auf seinem Wangenknochen und einen weiteren am Kinn. Seine Miene war eine Mischung aus Zorn und Verwirrung. „Scheiße, was passiert hier, in Wolfgottes Namen?"

Vale packte die Stuhllehne und presste erneut, hart und schreiend. Das Kreischen aus Calebs Zimmer wurde noch lauter.

Urho wandte sich drängen an Jason: „Erklär du es ihm! Ich muss hier …“ Dann führte er einen Finger neben dem Kopf des Baby ein, und Vale schrie auf.

Purer Instinkt überwältigte Jason. Er trat Urho gegen das Bein. „Tu ihm noch einmal weh, und ich töte dich!“

„Hört auf!“, wimmerte Vale. „Ich kann nicht … lasst mich … oh, Wolfgott, *Scheiße*!“ Er verzog das Gesicht, und dann presste er, als würde eine Macht, die größer war als seine eigene Kraft, von ihm Besitz ergreifen. Sein Loch weitete sich, und der Kopf des Babys wurde sichtbar, bedeckt mit feinem, braunem Haar.

„Mr. Riggs ist eingeschlossen, Mr. Heelies, Sir“, erklärte ein Beta-Diener, der im Flur stand, Xan die Situation. „Er ist in Hitze.“

„Dann steh nicht einfach so da – bring mich zu ihm!“, bellte Xan.

Urho sah aus, als wäre er am liebsten zu Xan gerannt, um ihm alles zu erklären, aber die Geburt des Babys schritt jetzt zu schnell voran. Ein Schwall Blut strömte an Vales Beinen hinunter. Jason schrie panisch auf; er konnte keinen klaren Gedanken fassen. Urho schubste ihn einfach weg.

Das Baby rutschte heraus, direkt in Urhos Hände. Perfekt, makellos und bedeckt mit Schlick, Schleim und Blut. Es stieß einen herzhaften Schrei aus. Jason starrte es schockiert an, und dann sank Vale auf den Stuhl. Immer noch lief Blut aus seinem Arschloch. Er streckte seine wunderschönen Hände nach dem Baby aus. Jason blinzelte und starrte die Nabelschnur an, die zwischen ihnen pulsierte.

Jasons Beine gaben nach, und er fand sich neben Vale auf dem Boden kniend wieder, als Urho ihnen ihr blutbesudeltes, molliges, schreiendes Kind reichte. Vale nahm das süße Ding in seine Arme.

„Sieh nur, Baby-Alpha. Sieh, was wir gemacht haben.“

Jason brach in Tränen aus. Vale küsste Jasons Kopf, und dann den des Babys. Und Jason schnupperte an ihnen beiden. Sie kauerten zu dritt zusammen, verschwitzt, mit Schlick und Blut verschmiert und voller Emotionen, die zu roh waren, beinahe zu überwältigend, um sie auszuhalten.

„Ich sollte ihn stillen", flüsterte Vale. Er riss seinen Bademantel auf, legte das Baby an die Brust und murmelte ihm leise Worte der Ermutigung und des Lobes zu, als der Kleine zu nuckeln begann.

Jason wischte sich die Augen und küsste Vale auf die Stirn. Der Moment war intim und süß, aber Urho hatte offensichtlich noch Arbeit in Vales Körper zu erledigen. Während die frisch gebackenen Eltern ihren Sohn anstarrten, überzeugte Urho Vale schließlich doch, sich aufs Bett zu legen. Zusammen mit Jason und dem Baby zog Vale zum Bett um, und Urho machte sich daran, sicherzustellen, dass Vales Inneres gut heilen würde.

Jason und Vale kuschelten mit ihrem Kind und tauschten flüsternd Namensideen aus, während Urho schweigend seine Arbeit verrichtete. Aber zwischen dem Jammern des Baby, Vales Wimmern, wenn Urhos Instrumente ihn zwickten, und den Lauten, die aus Calebs Zimmer drangen, gab es noch immer reichlich Geschrei im Haus.

MIT TRÄNEN IN den Augen hielt Jason Vales unbewegliche Gestalt in den Armen, während vom immer noch offenen Fenster her eine sanfte Brise übers Bett wehte. In dem Spalt zwischen ihren Körpern ruhte ein ebenfalls regloser, kleiner Körper, perfekt und absolut wundervoll.

Mit Vales Nase und seinem dunklen Haar. Alle zehn Finger und Zehen vorhanden.

Und der allersüßeste Atem in den winzigen Schnaufern ergriff Jasons Herz.

Vales regelmäßiger Atem war ebenfalls eine Freude. Jener Augenblick, als Vale so viel Blut verloren hatte und Jason geglaubt hatte, er würde ihn verlieren, war entsetzlich gewesen. Aber Urho hatte in Vales Innerem alles ordentlich vernäht und versprochen, dass Vale leben würde. Und das Baby auch.

Und dann hatte Vale gesagt, sie wären nun eine Familie.

Eine Familie.

Seitdem hatte Jason nicht mehr aufhören können zu weinen. Der Damm brach, und die Anspannung und Angst, die er die meiste Zeit der Schwangerschaft über – und auch während der Wehen – zurückgehalten hatte, entlud sich in einer Flut von Emotionen. Vale machte ihm daraus keinen Vorwurf. Er selbst weinte auch viel. Und Urho konnte sie weder necken noch verurteilen, denn er war davongeeilt, um Xan mit Calebs Hitze zu helfen. Also war es jetzt einfach nur Jason mit seinen gigantischen Gefühlen und seiner wunderschönen, neuen Familie.

Nie hätte er geglaubt, dass sie das haben könnten. Jeder Augenblick seit der Geburt war perfekt, wundervoll und aufwühlend. Es tat beinahe weh, so viel pures Glück in den Armen zu halten.

Jason wusste, er sollte seine Eltern anrufen und ihnen erzählen, dass es geschehen war, und dass ihr Sohn perfekt und Vale stark war. Aber er konnte sich nicht überwinden, das Bett zu verlassen. Er konnte nicht aufhören, das Wunder in seinen Armen anzustarren. Seinen lebendigen *Érosgápe*. Seinen wunderschönen Sohn.

„Also, wie werden wir ihn nennen?" Vales grüne Augen öffneten sich flatternd, und seine erschöpfte Stimme äußerte die Frage, als hätten sie in den letzten Minuten eine Unterhaltung geführt. Eine weitere Frage unter vielen.

„Oh, ich weiß nicht", sagte Jason. Dann küsste er Vales Augenlider, seine Nase, die bärtige Wange, seinen Mund.

„Du hast doch sicher etwas im Sinn." Vale erwiderte Jasons Kuss. Das winzige Baby rührte sich zwischen ihnen und machte im Schlaf leise Nuckelgeräusche.

„Während der Schwangerschaft hatte Jason sich beharrlich geweigert, über Namen zu diskutieren, aus Aberglaube, dass, wenn sie dem Kind zu früh einen Namen gaben, sie es verlieren würden. Oder einander. „Was hältst davon, ihn nach einem deiner Eltern zu benennen?"

„Rupert und Dideon?" Vale schüttelte den Kopf. „Ich würde ihn mit keinem dieser Namen belasten wollen.

„Vielleicht nur Dido als Kurznamen?", bot Jason an.

„Nein. Ich dachte an etwas mehr …"

„Poetisches?"

Vale lächelte.

„Na ja, wenn ich schon keine Poesie mehr schreiben kann, so kann ich doch offensichtlich welche gebären."

Das Baby zuckte im Schlaf, und Vale berührte die winzige Nase. Jason nahm einen tiefen Atemzug, dann sagte er: „Virona?"

„Ah." Vale schien es zu erwägen. „Nach dem Ort seiner Geburt."

„Seine Augen sind so grün wie die See."

„Das ändert sich wahrscheinlich noch."

„Nein. Sie werden wie deine sein."

„Du bestehst darauf, nehme ich an?"

Jason lachte.

Vale dachte über den Namen nach, lächelte, dann nickte er. „Viro? Das ist kürzer."

Jason grinste. „Das gefällt mir."

Der kleine Viro schlug seine Augen auf und untermauerte Jasons Beschreibung – schwarze Wimpern flatterten über stürmischem Grün. Er öffnete die rosa Lippen und holte tief Luft, dann brüllte er mit all dem Unmut eines verwirrten Welpen los.

Hektisch vor plötzlicher Aufregung setzte Vale sich auf und nahm ihn in die Arme. Jason half ihm und stützte Viros Köpfchen, als Vale ihn behutsam an die Brust legte. Beide lächelten verzaubert, als das Baby einen Nippel in den Mund nahm und nuckelte. Jason beobachtete den Vorgang fasziniert und erinnerte sich an den süßen Geschmack von Vales Milch in seinem eigenen Mund. „Er wird zu einem starken und tapferen Mann heranwachsen."

„Der Segen eines Alphas für seinen Erstgeborenen.

„Urho glaubt, dass er ein Alpha wird."

„Das wird die Zeit zeigen."

„Ja. Wir werden ihn so oder so lieben – Beta, Alpha. Er ist unser Sohn."

„Unser wunderschöner Junge", stimmte Jason zu. „Ein Segen von Wolfgott."

Viro und Vale waren beide gesund und sicher und sehr lebendig. Die Angst, die Jason in ihrem Griff gehalten und sich während der Schwangerschaft nur nach und nach etwas gelöst hatte, wurde wie ein Sturm auf die See hinaus und fort geblasen.

An ihre Stelle trat strahlender Sonnenschein.

EPILOG

VALE DRÜCKTE DAS schlafende Baby an seine Brust, während das Auto die raue Bergstraße hinauf holperte. Das Gute an diesem Baby war, dass es schlief wie ein Stein, sobald es einmal eingeschlafen war. Nicht so gut war, wie ungemein schwierig es sich gestaltete, es überhaupt zum Schlafen zu bringen. Selbst jetzt schlief der Kleine immer bei ihm und Jason im Bett – entweder das, oder keiner von ihnen fand Schlaf, weil Viro sonst die ganze Nacht quengelte.

„Fast da", sagte Jason mit einem Blick zu Vale und ihrem schlafenden Sohn. „Zuhause schläft er nie so fest."

Vale küsste Viros Kopf. Die fast schwarzen Löckchen kitzelten ihn an der Lippe. „Vielleicht sollten wir uns abwechseln, ihn für Nickerchen mit dem Wagen durch die Gegend zu fahren."

Jason lachte. „Er schläft einfach nicht gern. Er ist lieber lebendig und bei allem dabei."

„Natürlich ist er das. Immerhin hatte er es eilig, auf der Welt zu sein. Ließ sich durch nichts davon abhalten."

„Wolfgott wollte, dass er auf der Welt ist", sagte Jason. Er war ungewöhnlich fromm, wenn es um Viros Gegenwart in ihrem Leben ging. „Hat ihn uns trotz aller Widerstände geschickt."

„Ja, das hat er wohl."

Vale streichelte Viros Locken und schloss de Augen, um den wundervollen Duft seines Sohns einzuatmen. Mit seinen sechs Monaten war Viro ein aktives, gesundes und – nach Vales Ansicht – ein wenig wildes Kind. Stets versuchte er, es weiter und schneller zu schaffen als eigentlich nötig. Immerhin war er noch ein Baby und würde Vales einziges Kind sein. Musste er sich unbedingt so rasend schnell entwickeln?

Offensichtlich musste er.

Viro konnte bereits sitzen und sich fast schon ihn den Stand hochziehen. Und er war entschlossen, seine Knie unter sich zu bringen, um umherzukrabbeln. Das chaotische Haus daheim in der Stadt war alles andere als kindersicher, und Vale lebte in ständiger Furcht, Viro könnte ihm irgendwie entwischen und sich verletzen, bevor Vale ihn fand. Aber Jason und er waren immer noch zu erschöpft von den schlaflosen Nächten, um sich darum zu kümmern, das Haus in Ordnung zu bringen.

Und das war der ganze Zweck ihres Besuchs in der Berghütte. Yule und Miner hatten sich angeboten, das Haus herzurichten und mindestens drei Räume kindersicher zu machen. Und obwohl Vale der Gedanke unangenehm war, dass die beiden in seinen Sachen wühlen und entscheiden würden, was bleiben konnte und was hinunter in den Keller verbannt werden sollte, so wusste er doch, dass er gerade weder die Zeit noch die Energie hatte, es selbst zu tun.

Pater zu sein, war anstrengend.

Und wundervoll. Und das Faszinierendste, was er je in seinem Leben getan hatte. Abgesehen davon, mit Jason zusammen zu sein – als *Érosgápe* und Partner.

„Du bist still", sagte Jason, als sie die letzte Biegung vor der Auffahrt nahmen. „Bereust du es?"

„Nein", sagte Vale. „Keine Reue."

Sie hatten darüber gesprochen, zum Haus von Jasons Eltern in Seshwan-am-Meer zu fahren, aber am Ende hatte Vale wiederum die Berghütte vorgeschlagen. Niemand war hier gewesen, seit Jasons Vater den demolierten Wagen hatte abschleppen lassen. Der vermaledeite Baum war zu Feuerholz verarbeitet worden. Der

Jahrestag ihres schicksalhaften Ausflugs im letzten Jahr lag gerade erst hinter ihnen, und etwas in Vale wollte sich diesen Ort wieder zu eigen machen.

Jason war nicht so leicht zu überzeugen gewesen, denn er betrachtete die Hütte als den Schauplatz seines Versagens, Vale vor Gefahr zu schützen. Aber Vale hatte argumentiert, dass Viro der Segen war, der aus jener Reise hervorgegangen war, und dass er den Jungen wenigstens einmal an den Ort seiner Empfängnis mitnehmen wollte, bevor sie die Hütte verkaufen würden. Und sein Baby-Alpha hatte – natürlich – nachgegeben

„Eine Woche hier oben wird für uns wunderbar sein", sagte Vale. „Dein Pater hat bereits letzte Woche jemanden hergeschickt, um alles kindersicher zu machen, sodass Viro hier sicherer sein wird als zuhause."

„Und Zephyr hat mal eine Zeitlang Ruhe vor ihm."

Vale drückte die Lippen in Viros Haar und lächelte. „Ja. Die arme Zephyr."

Viro war besessen von der Katze und kreischte jedes Mal vor Vergnügen, wenn Zephyr ins Zimmer kam. Zephyr ihrerseits war weniger begeistert von der tollpatschigen, lauten und unberechenbaren Kreatur, die in ihr Zuhause eingedrungen war. Sie verbrachte dieser Tage viel Zeit damit, sich in irgendwelchen Schränken zu verstecken und die Familie zu meiden.

„Wenn er erst ein wenig älter ist, werden sie sich schon anfreunden", versicherte Jason zum hundertsten Mal. „Sie wird erkennen, dass Viro sie liebt."

Vale hoffte, dass Jason recht hatte, aber tief in seinem Inneren hegte er den Verdacht, Zephyr würde Viro immer dafür verachten, dass er Vales Aufmerksamkeit und Jasons Schoß für sich beanspruchte.

„Ah", sagte Jason mit einem Hauch Anspannung in der Stimme. Sie verließen gerade den Tunnel aus Bäumen, der die Auffahrt bildete, und kamen auf dem freien Feld vor der Berghütte zum Stehen. Sie sah im Grunde genauso aus wie beim ersten Mal, als sie hier angekommen waren, abgesehen von dem riesigen Stapel Kaminholz an der Seite des Hauses – die Überreste des verdammten Baums, der das Ende ihres Autos besiegelt hatte.

„Sieht so aus, als wären wir dieses Mal für alles gewappnet, Schnee oder Hitze", sagte Vale scherzhaft. Falls Jason vorhatte, in trübsinnigen Erinnerungen zu schwelgen, wollte Vale ihm dazu gar nicht erst Gelegenheit geben. Sein Baby-Alpha hatte sich zu lange mit Schuldgefühlen geplagt. „Reichlich Feuerholz und eine erschreckend große Schachtel mit Alpha-Kondomen. Alles da." Er warf Jason einen hintergründigen Blick zu.

Und er machte keine Witze. Im Kofferraum ihres Wagens befand sich in der Tat eine große Schachtel mit Kondomen. Solange Vale noch stillte, würde er keine Hitzen bekommen, aber Jason ging kein Risiko ein. Vale hatte sich kaum das Lachen verbeißen können, als er die gigantische Schachtel zum ersten Mal gesehen hatte. „Liebling, ich müsste jeden Tag für den Rest meines Lebens Hitzen haben, um die je aufzubrauchen!"

Worauf Jason düster geantwortet hatte: „Ich werde nie wieder in einem Haus, in dem wir uns aufhalten, die Kondome ausgehen lassen. Lieber gehe ich auf Nummer sicher."

Und Vale hatte das Thema fallen gelassen.

Obwohl er froh war, dass sie vor einem Jahr keine Kondome gehabt hatten. Sehr sogar. Und er wusste, dass es Jason ebenso ging. Viro war all die Furcht und die Schmerzen wert. Aber dieses Risiko erneut einzugehen, um ein zweites Kind zu haben, war es keinem von ihnen wert – sehr zu Yules und Miners Enttäuschung. Aber Jasons Eltern trösteten sich damit, Viro für sich zu beanspruchen, so oft es ging. Auch das war ein Grund für die Reise zur Berghütte: Vales immer noch recht aufdringlichen Schwiegereltern eine Weile lang zu entkommen.

Jason stieg als Erster aus und ging um den Wagen herum, um für Vale die Tür aufzumachen. Er half ihm beim Aussteigen, um Viro nicht zu wecken. Sie waren beide erstaunt darüber, dass ihr sonst so ruheloses Kind so tief und fest schlief. Urho behauptete, Viros Agilität wäre ein Zeichen dafür, dass der Junge mit großer Wahrscheinlich ein Alpha werden würde, aber das kümmerte weder Vale noch Jason besonders. Sie wollten einfach nur, dass er schlief. Und gedieh. Und glücklich aufwuchs.

„Zu schade, dass Rosen und Yosef nicht mitkommen konnten", sagte Vale, als Jason die Schachtel mit den Notfallkondomen unter den Arm klemmte und den größten ihrer Koffer am Henkel packte. Dann gingen sie zur Haustür. „Yosef ist gut mit Viro. Und Rosen ist klasse in der Küche. Sie hätten dir etwas von der Last abnehmen können, damit du dich ausruhen kannst."

„Ich kann meinen Omega und mein Kind schon selbst versorgen", sagte Jason ein wenig schnippisch. „Ich brauche keine Hilfe."

Vale kicherte. „Selbstverständlich, oh Alpha, mein Alpha. Du bist der beste Versorger der Welt, der nie Schlaf oder Ruhe benötigt."

Jason plusterte sich auf, um zu widersprechen, aber Vale brachte ihn mit einem erhitzten Blick zum Schweigen. „Falls der Kleine weiterschläft, könnten wir nachsehen, ob die Matratze immer noch so weich ist wie in meiner Erinnerung."

Jasons Entrüstung löste sich in Wohlgefallen auf. „Falls wir nicht vorher einschlafen."

Vale hob den Kopf, und Jason stellte das Gepäck ab, um Vales Kinn in die Hand zu nehmen und mit den Fingern Vales weichen Bart zu streicheln.

„Wir werden nicht einschlafen, Baby-Alpha", sagte Vale. „Ich vermisse es, weißt du?"

Danach schloss Jason hastig die Vordertür der Berghütte auf. Für eine Sekunde erstarrte er beim Anblick des Wohnzimmers und des Sofas, wo er Vale einst so leidend vorgefunden hatte. Aber dann straffte er die Schultern, hob sein Kinn und sagte: „Ich räume die Lebensmittel weg. Du versuchst, Viro ins Bettchen zu legen. Wir treffen uns im Schlafzimmer."

Vale nickte und verdrängte entschlossen seine eigene Erinnerung an Schmerzen und Verzweiflung und an die Furcht, die ihr Leben in der Folge überschattet hatte. Hier gab es eine wunderbare Aussicht und ein Schlafzimmer, das mit Liebe eingerichtet worden war. Er trug Viro ins Gästezimmer und stellte fest, dass Miner oder Yule dafür gesorgt hatte, dass ein Kinderbett geliefert worden war. Es stand an der Wand, und das Bettzeug war bedruckt mit süßen, kleinen, grauen Kätzchen mit Heiligenscheinen.

Behutsam und mit angehaltenem Atem legte Vale Viro in das Bettchen. Er biss sich auf die Unterlippe und wartete darauf, dass das übliche, entrüstete Geschrei losging, aber es blieb still. Viro lag auf dem Rücken, eine seiner kleinen Fäuste neben seiner rosigen Wange, die Augen geschlossen, sein dunkles Haar in süßen Löckchen um sein Gesicht. Seine Lippen formten ein kleines O. Er sah entzückend aus und Vale musste an sich halten, um ihn nicht wieder hochzunehmen und mit Küssen zu bedecken. Aber das würde ihn ganz gewiss aufwecken.

Auf leisen Sohlen schlich Vale aus dem Zimmer. Er hörte die Geräusche von Jason in der Küche, der immer noch Sachen aus den Kisten und Taschen holte. Vale ging zum hinteren Schlafzimmer und der großen, verglasten Wand, die einen atemberaubenden Blick auf die Berge bot. Das Bett war ordentlich gemacht, mit dem alten, sternförmigen Quilt in der Mitte.

So hatten sie es nicht zurückgelassen.

Als sie endlich aus den Bergen gerettet worden waren, hatten sie ein furchtbares Chaos hinterlassen, zu niedergeschlagen und schockiert, um an etwas anderes zu denken als daran, möglichst schnell hier wegzukommen. Jetzt aber war alles wieder aufgeräumt und hübsch. Vale strich mit der Hand über den Quilt und berührte andächtig den Stern in der Mitte. Dann setzte er sich auf das Bett und wartete.

„Ist er tatsächlich noch am schlafen?", fragte Jason, der mit ungläubigem Gesicht in der Tür stand. „Wirklich?"

Vale nickte.

„Ich hatte damit gerechnet, dich stillend vorzufinden."

Vale schüttelte den Kopf.

Jason blinzelte. Er sah sich im Zimmer um, schaute aus dem Fenster, dann wieder zu Vale. Seine Miene verwandelte sich innerhalb eines Herzschlags von überrascht und jung zu sexy und sehr, sehr alpha. „Wieso bist du immer noch angezogen?" Er verengte die Augen und hob eine Braue. „Runter mit den Sachen. Sofort."

Vale grinste und legt sich auf dem Bett zurück. „Ich dachte, ich überlasse dir die Ehre."

„Oh nein", sagte Jason, dessen Hände sich bereits an seinen eigenen Hemdknöpfen zu schaffen machten. „Ich habe dich monatelang bedient. Jetzt bist du an der Reihe."

Kribbelnde Wärme flutete Vales Lenden, und zum ersten Mal seit Monaten gaben seine Omegadrüsen Schlick von sich. „Ist das so?"

„Ja", knurrte Jason. Er schaute hinter sich, dann schloss er die Tür bis auf einen kleinen Spalt – sodass sie ihn hören konnten, falls er schrie. Oder besser, wenn er schrie.

„Oh, Liebling, mir gefällt, wie das klingt."

„Ich weiß. Ich kann dich riechen."

„Ja." Vale riss sich das Shirt herunter und warf es zur Seite, dann zog er seine Hose aus, und auch die landete unbeachtet auf dem Boden. Sein Körper sah nun anders aus. Seine Hüften waren ein wenig breiter, und die Haut seines Bauches war nicht mehr ganz so straff wie früher, aber für Jason war er immer noch attraktiv. Er konnte es an der Art sehen, wie Jasons Blick über seinen Körper glitt, während er auf Vale zukam, an Jasons enormem Ständer und seinem hungrigen Lächeln.

„Mein wunderschöner Mann", flüsterte Jason. Er zog Vale in seine Arme und rieb seine Nase an Vales Bart. „Mein Omega."

„Mmh." Vale rieb seinen Bart an Jasons Hals und Schultern, und Jason erschauerte und stöhnte leise. „Gefällt dir das?"

„Geh tiefer mit deinem Mund", befahl Jason. „Du weißt, was zu tun ist." Dann ließ er sich auf den Rücken fallen und spreizte die Beine. Vale krabbelte lachend zwischen Jasons Schenkel.

„Oh ja, das weiß ich." Er rieb sein bärtiges Kinn an Jasons Brust und Nippeln, die er zärtlich biss und leckte, dann glitt er tiefer, über Jasons Bauch und schließlich zu seinem harten Schwanz und seinen Eiern. Vale spürte Milch aus seinen eigenen Brustwarzen tropfen, und auch sein Schwanz wurde feucht. Er kam sich vor wie ein zitterndes, nasses Bündel purer Lust, so wie der Schlick an seinen Beinen hinunter lief.

„Verdammt, Baby", murmelte Jason. „Du bist so sexy."

Vale grinste. Das hatte er seit Monaten nicht mehr gehört. Wunderschön, ja. Unglaublich, ja. Lecker, süß, bezaubernd, hübsch … ja, ja, ja. Aber sexy war nicht dabei gewesen, während er langsam heilte, und dann hatte Viro wochenlang all ihre Kraft und Energie aufgesaugt. Vale hatte Jason ein- oder zweimal einen geblasen, und Jason hatte den Gefallen erwidert, aber sie hatten seit Viros Geburt keinen wirklichen Beischlaf praktiziert.

„Ich brauche dich", raunte Vale. Das übliche Omega-Bettgeflüster fühlte sich eingerostet an. „Hilf mir."

Jasons Augen verdunkelten sich und er hob den Kopf, um Vale zu küssen. Sie wälzten sich auf dem Bett, nackt und ganz verloren in der Haut und dem Mund des jeweils anderen. Und dann, als Vale erneut oben war, drängte Jason ihn, sich rittlings auf seine Hüften zu setzen. „Reite mich", befahl er atemlos. „Ich will dich dabei ansehen.“

Vale sank auf Jasons Ständer, und beide keuchten, als er ihn bis zur Wurzel in sich aufnahm, mühelos wegen all des Schlicks. „Oh, Wolfgott“, sagte Vale, als ein erster, kleiner Orgasmus ihn überkam. Es war so lange her.

Jason knurrte und bäumte sich auf, dann zog er Vale herab, um ihn zu küssen und an sich zu drücken, während er ihn langsam von unten fickte. Der gleichmäßige Rhythmus war wundervoll, und Vale fluchte leise, als die Lust ihn übermannte.

Schließlich, und viel zu früh, warf Jason ihn auf den Rücken und dominierte ihn vollkommen, fickte Vale schnell und hart und flüsterte ihm ins Ohr. Vale schwebte. Er kam heftig. Sein Schwanz pumpte, seine Omegadrüsen vergossen mehr Schlick, und er schrie ekstatisch auf.

Jason stöhnte und stieß tief in ihn hinein, dann klammerte er sich an Vale, als er selbst kam. Mit heiserer Stimme murmelte er Liebesschwüre. Vale hielt sich an ihm fest und drückte seine Fersen in Jasons Arsch, um ihn so tief in sich zu halten wie möglich.

„Wah-ah-ahhh!“, durchschnitt Viros Stimme die Luft, und Jason schnaubte ein Lachen in Vales Schulter.

„Gerade so geschafft“, sagte er und zog behutsam seinen Schwanz heraus. Er grinste, als sein Samen aus Vales Körper lief. „Oh wow, sieh dir das an.“

„Gerade rechtzeitig“, sagte Vale atemlos. „Wir sind gerade rechtzeitig fertig geworden.“

Jason krabbelte hastig aus dem Bett und holte ein Handtuch, um Vale und sich selbst sauber zu wischen, während Viros Protest dagegen, allein aufzuwachen, lauter und lauter wurde. Als Vale endlich seinen Bademantel anhatte, war Jason bereits den Flur hinuntergelaufen, hatte das Baby aus seinem Bettchen geholt und brachte es nun ins Schlafzimmer.

Vale schnaubte, als Viro ihn sah und seine pummeligen Händchen nach ihm ausstreckte. Der kleine Mund öffnete und schloss sich hungrig, als würde er bereits nuckeln. Jason reichte Viro an Vale, dann ging er frische Bettwäsche holen, während Vale Viro in einem Stuhl am dem großen, offenen Fenster stillte.

Viro starrte hinaus in das Herbstlaub, während er trank. Sein Mund arbeitete gierig, und seine moosgrünen Augen betrachteten die bunten Bäume und die Berge mit einer Intensität, die Vale als Neugier interpretierte. Eines baldigen Tages würde er versuchen, ein Gedicht über seinen Sohn zu schreiben. Aber im Augenblick lebte er dieses Gedicht, jede Minute, Tag um Tag.

„Unser Nickerchen können wir vergessen", sagte Jason mit einem süßen, zufriedenen Lächeln. „Jetzt ist er erst einmal für die nächsten Stunden wach."

„Ja. Wir sollten ihn auf einen Spaziergang mitnehmen. Ihm die Aussicht hier zeigen."

Jason nickte, aber dann zögerte er. „Was, wenn wir einen Bären sehen?"

Vale lächelte. „Dann beschützt du uns."

„Vor einem Bären?"

Vale lachte. „Keine Bange, Liebling. Weißt du es denn nicht? Uns droht keine Gefahr mehr. Wir haben die Herausforderung unbeschadet überstanden, und von jetzt an wird alles gut sein."

Jason sank zu Vales Füßen auf den Boden und schaute zu ihm auf, während Viro gierig nuckelte. Seine blauen Augen füllten sich mit liebevoller Bewunderung. „Wir haben ihn gemacht, Vale. Du und ich. Zusammen."

„Ja. Er ist perfekt." So ruhelos und wild, wie er auch war – Vale würde seinen Sohn gar nicht anders haben wollen. Viro zeigte auf das Fenster und gab ein kleines Grunzen von sich. „Ja, wir gehen nach draußen, sobald du mit Essen fertig bist", versicherte ihm Vale.

Jason fuhr fort, als wäre er gar nicht unterbrochen worden:

„Und jetzt werden wir in ihm immer zusammen sein. Was auch geschieht."

Vale beugte sich hinab und küsste Jason, ohne das Stillen zu unterbrechen. Endlich verstand sein Alpha. Das war es, warum Vale sich geweigert hatte, die Schwangerschaft abzubrechen. Aber er sagte nichts und genoss einfach nur das Gefühl von Jasons Lippen auf den seinen.

Schließlich legte Jason seinen Kopf auf Vales Knie, und die drei saßen still beieinander und schauten hinaus zu den Bergen, während der Himmel dahinter rosa wurde. „Das ist perfekt", murmelte Jason. „Ich bin froh, dass wir hergekommen sind."

„Ich auch."

Der morgige Tag würde neue Herausforderungen bringen, kein Zweifel. Und sie würden mit Viro zusammen wachsen. Aber die Gefahr war überwunden. Viro existierte. Vale war kräftig und gesund. Jason war glücklich, und ihre Liebe war stärker denn je. In einem Augenblick der Klarheit begriff Vale, warum sie zu dieser Hütte in den Bergen hatten zurückkehren müssen. Es war der Ort, an dem ihr Herzenswunsch seinen Anfang genommen hatte, beinahe gegen ihren Willen. Und nun beherbergte die Hütte sie auf wunderbare Weise.

Eine kleine Familie vor dem Hintergrund eines Sonnenuntergang in den Bergen.

ENDE

Falls dir die Geschichte von Vale, Jason und Baby Viro gefallen hat – es gibt eine Bonus-Szene, geschrieben aus Vales Sicht (in Englisch) für die Abonnenten meines Newsletters. Unten klicken, und es geht sofort los.

BONUS-SZENE!

https://dl.bookfunnel.com/gf908ucgdj

Brief von Leta

Liebe/r Leser/in,

vielen Dank dafür, dass du *Langsame Geburt* gelesen hast, eine Novelle aus der Reihe *In der Hitze der Liebe*. Die Geschichte lässt sich am besten genießen, wenn man zuvor *Langsame Hitze* und *Alpha-Hitze* gelesen hat.

Englisch-sprachige Leser erhalten Neuigkeiten über Veröffentlichungen in dieser Reihe und anderen, wenn sie mir auf BookBub oder Amazon folgen. Auf Facebook poste ich regelmäßig Einblicke in und Ausschnitte aus meinem täglichen Autorenleben. Einige Quellen für meine Inspiration zeige ich auf Pinterest. Oder auch auf Instagram!

Wenn dir das Buch gefallen hat, nimm dir bitte einen Moment Zeit und hinterlasse eine Rezension. Rezis helfen nicht nur anderen Lesern dabei zu entscheiden, ob ein Buch etwas für sie ist, sie sorgen auch dafür, dass das Buch beim Suchen auf Amazon angezeigt wird.

Für Liebhaber von Audiobüchern sind *Slow Heat* und *Alpha Heat*, die ersten beiden Bücher der Reihe in englischer Sprache, überall erhältlich, wo es Audiobücher gibt, gelesen von dem begabten Michael Ferraiuolo.

Danke, dass du ein/e Leser/in bist!
Leta

Buch 1 der Reihe „In der Hitze der Liebe"

LANGSAME HITZE

von Leta Blake

Ein heißblütiger, junger Alpha findet seinen vorherbestimmten Gefährten in einem älteren Omega mit Vergangenheit.

Professor Vale Aman hat sich ein gutes Leben aufgebaut. Als ungebundener Omega in den Dreißigern hat er schon vor Langem die Hoffnung aufgegeben, einem kompatiblen Alpha zu begegnen, ganz zu schweigen von seinem vorherbestimmten Gefährten. Er hat eine Karriere, die ihn erfüllt, seine Gedichte, seine Katze und seine Freunde.

Als Jason Sabel, ein bedeutend jüngerer Alpha, in schockierender und öffentlicher Weise auf ihn geprägt wird, weckt das Sehnsüchte, die nicht ignoriert werden können. Jason und Vale müssen gegen die starke sexuelle Anziehung ankämpfen und zunächst einen Vertrag aushandeln, bevor sie ihren leidenschaftlichen Bund vollziehen dürfen.

Aber für Vale würde das bedeuten, seine Unabhängigkeit zu verlieren und seine Zukunft in die Hände eines ungeprüften Alphas zu legen. Und er müsste sich den Narben seiner turbulenten Vergangenheit stellen. Vale ist sich nicht sicher, ob es das wert ist. Aber Jason ist nicht bereit, seinen vom Schicksal für ihn bestimmten Gefährten kampflos aufzugeben.

„Langsame Hitze" ist ein schwuler Liebesroman, 130.000 Wörter, mit einem starken Happy End und einem wohl durchdachten, einzigartigen Omegaversum ohne Gestaltwandler, aber mit Alphas, Betas und Omegas, männlicher Schwangerschaft, Hitze und Knoten. Warnung: Es kommen Fehlgeburten und deren Folgen in der Handlung vor.

Buch 2 der Reihe „In der Hitze der Liebe"

ALPHA-HITZE

von Leta Blake

Ein verzweifelter, junger Alpha. Ein älterer Alpha mit Helfersyndrom. Eine verbotene Liebe, die sich nicht leugnen lässt.

Der junge Xan Heelies weiß, dass er nie haben kann, was er wirklich will: eine leidenschaftliche Romanze und ein glückliches Leben mit einem anderen Alpha. Nicht nur verbietet der herrschende Glaube das aufs Strengste, solche Verbindungen sind auch illegal.

Urho Chase ist ein Alpha in mittleren Jahren mit tragischer Vergangenheit. Er ist stets so umsichtig, beherrscht und unerschütterlich in seinen Ansichten, dass seine Freunde ihn als altmodisch und spießig bezeichnen. Als Urho das gefährliche Geheimnis entdeckt, das Xan mit sich herumträgt und das er sich niemals hätte vorstellen können, gerät Urhos Welt aus den Fugen, und er wird überwältigt von sehnsüchtigem Verlangen. Die sorgsam geflickten Nähte, die sein Leben nach dem Tod seines Omegas und seines Kindes zusammenhielten, geben nach – und er selbst ebenfalls.

Aber um einander zu lieben und sich eine gemeinsame Zukunft aufzubauen, würden Xan und Urho ihr Leben aufs Spiel setzen. Mit der Hilfe des asexuellen und aromantischen Omegas Caleb – Xans treuem Freund – versuchen sie, die Kraft und den Mut aufzubringen, der Gefahr zu trotzen und die Familie aufzubauen, die sie verdienen.

WINTERHERZ

Der Winterfuchs bringt Tristan immer die besten Geschenke.

An jedem Feiertag des Winters findet Tristan beim Erwachen ein neues Geschenk vor, das ihn erfreut oder ihn etwas Wichtiges lehrt.

Dies ist eine Geschichte um Tristan, den Sohn von Kerry und Janus aus *Bittere Hitze*. Das kleine Bonus-Buch enthält keine vergleichbar heißen Szenen wie die vollen Romane der Buchreihe, hat aber alle Qualitäten einer kuscheligen und hoffnungsvollen Weihnachtserzählung. Auch wenn sie ein romantisches Ende hat, so ist es **keine** klassische Liebesgeschichte.

Die Geschichte funktioniert **nicht** als abgeschlossenes Werk, sondern sollte zusätzlich zu den anderen Büchern der *In der Hitze der Liebe*-Reihe gelesen werden.

WINTERWAHRHEIT

Der Winterfuchs schenkt Viro einige überraschende Wahrheiten zum Fest.

Viro Sabel ist elf Jahre alt und immer noch eine unschuldige Seele. In diesem Jahr bekommt er vom Winterfuchs einige überraschende Wahrheiten geschenkt, die seine Sicht aufs Leben und seinen Platz darin völlig verändern.

Diese festliche Novelle ist eine Geschichte um Viro, den Sohn von Vale und Jason aus *Langsame Hitze*. Sie enthält heiße Szenen zwischen Vale und Jason, beschreibt das Familienleben und emotionale Momente. Der Epilog deutet eine zukünftige Liebesbeziehung für den erwachsenen Viro an und endet mit dem Geheimnis um die Identität dieser Person.

Die Geschichte funktioniert **nicht** als abgeschlossenes Werk, sondern sollte zusätzlich zu den anderen Büchern der *In der Hitze der Liebe*-Reihe gelesen werden, am besten in dieser Reihenfolge: *Langsame Hitze*, *Alpha-Hitze* und *Langsame Geburt*.

Ein Omegaversum von Leta Blake, unter dem Pseudonym Blake Moreno in englischer Sprache

HITZE ZU VERKAUFEN

Eine Hitze kann man kaufen, aber Liebe muss man sich verdienen.

In einer Welt, wo Omegas ihre Hitzen zum Zwecke des Profits verkaufen, lebt Adrien, ein Student, der dringend Geld braucht. Ohne eine Familie, die ihm Rückhalt gibt, erklärt er sich beim Kuppler der Universität widerwillig bereit, seine allererste Hitze bei einer Online-Auktion zum Kauf anzubieten. Verängstigt und nervös – aber in dem Wissen, dass dies die Realität ist, in der Omegas leben – hofft Adrien, dass der Käufer freundlich sein wird, wer immer der Gewinner der Auktion auch sein mag.

Heath – ein wohlhabender, älterer Alpha – ist schockiert von Adriens großer Ähnlichkeit mit seinem verstorbenen Liebhaber Nathan. Als Heath herausfindet, dass Adrien der verschollene Sohn Nathans ist – aus dessen erster Hitze und Jahre, bevor sie sich kennenlernten – ist er wie besessen von dem Gedanken, ein Stück von Nathan zurückzubekommen.

Heath kauft Adriens Hitze mit einer einzigen Absicht: ihn zu schwängern, das Kind für sich zu beanspruchen und mit seinem Leben weiterzumachen. Aber ihre nicht zu leugnende Leidenschaft überrascht ihn. Adrien weiß nicht, was er von dem attraktiven, geheimnisvollen Fremden halten soll, dem er seinen Körper versprochen hat. Aber schon bald wird er von seiner ersten Hitze mitgerissen und unterwirft sich Heath vollkommen.

Sobald Adrien schwanger ist, versteckt Heath ihn auf seinem

riesigen, abgelegenen Anwesen. Während der Zeitpunkt der Geburt näher rückt, verliebt Heath sich in Adrien um des Mannes willen, der er ist, und nicht nur wegen der Verbindung zu Nathan. Und Adrien, der nichts von Heaths Vergangenheit mit seinem Pater weiß, nun aber mit Herz und Seele von ihm abhängig ist, verliebt sich ebenfalls.

Aber während ihre Liebe füreinander erblüht, hängt Nathans Schatten über ihnen. Wird Heath seine neue Liebe und das Kind, das sie zusammen gezeugt haben, behalten können, wenn Adrien die Wahrheit herausfindet?

Hitze zu verkaufen ist ein abgeschlossener, erotischer MM-Liebesroman von Leta Blake unter dem Pseudonym Blake Moreno. Mit einem Geheimnis im Stil von du Mauriers *Rebecca* beschreibt er ein wohl durchdachtes Omegaversum mit Altersunterschied, Dominanz und Unterwerfung, Hitzen, Knoten und glühend heißen Szenen.

Erscheint demnächst in deutscher Sprache.

Weitere Bücher von Leta Blake in deutscher Sprache

Smoky Mountain Dreams
Stay Lucky
Auch in diesem Leben
Norths Zuckerstange
Mein Dezember Daddy

Liebe ohne Halt
Free Fall
Free Heart

Mr. Christmas-Serie
Mr. Frosty Pants
Mr. Naughty List
Mr. Jingle Bells

In der Hitze der Liebe
Langsame Hitze
Alpha-Hitze
Langsame Geburt
Bittere Hitze

Heat For Sale (Deutsche Ausgaben)
Heat for Sale: Adrien und Heath
Alpha for Sale: Ned und Ezer

Training Season
Training Season
Training Complex

Zusammen mit Alice Griffiths
Überraschend … verheiratet!
Überraschend … verliebt!
Endlose Flitterwochen

Zusammen mit Indra Vaughn
Vespertine: Der Priester und der Rockstar
Cowboy Sucht Ehemann

Gay Romance Newsletter

Letas Newsletter (auf Deutsch) hält Sie über Neuerscheinungen, Angebote und Schnäppchen sowie über Letas zukünftige Schreibprojekte und mehr aus der Welt der schwulen Liebesromane auf dem Laufenden. Melden Sie sich noch heute für Letas Mailingliste an und erhalten Sie „Weiße Hitze", eine eigenständige Prequel-Novelle aus dem „In der Hitze der Liebe"-Universum, kostenlos!
Letas deutscher Newsletter
dl.bookfunnel.com/okcr1e34q0

Weitere Bücher in englischer Sprache von Leta Blake

Any Given Lifetime
The River Leith
Smoky Mountain Dreams
The Difference Between
My Skin Begs You Please
Stay Lucky
Omega Mine: Search for a Soulmate
Bring on Forever
Angel Undone
Punching the V-Card
Raise Up, Heart
North's Pole
My December Daddy

Mr. Christmas Series
Mr. Frosty Pants
Mr. Naughty List
Mr. Jingle Bells

Free Fall Series
Free Fall
Free Heart

The Training Season Series
Training Season
Training Complex

Heat of Love Series
Slow Heat
Alpha Heat

Slow Birth
Bitter Heat
White Heat
Winter's Truth
Winter's Heart

Heat for Sale Series
Heat for Sale
Bully for Sale

'90s Coming of Age Series
Pictures of You
You Are Not Me
Only You

Zusammen mit Indra Vaughn
Vespertine
Cowboy Seeks Husband

Zusammen mit Alice Griffiths
The Wake Up Married serial
Will & Patrick's Endless Honeymoon

Gay Fairy Tales
Flight
Levity

Hörbücher
Leta Blake at Audible
audible.com/author/Leta-Blake/B008R3NH4S

Erfahren Sie mehr über den Autor online
Leta Blake
letablake.com

Über die Autorin

Die Autorin des Bestsellers *Smoky Mountain Dreams* und des unter den Fans besonders beliebten Buchs *Training Season* kann auf eine Ausbildung und berufliche Erfahrung sowohl in Psychologie als auch im Finanzwesen zurückblicken. Aber ihre Leidenschaft gehörte schon immer dem Schreiben. Sie genießt es, Liebesgeschichten zu kreieren und dabei die Psyche von erfundenen Figuren zu erforschen. Zuhause im Süden der USA, arbeitet Leta hart daran, die Balance zwischen ihrem bürgerlichen Beruf, der Schriftstellerei und der Familie zu halten.